EIN MILLIARDÄR VOLLER LEIDENSCHAFT
Travis

J. S. SCOTT

Ebenfalls von J. A. Scott

Ein Milliardär voller Leidenschaft - Die Serie:

Entfesselte Leidenschaft (Buch 1 der Serie erzählt die Geschichte von Simon und Kara)

Das Herz des Milliardärs ~ Sam (Buch 2)

Die Erlösung des Milliardärs ~ Max (Buch 3)

Der Milliardär und sein Spiel ~ Kade (Buch 4)

Ein Milliardär außer Kontrolle ~ Travis (Buch 5)

Ein Milliardär ohne Maske ~ Jason (Buch 6) (ab Mitte Dezember 2016 erhältlich)

Anmerkung der Autorin

Dieses Buch richtet sich an alle meine Leserinnen und Leser, die gern erfahren möchten, wer Travis hinter seiner kühlen Maske und seinem Sarkasmus wirklich ist. Diese Geschichte ist speziell für Sie! Es steckt viel mehr in Travis, als Sie vielleicht denken. Ich hoffe, er wird Sie alle überraschen. Ich danke Ihnen für Ihre Unterstützung und Ihren Enthusiasmus. Sie werden niemals ermessen können, was das für mich bedeutet.

Inhalt

Prolog

ist! Ich komme zu spät. Ich komme zu spät!

Alison Caldwell stolperte beinahe, als sie auf ihren Stöckelschuhen die Treppe ihres neu erworbenen Hauses hinauflief. Verzweifelt versuchte sie, pünktlich bei ihrer zweiten Arbeitsstelle zu erscheinen. Am vergangenen Abend hatte sie mit ihrem Verlobten Rick die erste Nacht in ihrem neuen Heim gefeiert. Und so hatte sie heute Morgen, als sie das Haus verlassen hatte, die Kleider für ihren zweiten Job vergessen.

Gott sei Dank würde sie bald ihren verrückten Zeitplan aufgeben können und ihr Leben würde wieder in normalen Bahnen verlaufen, denn Rick hatte gerade den Abschluss seines Zahnarztstudiums hinter sich gebracht und würde seinen ersten Job in einer bereits etablierten Praxis antreten.

»Das kann ich nur noch kurze Zeit durchhalten«, flüsterte sie und steckte ihren Schlüssel in die Tür des zweistöckigen Hauses, das sie allein finanziert hatte, weil Rick nicht kreditwürdig war. Und obwohl sie ihn während der letzten fünf Jahre finanziell unterstützt hatte, musste er noch einige bedeutendere Studentendarlehen zurückzahlen.

Sie rutschte erneut aus, als sie den mit glatten Fliesen ausgelegten Flur betrat. *Verdammte Absätze!* Wenn sie diese dummen Dinger nicht tragen müsste, um sich neben ihrem Milliardärschef größer zu fühlen, würden ihre Füße nicht so wehtun.

Ally entledigte sich eilig des lästigen Schuhwerks und stieg hastig die mit Teppich ausgelegte Treppe hinauf, während sie bereits im Laufen ihre Bluse und die Rückseite ihres Rocks aufknöpfte, um Zeit zu sparen.

So war ihr Leben die letzten paar Jahre verlaufen, seitdem sie einen zusätzlichen Job angenommen hatte, um Rick durch sein Studium zu bringen. Doch es würde sich auszahlen. Dessen war sie sich sicher. Ihr Leben verlief genau nach Plan und in etwas mehr als einem Monat würden sie ihre bescheidene Hochzeit feiern. Wegen ihres engen Zeitplans sahen sie einander kaum, doch sie wusste, das Opfer würde sich bezahlt machen. Sie hatten ein höheres Einkommen benötigt und sie hatte es beschafft, obwohl es sie beinahe umbrachte, zwei Jobs gleichzeitig zu bewältigen. In Kürze würde sie die Chance haben, wieder die Schule zu besuchen und ihr Studium zur Diplomkauffrau zu beenden. Das war der Plan, die Vereinbarung, die sie gemeinsam getroffen hatten, als sie einsehen mussten, dass sie nicht beide gleichzeitig studieren konnten. Sinnvollerweise hatte sie als Erste ihren Abschluss zurückstellen müssen. Rick würde mehr Geld verdienen können als sie und ihr Job bei der Harrison Corporation war gut bezahlt, wenn man die Tatsache berücksichtigte, dass sie noch keinen Abschluss vorzuweisen hatte. Unglücklicherweise hatte ihre Position in diesem Unternehmen jedoch seinen Preis; sie musste für Travis Harrison arbeiten.

Während Ally den Flur zum Schlafzimmer entlangging und auf dem Weg die Haarspange aus ihren Haaren löste, versuchte sie, Travis aus ihren Gedanken zu verbannen. Heute hatten sie sich gestritten und er hatte sie entlassen… schon wieder einmal. Nicht, dass sie diese Drohung noch ernst nehmen würde. Travis Harrison feuerte sie fast täglich, nur um dann einen Berg von Arbeit vor ihr aufzutürmen, der sie den ganzen folgenden Tag beschäftigte. Doch dieser Teil ihres Arbeitstages war vorüber und sie musste zu

Sully's Oasis gehen, ihrem allabendlichen Job. Sie war schon spät dran und Travis ärgerte sie jeden einzelnen Tag zu Tode. Doch das war nichts Neues und auch nichts, was sich in absehbarer Zukunft ändern würde.

Als Ally sich der Schlafzimmertür näherte, hörte sie Stimmen – eine männliche, die sie sehr gut kannte, und eine weibliche, unbekannte. Sie hörte Rick leidenschaftlich stöhnen, ein Geräusch, das sie niemals zuvor gehört hatte, und ein darauf reagierendes, heiseres, weibliches Stöhnen. Die Tür war nur angelehnt und sie stieß leise mit ihrem Fuß dagegen, sodass sie weit aufschwang.

Dort, mitten auf dem brandneuen Ehebett, in dem sie und Rick erst in der vergangenen Nacht zum ersten Mal geschlafen hatten, sah sie ihren Verlobten. Sein Kopf war in leidenschaftlicher Vergessenheit in den Nacken gebogen. Auf seinem Gesicht lag ein Ausdruck der Ekstase, den sie nie zuvor gesehen hatte. Die Frau, nackt und auf Händen und Knien vor ihm, stöhnte wieder. Das Paar war sich ihrer Anwesenheit noch nicht bewusst geworden. Offensichtlich hatte Rick nicht damit gerechnet, dass sie zwischen ihren beiden Jobs nach Hause kommen würde. Normalerweise tat sie das auch nicht, sondern ging geradewegs von Harrison zu Sully's.

Ally erstarrte in morbider Faszination und blickte wie gebannt auf die beiden. Während sie den Mann beobachtete, mit dem sie die letzten fünf Jahre zusammen gewesen war und dem sie vertraut hatte, starb ihre Zuneigung für ihn mit jedem Vorstoß seiner Hüften und mit jedem Aufprall seines Unterleibs auf den nackten Hintern der Frau. Nachdem auch das letzte bisschen ihrer Liebe dahingeschwunden war, wuchs in ihr die Erkenntnis, dass *dieser* Rick trotz fünf gemeinsamer Jahre ein vollkommen Fremder für sie war.

Wer war dieser Mann und was war mit ihrem ernsthaften, stillen Verlobten geschehen, der nur selten Liebe mit ihr machte, weil er immer zu müde war? Während der letzten zwei Jahre hatte sie nicht mehr von ihm bekommen als einen flüchtigen Kuss auf die Wange. Und auch als sie tatsächlich noch ein gewisses Sexleben gehabt hatten, war es dieser wilden Ekstase nicht nahe gekommen, die ihn in einen Mann zu verwandeln schien, dessen Bekanntschaft sie nie gemacht hatte.

Immer hatte sie Entschuldigungen dafür gefunden, warum ihre Beziehung nicht so gut war. Sie mussten beide so hart arbeiten und alles würde sich ändern, sobald sie erst einmal diese schwierige Phase ihres gemeinsamen Lebens hinter sich haben würden.

Ich habe ihn nie gekannt.

Ally bewegte sich wie in Trance, wandte ihre Augen von der Szene auf dem Bett ab und ging quer durch den Raum, um sich Jeans, T-Shirt und Sandalen zu holen, die sie für ihren Job bei Sully's brauchte.

»Ally!« Rick keuchte heftig. Endlich hatte er ihre Anwesenheit bemerkt.

Ally hob ihre Hand. »Lass dich nicht stören! Ich wollte nur meine Sachen holen, bevor ich zur Arbeit gehe, um dich zu finanzieren, während du eine andere Frau durchvögelst. Mach weiter! Ich habe mir sagen lassen, Coitus Interruptus sei schrecklich unangenehm.« Und sie sollte es wissen. Wie viele Male hatte Rick entweder abgebrochen oder sie unbefriedigt gelassen, wenn sie tatsächlich einmal Sex miteinander hatten? Öfter als sie zählen konnte. Doch sie hatte sein Verhalten immer entschuldigt. Nach ihrer heutigen Beobachtung war ihr klar, was sie für eine Idiotin gewesen war. Es stimmte nicht, dass er keinen Sex hatte haben wollen, er hatte ihn nur nicht mit *ihr* gewollt.

Ally schaute nicht mehr in Ricks Richtung. Sie wollte weder ihn noch die schlanke Schönheit sehen, die er gerade gevögelt hatte. Ihre Kleider in der Hand marschierte Ally aus dem Zimmer und schloss die Tür hinter sich. So schnell sie konnte zog sie ihre konservative Tageskleidung aus und ihre Barkleidung an. Dann raffte sie ihre benutzten Kleidungsstücke zusammen und warf sie in den Wäschekorb des zweiten Badezimmers, an dem sie auf dem Weg zur Treppe vorbeikam, während sie ihre Sandalen in der Hand hielt.

»Ally! Warte!«

Sie ignorierte Ricks Stimme, der aus dem Schlafzimmer stürmte, und schlüpfte im Flur hastig in ihre bequemen Segeltuchschuhe.

»Du kannst doch nicht einfach so gehen! Ich kann alles erklären!«, schrie Rick verzweifelt von oben, während er über dem Treppengeländer hing.

Als ob es *irgendeine* vernünftige Erklärung für das gäbe, was sie gerade mit eigenen Augen gesehen hatte. Sie erhob ihre Stimme gerade genug, um gehört zu werden, und erwiderte: »Verlass mein Haus! Wenn ich von der Arbeit nach Hause komme, will ich dich nicht mehr hier sehen. Wenn du dann noch hier bist, rufe ich die Polizei.«

»Wir waren fünf Jahre zusammen. Das sollte dir doch etwas bedeuten«, erhob Rick seinen Einspruch.

Es bedeutete eine Menge und nicht gerade Angenehmes. Ally hatte sich jeden Tag den Arsch aufgerissen und auf ihren Collegeabschluss verzichtet, weil sie fünf quälende Jahre damit verbracht hatte zu arbeiten, um sicherzustellen, dass Rick Karriere machen konnte. Sie hatte einen Plan gemacht und sich an jeden einzelnen Punkt gehalten, sodass sie und Rick ein perfektes Leben haben würden. Sie hatte sich immer gesagt, wenn sie nur alles am Laufen halten könnte, während er sein Studium beendete, würde sie auch ihre Chance bekommen. Und jetzt war dieser sorgfältig eingefädelte Plan zusammengebrochen, als hätte es ihn nie gegeben, und ließ sie im Nirgendwo zurück. Sie stand vor Jahren der Leere.

Ally antwortete weder, noch blickte sie zu dem Mann herauf, dem sie fünf lange Jahre ihres Lebens geschenkt hatte. Er hatte es nicht verdient.

Ich muss weitermachen! Ich werde es überleben.

Sie verließ das Haus und schloss die Tür hinter sich. Sie saß bereits in ihrem Auto und war auf dem Weg zu Sully's, als sie Rick aus dem Haus stürmen sah, nur mit einer eilig übergezogenen Jeans bekleidet und fluchend, weil sie bereits abgefahren war.

Ally kam zehn Minuten zu spät zur Arbeit. Sie erledigte ihre Aufgaben, ohne dass irgendjemand vermutet hätte, dass gerade ihre ganze Welt um sie herum zusammengebrochen und alle ihre Zukunftspläne zerschlagen worden waren.

Als sie erschöpft zu Hause ankam, war Rick gegangen. Sie schleppte ihren müden Körper in eines der Gästezimmer, Körper und Geist vollkommen geschwächt. Ally wusste, wenn sie nicht für einen Moment aufhören würde, an das zu denken, was geschehen war, würde sie vollkommen zusammenbrechen und das konnte sie sich im Moment nicht leisten.

Sie schaltete ihren Verstand ab, schob alle Gedanken an die Vergangenheit beiseite und gestattete ihrem ausgelaugten Körper, in einen todesähnlichen Schlaf zu fallen.

Kapitel 1

Ein Monat später

Ally Caldwell musste ihren Chef, Travis Harrison, nicht unbedingt kommen *sehen*, um zu wissen, dass er auf dem Weg in sein Büro war. Er war wie eine Naturgewalt, der jeder entkommen wollte. Das ganze obere Stockwerk des luxuriösen Harrison Wolkenkratzers, das normalerweise mit geschäftigem Stimmengemurmel erfüllt war, verfiel in absolutes Schweigen, sobald *Travis der Tyrann* aus dem Fahrstuhl stieg. Jeder einzelne Angestellte erstarrte wie ein Reh im Scheinwerferlicht, wenn Travis auftauchte. Und jeder seufzte erleichtert auf, wenn er vorbeigegangen war, ohne jemanden zu bemerken. Niemand wollte Travis Harrisons Aufmerksamkeit erregen, denn das bedeutete gewöhnlich Ärger.

Ally seufzte entnervt. Meist gelang es ihr ganz gut, sich mit dem unausstehlichsten Mann des Planeten herumzuschlagen. Doch heute war definitiv kein solcher Tag. Seitdem im letzten Monat ihre Welt zusammengebrochen war, konnte sie eigentlich keine Energie mehr dafür aufbringen, mit Travis zu streiten. Doch leider ließ sich das nicht vermeiden, da er ein solches Arschloch sein konnte.

Sie setzte sich ihre Brille auf und wandte sich wieder ihrem Computer zu, während sie murmelte:

»Fünf…

Vier…

Drei…

Zwei…

Eins…«

»Kaffee, Alison!« Auf die Sekunde genau erschallte Travis dröhnende Stimme, während er durch die automatischen Türen sein geräumiges Privatbüro betrat und zielstrebig den Empfangsbereich durchschritt, ohne sie auch nur eines Blickes zu würdigen.

Ally verdrehte die Augen. Sie arbeitete nun schon seit vier Jahren für Travis und in den letzten drei Jahren hatte sie ihm keinen Kaffee mehr geholt, doch er versuchte es immer wieder. »Ja, ich hätte gern einen, Mr. Harrison«, antwortete sie, ohne ihren Blick vom Bildschirm abzuwenden. »Bitte nur mit Milch«, erinnerte sie ihn höflich, wie sie es bis jetzt jeden einzelnen Tag getan hatte. Manchmal verfluchte er sie; an anderen Tagen holte er sich einfach seinen Kaffee selbst, ohne ein Wort zu sagen. Ally fragte sich, wie er heute reagieren würde.

Travis zögerte an der Tür zu seinem Privatbüro und drehte sich herum, um sie anzublicken. »Vier verdammte Jahre und ich kann immer noch keinen Kaffee in meinem eigenen Büro bekommen?«, beklagte er sich stur.

Ally schwenkte ihren Stuhl herum und faltete die Hände auf dem Schreibtisch. »Natürlich können Sie das«, antwortete sie sachlich. »Ich habe heute Morgen eine große Kanne gekocht.« Sie deutete auf die kleine Küche hinter ihr. »Und ich habe erst vor drei Jahren damit aufgehört, Ihnen wie ein gehorsamer Hund Ihren Kaffee zu bringen.«

Vielleicht würde ich dir immer noch deinen Kaffee bringen, wenn du dich nur einmal bedanken würdest, du Esel!

Travis zog seine ohnehin makellos sitzende Krawatte gerade und schritt ohne ein weiteres Wort in die Küche. Ally zuckte zusammen, als sie das Geräusch aneinanderschlagenden Glases vernahm. Wirklich, vielleicht hätte sie sich doch nicht weigern sollen, ihm seinen Kaffee einzuschenken; Travis Tollpatschigkeit in der Küche hatte Harrison in den letzten drei Jahren schon eine Stange Geld gekostet. Doch sie hatte sich ihm bewusst widersetzt und sich geweigert, seinen Befehlen wie ein persönlicher Diener zu folgen, denn das war genau die Art, auf die er sie behandelte. Sie riss sich den Arsch auf, um für Travis Harrison als Sekretärin und Assistentin gute Arbeit zu leisten, denn sie hoffte, ihre Erfahrung bei Harrison für die Wiederaufnahme ihres Studiums nutzen zu können. Doch alles hatte seine Grenzen und sie würde nicht *alles* tun, was er verlangte. Sie hatte schon vor langer Zeit gelernt, dass er sie gnadenlos ausnutzte und sie weiterhin wie einen persönlichen Diener behandelte, wenn sie ihm auch nur ein bisschen nachgab. Und sie hatte mittlerweile viel zu viele andere Verantwortlichkeiten bei Harrison und wichtigere Pflichten, als ihm seinen verdammten Kaffee zu servieren. Also hatte sie prinzipiell damit aufgehört, seine Forderungen zu erfüllen, wenn es sich um persönliche Bedürfnisse und nicht um geschäftliche Belange drehte. Andernfalls wäre sie bei dem Versuch, ihm gefällig zu sein, noch verrückt geworden. Travis Harrison seinerseits war alles andere als gefällig und die Worte »bitte« und »danke« gehörten nicht zu seinem Wortschatz, auch nicht im Umgang mit seinen Angestellten. Allein die Tatsache, dass sie noch nicht gefeuert worden war, bewies ihren Wert für die Firma, und sie nahm an, dass dies die einzige Wertschätzung ihrer Arbeit war, die sie jemals erfahren würde. Sie hatte zwar noch nicht ihren Abschluss als Diplomkauffrau, doch hatte sie während ihres Grundstudiums genug gelernt, um genau zu wissen, wie sie sich für Travis unentbehrlich machen konnte. Und das war bereits nach einem Jahr der Fall gewesen. Seit dem Moment, in dem sie ihren Wert als Angestellte für die Firma erkannt hatte, konnte sie es sich leisten, nicht auf alle Launen von Travis einzugehen.

Travis kam aus der Küche und schmetterte ihr im Vorbeigehen eine Kaffeetasse auf den Schreibtisch. »Ihre verdammte Milch können Sie selbst dazutun«, sagte er ruppig, während er mit seinem eigenen Kaffee seinem Büro zustrebte. »Ich brauche –«

»Ihren Terminkalender für heute finden Sie in Ihrem Computer, ebenfalls die Information, um die Sie mich gestern gebeten haben«, führte sie seinen Satz zu Ende.

»Und ich habe eine Besprechung –«

»Mit Jason Sutherland? Das weiß ich. Die ist schon in Ihrem Terminkalender eingetragen. Er hat mich angerufen.« *Er ist ein sehr rücksichtsvoller Milliardär.* Ally lächelte, als sie nach ihrer Tasse Kaffee griff… und den zwei Päckchen Milch, die Travis auf ihren Schreibtisch geschleudert hatte. Er hatte sogar an ein Rührstäbchen gedacht. Offensichtlich wollte er heute den *Netten* spielen… bis jetzt. In jüngster Zeit hatte er das des Öfteren versucht. Man konnte ihn jedoch nicht gerade *freundlich* nennen. Heute war er offensichtlich milde gestimmt, was bedeutete, dass er etwas umgänglicher sein würde. Doch zweifellos würde er irgendwann das Arschloch heraushängen lassen. Das tat er immer.

»Sutherland hat Sie angerufen?«, fragte Travis gereizt.

»Heute Morgen, bevor Sie eingetroffen sind.« Ally schaute Travis direkt ins Gesicht. Das war schwieriger, wenn sie beide standen. Er war so groß, dass sie gewöhnlich auf seine Brust und seine Schultern blickte, obwohl sie bereits die höchsten Absätze trug, die sie ertragen konnte, um sich ein bisschen größer zu machen. Jeder Vorteil im Umgang mit ihm bedeutete eine weitere Waffe in ihrem Arsenal.

Sein Aufzug war so tadellos und perfekt wie immer. Travis Zwillingsbruder Kade neckte Travis stets wegen dessen dunklen, langweiligen Anzügen, doch niemandem stand ein Designeranzug besser als Travis Harrison. Sicher, er war immer so dunkel gekleidet, wie es seiner Persönlichkeit entsprach. Doch der dunkelgraue Anzug, den er heute trug, saß perfekt, betonte seine breiten Schultern und verdeckte seinen wohlgeformten, muskulösen Körper – wie Ally wusste, da sie ihn bereits in sportlicherem Aufzug und ohne Jackett gesehen hatte. Nicht eines seiner rabenschwarzen Haare lag nicht an seinem Platz und seine dunklen, schokoladenbraunen Augen hatten einen viel zu scharfen Blick, der ihr unbehaglich war.

»Mr. Sutherland dachte, es wäre nett, mich über das Treffen, das Sie beide verabredet haben, in Kenntnis zu setzen, da ich doch

Ihren Terminkalender betreue. Ich finde, es war sehr aufmerksam von ihm, mich zu kontaktieren«, antwortete Ally süßlich. Ihre Bemerkung zielte eigentlich darauf ab zu betonen, wie sehr es Travis an Aufmerksamkeit *mangelte*.

Ally wusste einiges über Jason Sutherland, hatte die milliardenschwere Investitionsikone jedoch nie persönlich kennengelernt. Am Telefon war er sehr nett gewesen und hatte ihr gesagt, dass er Travis direkt kontaktiert hätte, da er daran interessiert sei, in der neuen Wohltätigkeitsorganisation, die Travis für weibliche Opfer häuslichen Missbrauchs ins Leben gerufen hatte, als Spender und Berater zu fungieren. Travis Freund, Simon Hudson, hatte einem Studienkameraden namens Grady, einem bekannten Philanthrop aus der reichen Sinclair-Familie von der Ostküste, von der Wohltätigkeitsorganisation berichtet. Grady war der Stiftung beigetreten und hatte seinem Kindheitsfreund – Jason – davon berichtet, der aus irgendeinem Grund sofort an dem Projekt interessiert gewesen war und der Organisation beitreten wollte.

»Führen Sie ihn herein, sobald er hier ist!« Travis drehte sich herum, betrat sein Büro und schloss die Tür hinter sich.

»Ja, Sir!«, brummte Ally gereizt in Richtung Travis geschlossener Bürotür, während sie salutierend die Hand an die Schläfe legte. Sie wusste genau, die Geste würde ihren Chef zu Tode ärgern. Es tat ihr gut, ihn aufzuziehen, auch wenn er sie gar nicht sehen konnte.

Sie schüttelte die Milchpäckchen, öffnete sie und goss den Inhalt nachdenklich in ihren Kaffee. Dann rührte sie die heiße Flüssigkeit, tief in ihre eigenen Gedanken verloren.

Eigentlich mochte sie Travis ganz gern. Obwohl… mögen nicht gerade ein treffender Ausdruck im Zusammenhang mit Travis war: eine zu laue Bezeichnung in Bezug auf einen Mann, der bei seinen Angestellten heftige Emotionen hervorrief, angefangen bei Erschrecken bis hin zu Bewunderung. Er war niemals wirklich liebenswürdig, sondern ging bewusst auf Distanz, und Ally bemühte sich, ihn aus seinem Schneckenhaus zu locken, was ihn maßlos ärgerte. Denn manchmal war es ihr lieber, seinen Zorn zu ertragen als seine eisige Gleichgültigkeit. Travis war zu ernst, zu düster und vollkommen humorlos. Vielleicht sollte sie ihn nicht so oft reizen, doch es fiel ihr schwer, nicht einen Blick auf den Mann werfen zu wollen, der sich hinter dieser harten Schale verbarg. Bisher hatte sie jedoch nur seine raue Seite kennengelernt. Während des ersten Jahres ihrer Anstellung bei ihm hatte sie lediglich Dankbarkeit empfunden, diesen Job bekommen zu haben, und hatte ihm jeden Gefallen getan, um weiterhin das fantastische Gehalt beziehen zu können, das er ihr zahlte. Außerdem hoffte sie aufgrund der bei ihm gesammelten Erfahrung, sich eines Tages für ein Studium zur Diplomkauffrau bewerben zu können. Doch innerhalb eines Jahres hatte sie erkannt, dass er ihr niemals kündigen würde, da er sie zu sehr brauchte – obwohl er das kein einziges Mal zugegeben hatte. Seitdem hatte sie es sich zur Mission gemacht, Travis Harrison herauszufordern, nur um den gejagten Ausdruck zu verscheuchen, den sie gelegentlich in seinen Augen sehen konnte und dessen er selbst sich nicht einmal bewusst war.

Er würde es hassen, wenn er wüsste, dass man eine gewisse Verwundbarkeit an ihm bemerken konnte, wenn man nur genau hinschaute.

»Vier Jahre, und ich kenne diesen Mann immer noch nicht zur Gänze«, murmelte sie zu sich selbst, während sie auf ihren Kaffee blies, bevor sie einen Schluck des heißen Getränks zu sich nahm. Falls Travis einmal nicht zornig war, sah er ernst und unnahbar aus. Ally zog seinen Ärger der unglücklichen Ruhelosigkeit vor, die sie in ihm spüren konnte. Wahrscheinlich dachten die meisten Menschen, Travis Harrison hätte alles, was er sich wünschte, doch Ally glaubte das nicht und gab niemals ihre Versuche auf, nach dem wahren Kern des Mannes zu suchen, der sich hinter der Arschloch-Maske verbarg.

Gewiss hatte Travis bewundernswerte Qualitäten. Er schenkte seinen Wohltätigkeitsaktionen die gleiche Aufmerksamkeit wie seiner Firma und wählte sehr genau aus, welche Organisation er finanziell unterstützte. Denn Travis Harrison tat nichts halbherzig. Sobald er sich erst einmal für eine Wohltätigkeitsorganisation entschieden hatte, arbeitete er ebenso hart für deren Erfolg wie für den seiner Geschäfte. Das war eine Seite, die Ally an ihm bewunderte. Doch leider war er allzu oft ein totaler Dämlack. Wie konnte jemand, der so vollkommen düster erschien wie ihr Chef, sich andererseits so für andere Menschen einsetzen? Diese Frage hatte sich Ally jahrelang immer wieder gestellt und bis jetzt noch keine Antwort darauf gefunden.

»Miss Caldwell!«, brüllte Travis aus seinem Büro herüber und hielt es nicht für nötig, die Gegensprechanlage zu benutzen. Er brauchte sie nicht, denn er hatte keine Probleme, seine Stimme zu erheben.

Resigniert erhob sich Ally von ihrem Bürostuhl. Sie hatte schon auf sein vertraut klingendes Gebrüll gewartet und wusste bereits, was er von ihr wollte. Während sie ihren viel zu engen Rock im Marinestil über ihre kurvigen Hüften zerrte, sodass der Saum wieder bis an ihre Knie reichte, verfluchte sie sich, dass sie weder ihre Diät noch ihr Training eingehalten hatte. Ihr verrückter Tagesplan begann, sich deutlich an ihrem Äußeren bemerkbar zu machen, und auch vorher war sie nicht gerade ein Blickfang gewesen. Vor ein paar Jahren hatte ihr der Rock sehr gut gepasst, obwohl sie damals auch nicht gerade dünn gewesen war. Nun war ihr jedes einzelne Kleidungsstück, das sie besaß, zu eng, und sie konnte sich definitiv keine neue Garderobe leisten.

»Diät«, sagte sie eindringlich zu sich selbst und strich sich einige verirrte Locken hinter die Ohren, die sich aus dem dichten, blonden französischen Zopf gelöst hatten, der ihr den Rücken hinabfiel. Dann legte sie ihre Lesebrille sorgfältig auf dem Schreibtisch ab, da sie wusste, dass sie diese für die Auseinandersetzung mit Travis nicht benötigen würde.

Mit einem Schwung stieß sie Travis Bürotür auf, trat ein und lehnte sich gegen die Tür, um sie hinter sich zu schließen. »Brauchen Sie etwas, Mr. Harrison?«, fragte sie zuckersüß.

»Was zum Teufel ist das hier?« Travis wedelte mit einem Blatt Papier in der Luft herum und bedachte sie mit einem ärgerlichen Blick.

»Das ist ein Erinnerungsschreiben betreffs meines Urlaubs. Ich habe den Antrag bereits vor fast einem Jahr eingereicht«, erklärte sie ihm ruhig, während sie sich seinem Schreibtisch näherte.

»Die Antwort lautet Nein«, erwiderte Travis in dem aufreizenden Tonfall eines Diktators.

»Das ist kein Antrag. Den Urlaub habe ich bereits vor einem Jahr *beantragt*. Das ist eine Erinnerung. Sie sollten sich um eine Aushilfe bemühen, die mich für zwei Wochen vertreten kann.«

»Unmöglich«, widersprach er. »An einem der betroffenen Wochenenden werde ich in Colorado sein und ich werde Sie dort brauchen.«

Ally biss die Zähne zusammen. »Den Zeitpunkt meines Urlaubs habe ich wegen meiner Hochzeit so ausgesucht und das ist Ihnen bereits seit einem Jahr bekannt.« Sie beugte sich über seinen Schreibtisch und stützte sich mit den Handflächen auf der Tischkante ab. Jetzt war sie richtig wütend. »Während der ganzen vier Jahre, die ich hier gearbeitet habe, habe ich keinen einzigen freien Tag genommen. Immer habe ich mich damit zufriedengegeben, die Urlaubstage ausgezahlt zu bekommen. Zum ersten Mal *brauche* ich wirklich einige freie Tage. Und ich werde sie mir nehmen.«

Travis verschränkte seine Arme vor der Brust und zeigte sich stur. »Kaffee zu servieren gehört vielleicht nicht zu Ihrem Arbeitsbereich, doch mit Ihrem Arbeitsvertrag haben Sie definitiv zugestimmt, mich auf Geschäftsreisen zu begleiten. Und während der gesamten vier Jahre, die Sie nun für mich arbeiten, habe ich Ihre Begleitung kein einziges Mal in Anspruch genommen.«

Travis hatte Recht. Er hatte sie bisher nie darum gebeten, ihn auf einer Geschäftsreise zu begleiten, was tatsächlich zu ihrem Job gehörte, falls die Notwendigkeit bestand. Er war immer allein gereist. Also warum benötigte er sie jetzt?

Ally wusste, sie brauchte den Urlaub dringend zur Widerherstellung ihres seelischen Gleichgewichts. Sie musste sich ihre Wunden lecken und den Schlamassel in Ordnung bringen, den Rick hinterlassen hatte. Gestern waren ihre Kontoauszüge mit der Post eingetroffen und hatten sie schmerzlich daran erinnert, dass sie es unterlassen hatte, Rick die Vollmacht zu entziehen. Der Hurensohn hatte seine Kreditkarte sofort ausgiebig benutzt, nachdem sie ihn bei seiner Untreue erwischt und anschließend das Haus zum Verkauf gestellt hatte. Wahrscheinlich hatte er teure Geschenke für seine neue Freundin erworben. Nicht in ihren wildesten Fantasien hätte sie damit gerechnet, dass Rick ihr so etwas antun würde. Doch sie hatte ja auch nicht damit gerechnet, ihn in ihrem eigenen Haus dabei zu überraschen, wie er eine andere Frau vögelte. Sie war gezwungen, das Haus zu verkaufen. Erstens wollte sie nicht an ihre missglückte Beziehung und die fünf verschwendeten Jahre erinnert werden, und zweitens konnte sie keinesfalls, nicht einmal für kurze Zeit, ohne Ricks Unterstützung die Raten für die teure Hypothek bezahlen. Nicht zusätzlich zu den anderen Schulden, die er in ihrem Namen angehäuft hatte. Außerdem wollte sie keinesfalls nur aufgrund der Hypothekenzahlungen in Armut leben und sich mit zwei Jobs zu Tode schuften, um ein Haus zu erhalten, das ihr ohnehin nicht mehr zusagte. So hatte sie sich ihr Leben nicht vorgestellt. Eigentlich sollte sie einen Verlobten haben – einen zukünftigen Ehemann – der endlich in seinem Beruf arbeiten und seinen Beitrag zu ihrem gemeinsamen Leben leisten würde. Stattdessen musste sie ihr finanzielles Desaster wieder in Ordnung bringen und ihr Traum, endlich wieder ein normales Leben zu führen, hatte sich vollkommen in Luft aufgelöst.

Denk jetzt nicht daran! Du wirst das alles in Ordnung bringen, wenn du eine Minute zu Atem kommst. Konzentrier dich auf die Arbeit!

Travis ließ ein ungehaltenes Schnaufen hören. »Sie heiraten einen Versager. Es wäre besser, wenn Sie gar nicht heiraten würden. Innerhalb eines Jahres werden Sie geschieden sein.«

Kochend vor Wut biss Ally die Zähne zusammen. Wie viele Male hatte Travis ihr das schon gesagt? Gott, es ärgerte sie furchtbar, dass er nun wirklich Recht bekommen hatte. »Ich werde nicht heiraten«, erwiderte sie scharf.

Travis wandte sich ruckartig von seinem Computer ab und musterte sie mit einem intensiven Blick. »Wann haben Sie Ihre Meinung geändert?«

»Vor einem Monat, nachdem ich meinen angeblich zukünftigen Ehemann mit einer jungen, attraktiven, wahrscheinlich kaum volljährigen, großbusigen Barbiepuppe in unserem brandneuen Ehebett in flagranti erwischt habe«, erklärte sie mit lauter Stimme und ohne zu überlegen. Travis machte sie verrückt, doch in diesem Moment verlor sie zum ersten Mal in vier Jahren die Beherrschung. »Also entschuldigen Sie bitte, wenn ich einen gottverdammten Urlaub brauche, den ich mir wirklich verdient habe, damit ich *damit* zurechtkommen kann. Zwischen meiner Arbeit hier in der Firma und meinem Job bei Sully's bleibt mir keine Sekunde zum Atemschöpfen. Ich muss mich jetzt um meine persönlichen Angelegenheiten kümmern. Ich habe ein Haus, das ich jetzt verkaufen muss, und ich muss für meine Kreditkartenüberziehung und andere Schulden bürgen, die ich nicht einmal selbst verursacht habe.« Ally schluckte und schnappte nach Luft. Zum ersten Mal begann die Panik, sie zu überwältigen. »Ich brauche etwas Zeit, um all das in Ordnung zu bringen.« Wie sollte es weitergehen? Ihr ganzes Leben hatte sich jahrelang nur um ihre Lebensplanung und Ricks Ausbildung gedreht.

»Davon haben Sie mir gar nichts erzählt«, bemerkte Travis leise.

Ally warf die Hände in die Luft und musste sich beherrschen, Travis nicht den Hals zu würgen. Als ob er dazu einlud, eine vertrauliche Unterhaltung zu führen! Die meiste Zeit bellte er ihr Befehle zu. »Ich habe bis jetzt nicht bemerkt, dass ich meine persönlichen Probleme mit meinem egozentrischen Hurensohn von Chef teilen könnte. Ich rede nicht über meine persönlichen Schwierigkeiten, da ich weiß, dass Sie kein Interesse daran haben. Sie bezahlen mich für meine Arbeit und ich mache meinen Job. Und jetzt will ich meinen verdienten Urlaub!« Hatte sie Travis wirklich gerade einen Hurensohn genannt? Sie lagen ständig im Streit miteinander und gewiss hatte sie ihm dieses Wort ungefähr eine Million Mal ins Gesicht schleudern wollen, doch niemals war sie *so* unprofessionell und unverblümt gewesen, das auch in die Tat umzusetzen. Sie war wirklich dabei, die Kontrolle zu verlieren. »Bitte! Genehmigen Sie mir die Auszeit. Danach werde ich verträglicher sein.«

»Er hat Sie verletzt«, stellte Travis sachlich fest.

Ally ließ sich in den Stuhl vor Travis Schreibtisch fallen. Sie fühlte sich vollkommen ausgelaugt. »Mein ganzes Leben hat sich jahrelang nur um seine Karriere gedreht. Ich habe das College abgebrochen, nachdem ich den Bachelor erreicht hatte, anstatt mit dem Studium fortzufahren, um das Diplom zu erhalten, nur damit er als Erster seinen Abschluss machen konnte. Zu jener Zeit war das sinnvoll. Jedenfalls dachte ich das. Ich opferte alle meine Wünsche. Allerdings hatte ich einen Plan, der am Ende uns beide zufriedengestellt hätte. Ich habe hart gearbeitet, um ihm zu helfen, seine Berufsausbildung abzuschließen. Danach wäre ich an der Reihe gewesen. Doch jetzt, da es soweit gewesen wäre, ist alles zusammengebrochen«, erklärte sie ruhig. Ihr Zorn war verraucht.

»Ich habe nicht bemerkt, dass Sie noch einen zweiten Job haben. Was muss ich mir darunter vorstellen?« Travis lehnte sich in seinem Stuhl zurück, während er den Blick nicht von ihr wandte und sie mit seinen dunklen Augen aufmerksam musterte.

»Ich bin Barfrau. Fast an jedem Abend der Woche arbeite ich bei Sully's Oasis. Angefangen habe ich damit, Getränke zu servieren. Doch dann hat mir der Eigentümer beigebracht, wie man Cocktails mixt. Irgendwann wurde ich richtig gut darin. Als Barfrau wird man besser bezahlt.«

Travis zog eine Augenbraue in die Höhe. »Besser als bei mir?«

»Nein. Besser, als wenn man als Kellnerin arbeitet. Ich musste mich hocharbeiten.« Es hatte sie zwei Jahre gekostet, bis sie bei Sully's zur Barfrau aufgestiegen war. »Die Trinkgelder sind auch gut. Doch hier in Ihrer Firma beziehe ich natürlich ein viel höheres Gehalt. Als Barfrau hätte ich nicht genug verdient. Doch der Nebenjob hilft mir, meine Rechnungen zu bezahlen. Ich muss das Haus verkaufen und die Schulden abbezahlen, die mir mein betrügerischer Ex-Verlobter hinterlassen hat. Dann kann ich endlich auf meinen Zweitjob verzichten und mein Studium zumindest Teilzeit weiterführen.«

»Sie sehen müde aus, Alison«, bemerkte Travis, während sein Blick über ihr abgespanntes Gesicht wanderte.

»Ich bin seit Jahren nur noch erschöpft. Ich habe mich schon an den Zustand gewöhnt.« Ally lachte in dem Versuch, ihre schwierige Lage herunterzuspielen. Normalerweise führte sie mit Travis keine

Gespräche dieser Art und sie fühlte sich ungehobelt und etwas linkisch. Sie fand es dann doch angenehmer, mit ihm zu streiten.

»*Sie* sollte eine sehr gute Aushilfe sein«, sagte Travis schließlich, nachdem einen Moment lang Stille geherrscht hatte. »Ich werde in Colorado nicht auf Sie verzichten können, doch Sie können Ihren Urlaub vorher nehmen. Verschieben Sie ihn einfach um eine Woche nach vorn, dann sind Sie wieder hier, bevor ich die Geschäftsreise antreten muss. Ich nehme an, da die Hochzeit ausfällt, spielt der Zeitpunkt Ihres Urlaubs eigentlich keine Rolle mehr.«

Ally schaute Travis überrascht an. »*Er* ist in der Tat eine sehr gute Aushilfskraft. Das würde bedeuten, dass ich schon nächste Woche meinen Urlaub antreten könnte.«

»Damit muss ich mich wohl abfinden.« Travis zuckte mit den Schultern.

Neugierig fragte sie: »Was haben Sie in Colorado zu erledigen?«

Travis verzog das Gesicht. »Ich muss einen Spendensammler treffen und brauche eine weibliche Begleitung.«

Ally starrte ihn widerspenstig an. »Dafür stelle ich mich nicht zur Verfügung. Das ist eine Privatangelegenheit. Ich dachte, Sie hätten dort geschäftliche Verabredungen.«

»Das ist eine geschäftliche Angelegenheit. Und theoretisch treten Sie dort auch nicht als meine Begleiterin auf. Ich muss dieser Veranstaltung beiwohnen und möchte nicht gern allein dort erscheinen«, knurrte Travis. »Es ist nicht so schwierig. Sie kommen mit! Sie müssen sich nur nett mit den Leuten unterhalten und versuchen, sie nicht als egozentrische Hurensöhne zu beschimpfen. Und dann essen und trinken Sie, was auch immer dort angeboten wird. Tate Colter ist seit Jahren mein Geschäftspartner und Freund. Er hat diesen Wohltätigkeitsball unter der Bedingung organisiert, dass ich dort erscheine, weil ich ihn schon so lange nicht mehr besucht habe. Er legt großen Wert darauf, dass ich komme. Und allein dorthin zu gehen, wäre mir –«, Travis hüstelte, bevor er fortfuhr, »unangenehm.«

»Warum?« Ally verschränkte die Arme vor der Brust. Was war befremdlich daran, allein bei einem Sponsor zu erscheinen? Da musste etwas dahinterstecken, das Travis ihr verschwieg. »Sie gehen doch sehr oft allein zu dieser Art von Veranstaltungen. Sie brauchen mich dort doch eigentlich nicht.«

»Diesmal ist es... anders«, erklärte Travis zögernd. »Sie müssen lediglich anwesend sein, Alison. Theoretisch gesehen *ist* es eine Geschäftsangelegenheit. Ihre Anwesenheit ist erforderlich. Während unserer Abwesenheit kann die Aushilfe hier gemeinsam mit Kade die Stellung halten.«

Ally beäugte Travis neugierig und fragte sich, was er ihr *nicht* sagte. »Ich habe aber keine passende Garderobe für diese Art von Veranstaltung. Ich habe niemals etwas anderes benötigt als Bürokleidung.«

»Ich werde Ihnen die angemessene Kleidung besorgen. Und nun gehen Sie wieder an die Arbeit!« Er wedelte mit der Hand, als ob er sie wie eine lästige Fliege verscheuchen wollte.

Mein Gott, wie Ally es hasste, wenn er sie so behandelte. Sie fühlte sich dann wie ein unartiges Schulmädchen. »Und wie lange werden wir unterwegs sein?«

»Freitag geht es los, am Montag sind wir zurück. Der Ball findet Samstagabend statt«, antwortete Travis abwesend, als ob er sich in Gedanken schon wieder mit etwas anderem beschäftigen würde.

Ally erhob sich. Verlegen glättete sie die imaginären Falten an ihrem engen Rock und zog ihn ein bisschen über ihre Hüften nach unten. »Diät«, erinnerte sie sich und schickte sich an, das Büro zu verlassen. Eigentlich wollte sie mit Travis weiter über die Reise diskutieren, doch sie brachte es nicht fertig. Noch nie zuvor hatte er sie darum gebeten, ihn auf einer Reise zu begleiten, was eigentlich zu ihrem Job als seine Assistentin gehörte. Die Tatsache, dass Travis ein Einzelgänger war und es vorzog, allein zu reisen, war einer der Gründe dafür, dass sie einen zweiten Job hatte annehmen können. Normalerweise war Travis allein und verspürte kein Bedürfnis nach Begleitung. Und niemals bat er sie um etwas, das sie außerhalb ihrer Bürostunden in Anspruch genommen hätte, obwohl er eigentlich das Recht dazu gehabt hätte. Daher musste sie ihm seinen Wunsch erfüllen. Offensichtlich schien ihm ihre Begleitung diesmal auch sehr wichtig zu sein, obwohl er die Sache herunterspielte.

»Vollkommen unnötig, Alison«, sagte Travis mit tiefer, scheppernder Stimme. Er sprach so leise, dass Ally ihn fast nicht gehört hätte.

Sie drehte sich zu ihm herum. »Was ist unnötig?«

»Sie brauchen keine Diät einzuhalten.« Travis blickte sie mit finsterer Miene an.

Ally verdrehte die Augen. »Doch. Gewiss. Hat mein hinreißender Körper etwa meinen Verlobten davon abhalten können, eine andere Frau in unserem Bett zu vögeln?«, antwortete sie selbstironisch und war verblüfft über die Ausdrücke, die ihr über die Lippen schlüpften. Sie mochte vielleicht oft mit Travis gestritten haben, doch niemals auf dieser persönlichen Ebene.

Langsam stand Travis auf. Während er gemütlich den Raum durchquerte und genau vor ihr stehenblieb, hielt er unverwandt seine schimmernden, grimmigen Augen auf sie gerichtet. Ally wich ein paar Schritte zurück. Doch als Travis ihrer Bewegung folgte, befand sie sich plötzlich in der Falle zwischen Travis massigem Körper und der Tür. Sein männlicher Geruch schwängerte die Luft um sie herum und beinahe entfuhr ihr ein Seufzer, als sie den berauschenden Duft einatmete. So nahe kam sie ihm nur selten, doch wann auch immer das der Fall war, bekam sie weiche Knie, allein von dem männlichen, moschusartigen Duft, der seinem Körper wie Pheromon entströmte und sie verlockte, ihm noch näherzukommen, um in seinem Geruch zu schwelgen. Travis war vielleicht meist ein sturer Hund, doch Ally konnte nicht leugnen, dass er ebenfalls ein hinreißendes, starkes, Testosteron-überladenes Exemplar von einem männlichen Arschloch darstellte.

Travis legte je eine Handfläche rechts und links von ihrem Kopf an die Wand und beugte sich so weit zu ihr hinunter, bis sein warmer Atem Allys Ohr liebkoste und sie erzittern ließ.

»Ihr *Ex*-Verlobter war und ist ein idiotischer Narr. Sie, Alison, haben diesen weichen, weiblichen Körper, den jeder Mann unter sich spüren will, wenn er seinen Schwanz in eine Frau versenkt.

Alles an Ihnen ist perfekt.« Seine Stimme klang heiser und warm und wirkte wie hypnotisierend auf Ally. »Wäre er schlauer gewesen, hätte er Sie auf eine Art befriedigt, die alle Ihre sexuellen Träume erfüllt und Sie so abhängig von ihm gemacht hätte, dass Sie niemals auf die Idee gekommen wären, ihn zu verlassen, und er niemals an eine andere Frau auch nur gedacht hätte.«

Ally stöhnte beinahe auf, so sehr fesselte sie die verführerische Stimme an ihrem Ohr. »Auf diese Weise hat er mich nie geliebt«, gab sie zu und lehnte ihren Hinterkopf gegen die Tür. Rick war es scheißegal gewesen, ob er sie befriedigt hatte oder nicht.

Travis richtete sich gerade auf und blickte von seiner überragenden Höhe auf sie hinunter. Sein Gesicht trug plötzlich wieder die Maske der Gleichgültigkeit. »Dann verdient er Sie nicht.« Er trat zurück und machte ihr Platz, damit sie die Tür öffnen konnte.

Ally kämpfte nervös mit der Tür. Was zum Teufel war gerade mit ihr geschehen? Sie hastete aus Travis Büro und schloss die Tür hinter sich, ohne sich noch einmal umzublicken. Ihre Hände zitterten und ihre Brustwarzen waren hart und empfindlich geworden, allein von der puren Erotik in Travis dunkler, verführerischer Stimme, die ihr unanständige Worte ins Ohr flüsterte.

Benommen und verwirrt setzte sich Ally an ihren Schreibtisch. Sie fragte sich, ob die unwirkliche Szene ihrer überschwänglichen Fantasie entsprungen war. Wenn Travis Harrison bisher einen Blick an sie verschwendet hatte, war dieser immer von Ärger gezeichnet gewesen. Und gewiss hatte er niemals zuvor etwas zu ihr gesagt, das sie in weniger als ein paar Sekunden so sehr erregt hätte.

Sie begann, an ihrem lauwarmen Kaffee zu nippen, und setzte ihre Lesebrille auf. Dann wandte sie sich entschlossen ihrem Computer zu und gab sich im Geiste einen Klaps, nicht mehr an Travis zu denken. Schließlich hatte er sie noch nicht einmal berührt. Eigentlich war nichts Besonderes geschehen. Er hatte ihr zwar ungewöhnlicher Weise ein Kompliment gemacht, doch am Ende hatte sich nichts wirklich verändert. Travis war einfach nur... anders heute und in einer sehr merkwürdigen Stimmung.

Sie schüttelte den Kopf und nahm ihre Arbeit wieder auf.

Kapitel 2

Jason Sutherland war in glänzender Stimmung, als er Travis Harrisons Büro im obersten Stockwerk des Firmengebäudes betrat. Die hübsche, blonde Frau an dem Schreibtisch im Empfangsbereich entlockte ihm ein Lächeln. Das musste Ally sein, Travis Assistentin, mit der er zu einem früheren Zeitpunkt an diesem Morgen telefoniert hatte. Ihre äußere Erscheinung war tatsächlich genauso anziehend wie ihre Stimme. Diese hatte zwar keine erotischen Gedanken in ihm geweckt, doch es freute ihn zu sehen, dass sie genauso charmant zu sein schien, wie es ihre Stimme am Telefon verheißen hatte.

»Mr. Sutherland?« Die Frau erhob sich und schenkte ihm ein freundliches Lächeln, das ihn überraschte.

Normalerweise hießen ihn die Frauen mit einem berechnenden, gekünstelten Strahlen willkommen und bedachten ihn mit Blicken, die gleichzeitig ihn und sein Bankkonto zu taxieren schienen. Hope Sinclair, Gradys jüngere Schwester, war die einzige Frau, die ihn jemals wirklich eher wie einen Menschen anstatt wie einen milliardenschweren Heiratskandidaten behandelt hatte. Tatsächlich ging Hope mit ihm ein bisschen zu lässig um und behandelte ihn für seinen Geschmack ein bisschen zu sehr wie einen älteren Bruder – bis zu dem *Zwischenfall* während des Weihnachtsfestes, als er sie in Amesport getroffen hatte. »Ally!« Er lächelte zurück und nahm ihre Hand, die sie ihm zur Begrüßung gereicht hatte. »Ich freue mich, Sie nun auch persönlich kennenzulernen. Bitte nennen Sie mich Jason!«

Ally löste ihre Hand aus seiner und nickte. »Ich freue mich ebenfalls. Danke für Ihren Anruf heute Morgen. Mr. Harrison erwartet Sie. Ich werde ihn holen.«

»Er ist schon hier«, erklang ein tiefer, gereizt klingender Bariton von der anderen Seite des Büros. »Kommen Sie herein, Sutherland!«

Jason blickte in die Richtung, aus der die Stimme gekommen war, und fühlte sich in seiner Jeans und dem durchgeknöpften Hemd etwas unpassend gekleidet, als er Travis Harrison erblickte. Grady hatte ihn bereits vorgewarnt, Travis wäre laut Simon ein einschüchternder Mistkerl, und nun kannte Jason auch den Grund für dieses Urteil. Der düstere Ausdruck auf Travis Gesicht war beinahe mörderisch zu nennen und Jason hatte Mühe, sein Mienenspiel unter Kontrolle zu halten, als Travis zuerst Ally mit einem besitzergreifenden Blick bedachte und sich dann wieder ihm zuwandte. Wirklich, Jason kümmerte es wenig, dass Travis ganz offen das Arschloch herauskehrte, und zeigte sich nicht im Mindesten beeindruckt. Er zog es vor, wenn ihm ein Mann offene Feindschaft entgegenbrachte, als dass er ihm ins Gesicht lachte, nur um ihm dann ein Messer in den Rücken zu rammen. Im Umgang mit Travis Harrison hatte er das Gefühl, immer genau zu wissen, woran er war, und das gefiel ihm.

Er zwinkerte Ally zu, als er an deren Schreibtisch vorbeiging und lässig in Travis Büro schlenderte.

»Sie ist tabu«, knurrte Travis Jason an, nachdem er die Tür seines Büros hinter sich geschlossen hatte.

»Ist sie verheiratet?«, fragte Jason unschuldig, während er auf einem Stuhl vor Travis Schreibtisch Platz nahm.

»Nein«, grollte Travis und setzte sich hinter den massiven Eichenholzschreibtisch.

»Ist sie verlobt?«, bohrte er weiter und grinste, als Travis ihn böse ansah.

»Nein.«

»Ist sie eine Verwandte von Ihnen?« Jason wusste verdammt gut, dass Ally nicht mit Travis verwandt war, doch inzwischen fand er Gefallen daran, Harrison ein bisschen zu ärgern. Leid schien tatsächlich gern Gesellschaft zu haben.

»Zur Hölle, nein!«, erwiderte Travis aufgebracht. »Doch falls Sie sie anrühren, werde ich Sie umbringen.«

Treffer. Jason wusste, er hatte einen Nerv getroffen. »Sie ist sehr nett und sehr hübsch –«

»Ich sagte doch bereits –«

»Aber ich bin nicht an ihr interessiert«, beendete Jason seinen vorherigen Satz und grinste.

»Sind Sie homosexuell?«, erkundigte sich Travis und sah nun eher hoffnungsvoll aus.

Jason schüttelte den Kopf. Beinahe hasste er es, Travis Hoffnung zu zerstören. Mist, Travis interessierte sich ernsthaft für Ally. Offensichtlich dachte der Typ, dass jeder Mann, der Ally auch nur anblickte, sie sofort ficken wollte, da er selbst von diesem Wunsch besessen war. Und Jason wusste genau, wie sich das anfühlte. »Nein. Aber mein Interesse gilt bereits einer anderen Frau.«

Travis nahm einen Stift zur Hand und drehte ihn gedankenverloren in seinen Fingern hin und her, während er Jasons Gesicht so gründlich musterte, dass dieser sich beinahe in seinem Stuhl gewunden hätte. Verdammt, da draußen hatte sich Jason mit den schwersten Jungs gemessen, manchmal mehr als einmal, doch Travis spielte in einer vollkommen anderen Liga. Er war nicht einmal hinterhältiger, sondern einfach… anders.

»Mir war bis jetzt nicht bekannt, dass Sie verlobt wären oder auch nur eine Freundin hätten«, wandte Travis ein und legte den Stift auf den Schreibtisch zurück.

»Bin ich auch nicht. Es ist… kompliziert«, gab Jason zu und lehnte sich in seinem Stuhl zurück, während er Travis unbehaglich ansah.

»Ach so… unerwidertes Verlangen. Sie möchten sie gern vögeln, doch sie will Sie nicht. Das zehrt, oder?« Endlich zeigte Travis ein bisschen Mitgefühl und warf Jason einen wissenden Blick zu.

So ganz traf Travis Einschätzung zwar nicht auf seine Geschichte mit Hope zu, doch sie kam seinem Problem ziemlich nahe. »Eine sehr langwierige Angelegenheit«, bestätigte Jason, der inzwischen eine merkwürdige geistige Verwandtschaft mit Travis empfand. Der arme Kerl hatte sich vollkommen in seine Assistentin verliebt und litt schwer unter einem Samenstau. Darüber hinaus befand er sich in der offensichtlich misslichen Lage, sich jeden Tag in Allys unmittelbarer Nähe aufhalten zu müssen.

»Also, wie ernst ist Ihr Vorschlag gemeint, diese Stiftung mit uns gemeinsam zu verwalten?«, fragte Travis und wechselte so das Thema. Offensichtlich war er nun davon überzeugt, dass Jason sich nicht an Ally heranmachen würde.

»Meine Zeit ist kostbar; ich bin eigens von der Ostküste hierhergeflogen. Meine Absichten sind ausgesprochen ernst. Ich möchte nicht nur als Spender auftreten, sondern an der Ausarbeitung des Investitionsplans mitwirken, damit die Stiftung zahlungskräftig bleibt, vorausgesetzt, die zugrundeliegende Intention ist durchführbar.« Jason wollte sich engagieren. Er musste sich mit etwas Sinnvollem beschäftigen. Er besaß mehr Geld, als er in mehreren Leben hätte ausgeben können, selbst, wenn er sich jeden Wunsch erfüllen würde. Er hatte seine Ruhelosigkeit erkannt und ihm war bewusst geworden, dass er sich für etwas Wichtigeres als lediglich für die Vermehrung seines persönlichen Reichtums einsetzen musste.

»Die Idee ist durchführbar. Die meisten der Finanzierungspläne habe ich selbst ausgearbeitet«, antwortete Travis arrogant und schob Jason eine dicke Akte quer über den Tisch zu. »Am besten gehen wir in Kades Büro hinüber und sehen die Unterlagen gemeinsam mit ihm durch. Dieses Projekt ist für Kade und seine Frau Asha ungeheuer wichtig.«

Eilig sprang Jason auf; er konnte es kaum erwarten, mit der Arbeit zu beginnen. Er brauchte die Ablenkung dringend. »Kade Harrison. Er war ein hervorragender Quarterback«, stellte Jason fest, während er Travis zur Tür folgte.

»Ist er immer noch«, erwiderte Travis und öffnete die Tür seines Büros. Dann drehte er sich zu Jason herum. »Allerdings nicht mehr auf dem Spielfeld. Jetzt ist er ein ebenso hervorragender Geschäftsmann, der mir den Rücken stärkt.«

Jason musste hinter Travis Rücken lächeln, als sie das Büro verließen. Travis Harrison war vielleicht ein grober Kerl, doch war er offensichtlich überaus fürsorglich und stolz auf jene, die er liebte. Jason gefiel diese Art von Loyalität besser als vorgetäuschter Charme. Und Ersteres war überaus selten in den Kreisen, in denen die beiden sich bewegten.

Ally schenkte Jason ein Lächeln, als dieser an ihrem Schreibtisch vorbeikam, und er lächelte zurück. Gedankenverloren fragte er sich, ob Ally wusste, dass sie einen solch grimmigen Beschützer besaß und dass Travis Gefühle für sie, genau wie seine eigenen für Hope, weit davon entfernt waren, brüderlicher Natur zu sein.

»Ich gehe in Kades Büro«, schnappte Travis in Allys Richtung.

Angesichts von Travis nicht-so-freundlicher Behandlung seiner Assistentin bezweifelte Jason, dass diese auch nur die geringste Ahnung von den wahren Gefühlen ihres Chefs besaß. Doch er brach beinahe in Gelächter aus, als er Allys abweisende Haltung beobachtete, die Travis Bemerkung mit einem knappen Nicken bestätigte, sich jedoch nicht im Geringsten vor ihm zu fürchten schien. Eigentlich hatte sie ihn beinahe ignoriert und noch nicht einmal von ihrem Computer aufgeschaut.

Sie bietet ihm Widerstand und fordert ihn heraus.

Jason lächelte zynisch, während er dem anderen Mann den Flur entlang in Kades Büro folgte und sich fragte, wie lange Travis brauchen würde, um sich geschlagen zu geben.

Sie wird nicht heiraten. Sie hat sich von ihrem Arschloch eines Verlobten getrennt. Sie ist frei. Sie ist frei. Sie ist frei.

Das Mantra trommelte in Travis Gehirn, während er seinen Hennessey Venom GT zum ersten Mal auf seiner Rennbahn fuhr. Er wollte Geschwindigkeit und Handhabung seines neuen Fahrzeugs austesten, das früher an diesem Tag bei ihm eingetroffen war. Normalerweise hätte es ihm in den Fingern gejuckt, den Wagen bis zur höchstmöglichen Geschwindigkeit auszureizen und sich vollkommen auf dessen Fähigkeiten zu konzentrieren, doch heute war kein normaler Tag.

Heute ist der Tag, an dem ich herausgefunden habe, dass Alison Caldwell ihre Verlobung gelöst hat.

Tödliche Geschwindigkeiten zu meistern und gleichzeitig an Ally Caldwell zu denken, vertrug sich nicht miteinander. Sein Schwanz war hart, doch bestimmt nicht aufgrund des pochenden Motors. Das war allein ihre Schuld; seine Erektion beruhte auf der Tatsache, dass die blonde Plage in dem engen Rock zum ersten Mal frei war, seitdem er sie eingestellt hatte.

Seine Finger schlossen sich fest um das Lenkrad, als er das Fahrzeug meisterhaft durch eine Kurve manövrierte und mit kaum verringerter Geschwindigkeit in die folgende Gerade einfuhr. Bei Gott, der Wagen war nett, doch er konnte nur daran denken, um wie viel netter es sein würde, Ally zu lieben, sie unter sich zu haben und sie seinen Namen schreien zu hören, während er sie immer und immer wieder zum Orgasmus bringen würde, bis all ihre Gedanken nur noch ihm galten.

Vier Jahre und zweiunddreißig Tage lang hatte dieses Szenario seine Träume beherrscht; eintausendvierhundertneunzig Tage der Qual und krankhaft geschwollener Hoden, die keine andere Frau kurieren konnte. Seit dem Tag, an dem sie für das Vorstellungsgespräch etwas atemlos und nervös in sein Büro stolziert war, steckte er in diesen Schwierigkeiten. Augenblicklich hatte sein Schwanz in der Hose zu zucken begonnen, sodass er sie nur noch packen und auf seinen Schoß hatte zerren wollen, um sie noch atemloser zu machen, bis sie beide vollkommen gesättigt gewesen wären. Warum zum Teufel hatte er sie nur eingestellt? Das hatte er niemals verstehen können. Er musste eine masochistische Ader haben, denn ihre süße, unschuldige Schönheit hatte ihn jeden verdammten Moment verfolgt, seitdem er sie eingestellt hatte. Und ihre Intelligenz sowie ihre scharfe Zunge reizten ihn maßlos und forderten ihn heraus. Er war nur noch von

T. A. Scott

dem Drang besessen, die kleine Tigerin zu zähmen und sie so gefügig zu machen, dass sie nur noch so sanft schnurrte wie ein Kätzchen.

Ich muss sie einfach nur ficken, dann kann ich sie endlich vergessen!

Travis nahm eine weitere Kurve und beschleunigte. Er hatte sich mittlerweile an die Handhabung des Fahrzeugs gewöhnt und konnte beruhigt die Geschwindigkeit erhöhen. Er versuchte, sich jetzt ganz auf seinen neuen Wagen zu konzentrieren. Nachdem er weit über eine Million Dollar für den Feuerteufel ausgegeben hatte, sollte er eigentlich begeisterter bei der Sache sein. Gewiss, er besaß eine ganze Reihe teurer Autos, doch hatte er sich schon seit einer geraumen Weile gewünscht, seiner Sammlung dieses spezielle Fahrzeug hinzuzufügen. Ungeduldig hatte er das Eintreffen des Wagens erwartet, weil er so verdammt schnell war. Doch heute stellte sich das Hochgefühl nicht ein, das er normalerweise empfand, wenn er eines der schnellsten Fahrzeuge der Welt erstanden hatte.

Ihretwegen!

»Verdammt!«, explodierte er frustriert. Er wusste, es war keine gute Idee, sich so unkonzentriert hinter das Lenkrad des schnellen Wagens zu setzen. Also drosselte er den Motor und fuhr zur Garage, wo einer seiner Mechaniker bereits auf ihn wartete.

»Das Baby ist schnell, Chef, oder?«, fragte der Mechaniker aufgeregt.

»Sehr schnell«, erwiderte Travis und ließ den Motor laufen, als er ausstieg. »Würden Sie den Wagen für mich parken, Henry? Machen Sie eine Spritztour, wenn Sie wollen, bevor Sie den Motor abstellen.« Gewissen Leuten erlaubte er, seine Wagen zu fahren, und Henry war einer jener wenigen Mechaniker, denen er jedes seiner Fahrzeuge anvertrauen würde.

»Danke, Chef«, erwiderte der ältere Mann begeistert. »Gehen Sie schon?«

»Ja. Wahrscheinlich komme ich morgen Abend wieder her«, kündigte Travis an und machte eine Kopfbewegung in Richtung seines Ferrari F12, mit dem er zur Rennbahn gekommen war. Der Ferrari war schnell und bequem. Seitdem er außerhalb der Rennbahn grundsätzlich keine selbstmörderischen Geschwindigkeiten mehr fuhr, konnte er die Schönheit des Ferraris genießen, ohne ihn so stark zu beschleunigen, wie er das mit einigen anderen seiner Fahrzeuge auf der Rennstrecke tat.

»Kade wird in dieses Auto vernarrt sein«, bemerkte Henry, als Travis sich zum Gehen wandte.

»Gewiss. Aber ich werde ihn nicht fahren lassen«, antwortete Travis böse und zeigte Henry ein teuflisches Grinsen. Er wusste, Kade würde danach lechzen, den Feuerteufel auszuprobieren, doch Kade besaß seine eigenen Spielzeuge. Die Garage war überfüllt mit Rennwagen und Motorrädern. Vielleicht würde Travis in ein paar Monaten nachgiebiger sein und Kade eine Probefahrt genehmigen, jedoch keinesfalls auf der Rennstrecke und ohne den Wagen auf waghalsige Geschwindigkeiten hochzuziehen. Kade war ein meisterhafter Motorradfahrer, doch mit Autos konnte er nicht so gut umgehen.

Keinesfalls wollte Travis riskieren, dass Kade sich erneut verletzte. Es hatte ihn beinahe umgebracht, als sein Bruder jenen Unfall erlitten hatte, der seine Footballkarriere beendet hatte. Er konnte seinen Zwillingsbruder nicht mehr auf diese Art leiden sehen. Es hatte Kade zwei volle Jahre der Rehabilitation gekostet, bis er wieder einigermaßen normal funktionierte und fähig war, ohne Krücken zu laufen. Kade verdiente jedes kleine Quäntchen Glück, das er nun zusammen mit seiner Ehefrau Asha erlebte, denn Asha war schwanger und sie erwarteten ihr erstes gemeinsames Kind.

Obwohl Travis diese Art der Beziehung zu einer Frau nicht im Geringsten verstehen konnte – die gleiche Liebesbeziehung verband seine Schwester Mia mit ihrem Ehemann Max – freute es ihn, dass seine Geschwister ihr Glück gefunden hatten.

»Kade wird verrücktspielen«, warnte Henry.

Travis winkte beschwichtigend mit der Hand und stieg in seinen Ferrari. »Er wird darüber hinwegkommen«, erwiderte er lässig, schloss die Fahrertür und legte den Sicherheitsgurt an. Er beobachtete, wie Henry in den Hennessey stieg und in die Rennbahn einfuhr. Sicher lenkte er den teuren Wagen in die erste Kurve.

Ich werde es nicht tun. Ich werde es nicht tun.

Travis wollte am Liebsten auf der Stelle zu Sully's Oasis hinüberrasen, um sich zu vergewissern, dass es Ally gutging. Sie war zwar jahrelang gut zurechtgekommen, doch jetzt wusste er, dass sie als Barfrau arbeitete und dass es keinen anständigen Mann in ihrem Leben gab, der über sie wachte. Und jetzt konnte er an nichts anderes mehr denken, als daran, dass die Männer in der Bar, denen sie Getränke servierte, zunehmend betrunkener werden und sich die Lippen nach ihr lecken würden. Betrunkene Männer waren gefährlich. Und Ally war gefährlich für betrunkene Männer. *Mist!* Er wünschte, sein verdammter Schwanz würde in tausend kleine Stückchen explodieren und ihn von seinem Elend erlösen. Er legte seine Hand über die beträchtliche Schwellung in seiner Jeans und fragte sich, ob dieses Szenario nicht bald schon Wirklichkeit werden würde.

Nacht für Nacht hatte er sich in den letzten vier Jahren ausgemalt, wie Ally nach Hause zu dem verdammten Arschloch ging und von ihm begrapscht und gefickt wurde, bis sie vor Lust schrie. Offensichtlich hatte *das* nicht stattgefunden. Der Hurensohn hatte noch nicht einmal zu schätzen gewusst, was für einen Schatz er an Ally hatte, während Travis seine Eier dafür gegeben hätte, sie in seinem Bett zu haben. Sie hatte niemals viel über ihren Verlobten geredet und jetzt kannte er den Grund für ihr Schweigen. Da die zwei Jobs sie so ermüdet hatten, hatte sie sich wahrscheinlich nur auf die Arbeit konzentriert. Und weiß Gott, sie arbeitete hart! Jahrelang hatte er sie durch den Fleischwolf gedreht und sie hatte sich niemals über das Arbeitspensum beklagt und niemals ihr freches, heißes Mundwerk eingebüßt. Nun bereute er es, so hart mit ihr umgegangen zu sein. Doch das war seine Art gewesen, eine gewisse Distanz zwischen ihnen zu schaffen.

Er lehnte seinen Kopf zurück und schloss die Augen, um sich das kleine Zwischenspiel am Morgen wieder ins Gedächtnis zu rufen. Dieser betörende Duft, der ihm das Wasser im Munde hatte zusammenlaufen lassen und den er tief in seine Lungen eingesaugt hatte, als er ihr nahegekommen war! Er wollte jenen Moment tief in seinem Gedächtnis verankern und den erregenden, blumigen, berauschenden Geruch ihrer Haut in sich aufnehmen, bis er jede einzelne Zelle seines Körpers füllen würde. Sein Verlangen nach ihr wurde immer verzweifelter. Wahrscheinlich war Ally eine knallharte Frau, doch an diesem Morgen hatte er einen Hauch Verwundbarkeit in ihren Augen schimmern sehen, den sie hinter ihren sarkastischen Bemerkungen versteckt hatte. Und das hatte ihm nicht gefallen. Wie konnte es möglich sein, dass sie sich wahrscheinlich *nicht* bewusst war, eines jeden Mannes feuchter Traum zu sein? Er konnte jedenfalls mit Bestimmtheit behaupten, dass sie als *Einzige* seine feuchten Träume bestritt – und das bereits während der letzten vier Jahre und zweiunddreißig Tage. So lange kämpfte er nun schon mit seinen Fantasien über Ally. Seitdem sie an diesem Morgen ihre Beherrschung verloren hatte, hatte er sich nicht davon abhalten können, ständig ihre Nähe zu suchen und sie wissen zu lassen, wie verdammt hübsch sie in ihrem Zorn gewesen war. Ally war eine Kämpferin und er hasste es, jenen verwundeten Ausdruck in ihren wunderschönen, grünen Augen zu sehen, die sie normalerweise hinter jener sexy Bibliothekarinnenbrille versteckte, die ihn halb verrückt machte. Die Brille entzündete seine Fantasie und er stellte sich vor, Allys Verstand jeden sittsamen und prüden Gedanken auszutreiben und sie zu befriedigen, bis sie zur lüsternen Dirne wurde, deren Verlangen einzig ihm galt. Lag es an der Brille, die sie gewöhnlich fast den ganzen Tag über trug, die verhindert hatte, dass er bemerken konnte, dass sie dunkle Ringe unter den Augen hatte und ausgesprochen müde aussah? Vielleicht lag es auch nur an der Tatsache, dass er immer mit seiner Erektion zu kämpfen hatte, wenn sie sich mit ihm im gleichen Raum aufhielt, und er deshalb zu abgelenkt war, um es zu bemerken. Zähneknirschend musste er sich eingestehen, dass die Streitereien zwischen ihnen ihm geholfen hatten, eine gewisse Distanz zu bewahren, die er unbedingt brauchte. Doch sogar *das* funktionierte nicht mehr wirklich.

Heute hatte er sich kaum beherrschen können und beinahe auf Jason Sutherland eingeschlagen, nur weil der Typ Ally angelächelt hatte. Sutherland wirkte wegen seines blendenden Aussehens und seines Reichtums angeblich unwiderstehlich auf Frauen und Travis wollte den Mann nicht mehr in Allys Nähe sehen – eigentlich keinen Mann unter achtzig. Gerade erst war sie einen Versager losgeworden. Allerdings konnte man Sutherland keineswegs als Versager bezeichnen und der Typ hatte ihm am Ende sogar gefallen. Doch Jason hatte ihm *nicht* gefallen, als dieser Ally zur Begrüßung berührt hatte. Und Ally hatte ihm ebenfalls *nicht* gefallen, als diese die Berührung erwidert hatte. Das Lächeln, das Ally Jason an diesem Morgen geschenkt hatte, hatte ihm einen Schlag in die Magengrube versetzt. Und er hatte sich gefragt, warum sie *ihn* niemals mit diesem entspannten, frohen Gesichtsausdruck beglückt hatte.

Vielleicht, weil ich mich wie ein Arschloch benehme, sobald sie in der Nähe ist? Zugegebenermaßen kehrte er die meiste Zeit über das Arschloch heraus. Okay… vielleicht sogar *immer*. Denn es gab eigentlich keinen einzigen Moment, in dem er sich nicht außer Kontrolle fühlte, was Ally betraf. Er hatte lediglich gelernt, damit umzugehen, da er wusste, dass sie mit einem anderen Kerl verlobt war. Er hatte keine Chance gehabt. Doch wenn er gewusst hätte, dass sie nicht glücklich gewesen war und was der Hurensohn ihr zugemutet hatte, hätte er vielleicht nicht gezögert, im Territorium eines anderen Mannes zu wildern. Tatsächlich hätte er es sogar ziemlich gern und ohne Schuldgefühle getan, wenn er gewusst hätte, dass Ally nicht so behandelt worden war, wie sie es verdiente. Sie mochte ihn vielleicht mehr als genug geärgert haben, doch er hasste den Gedanken, dass sie von einem Mann, der sie angeblich geliebt hatte, schlecht behandelt worden war.

Endlich bediente Travis die Zündung und wartete darauf, dass der Motor auf Touren kam. Vielleicht wäre es besser gewesen, wenn er nichts über ihre Lage erfahren und es hätte ignorieren können, dass ihr Blutsauger von einem Ex ihr wehgetan hatte. Doch nun wusste er es und das trieb ihn bis zum Wahnsinn. Ally arbeitete zu schwer und trieb sich selbst zu stark an. Sie könnte krank werden und vor Erschöpfung zusammenbrechen. Oder irgendein Kerl aus der Bar könnte entscheiden, sie wäre reif zur Ernte. Er ärgerte sich maßlos über sich selbst, dass er ihre Situation nicht schon früher wahrgenommen hatte, doch er war zu sehr damit beschäftigt gewesen, sich im Griff zu halten, wann immer sie sich in seiner Nähe aufgehalten hatte.

Ich werde es nicht tun. Ich werde es nicht tun.

Alle Probleme, unter denen sie im Moment litt, könnten leicht gelöst werden. Ihre Rechnungen könnten bezahlt werden und er könnte die Hypothek für ihr Haus übernehmen. Travis verzog das Gesicht zu einer düsteren Miene. Aber... vielleicht nicht gerade für *diese* Haus. Er wollte ihr nicht zumuten, in einem Haus zu leben, in dem ihr Ex eine andere Frau gevögelt hatte. *Verdammter Hurensohn!* Doch er könnte ihr ein anderes Haus kaufen. Zur Hölle! Er könnte ihr sogar dabei helfen, einen Studienplatz zu bekommen, wenn es das war, was sie sich wünschte. Er könnte das mit einem einzigen Telefonanruf bewerkstelligen. Aus irgendeinem rätselhaften Grund hegte er den sehnlichen Wunsch, sie zum Lächeln zu bringen und von ihr den gleichen Blick geschenkt zu bekommen, mit dem sie Jason an diesem Morgen bedacht hatte.

Ich werde es nicht tun. Ich werde es nicht tun.

In Kürze würde er anlässlich der Reise nach Colorado ganze vier Tage in ihrer ständigen Begleitung verbringen müssen. Falls sie jemals herausfinden würde, warum er sie dort so dringend brauchte, würde er nichts als Hohn und Ungläubigkeit von ihr ernten. Er würde es ihr niemals erzählen. Das war schon beschlossene Sache gewesen, bevor er auf ihre Anwesenheit in Colorado bestanden hatte. Sie darf es niemals erfahren.

Gereizt fragte er sich, welcher Teufel ihn geritten hatte, ihr zwei Wochen Urlaub einzuräumen. Während der letzten zwei Jahre hatte er höchstens für ein paar Tage auf ihren Anblick verzichten müssen. Wahrscheinlich würde das Büro während ihrer Abwesenheit zusammenbrechen. Ach, zur Hölle! Wen wollte er hier hinters Licht zu führen? *Er selbst* würde wahrscheinlich zusammenbrechen. Sie in seiner Nähe zu haben, selbst wenn sie einander Beleidigungen an den Kopf schleuderten, bot ihm die einzige Möglichkeit, im Gleichgewicht zu bleiben. Außerdem würde sie während ihres Urlaubs auch weiterhin in der Bar arbeiten – mit geilen, betrunkenen Männern, die nach ihr geiferten.

Ich werde es nicht tun. Ich werde es nicht tun.

Nein. Er würde es *nicht* tun. Travis Harrison tat *nichts*, was die Aufmerksamkeit auf ihn gelenkt hätte. Nach dem Tod seiner Eltern hatte er sich selbst und seinem Bruder gelobt, alles daranzusetzen, den Namen der Familie zu rehabilitieren und ihm wieder Respekt zu verschaffen. Und zum größten Teil war ihm das bereits gelungen. Gelegentlich mochte ein Artikel über die Harrisons in den Boulevardblättern erscheinen, doch keiner davon hatte skandalösen Charakter. Zwar war die Familie zweimal in den Nachrichten erschienen, erstens, als ihre jahrelang vermisste Schwester wieder aufgetaucht war, und zweitens, als sie Asha gefunden und als die Halbschwester seines Schwagers Max identifiziert hatten, doch hatte er wohlüberlegt und vorsichtig sichergestellt, dass die Harrisons nicht ins Gerede kamen. Nicht, dass er niemals etwas getan hätte, das für die Presse ein gefundenes Fressen hätte sein *können*, doch hatte er geflissentlich dafür gesorgt, dass sie es keinesfalls aufdecken konnte. Abgesehen davon hatte er sich immer unter Kontrolle gehabt und das sollte sich auch jetzt nicht ändern.

Travis stöhnte frustriert auf. Dann legte er mit ein wenig mehr Kraft als nötig den Gang ein, vollführte eine präzise Wende und verließ mit quietschenden Reifen den Asphalt, um die Piste hinabzuschießen, die zum Highway führte.

Ich werde es nicht tun. So etwas tue ich nicht. Ich werde nicht wie irgendein Verrückter, dem die Eier zu explodieren drohen, einer Frau hinterherspionieren! Ich habe mich unter Kontrolle. Wie immer.

»Scheiß drauf!«, knurrte Travis und hielt den Wagen an, während er bereits sein Handy hervorholte, die Adresse von Sully's Oasis heraussuchte und diese in sein Navigationssystem eingab. Mein Gott! Musste sie unbedingt in *diesem* Viertel arbeiten? Die Bar lag nicht weit von der Hudson-Klink entfernt. Am selben Ort war Simons Frau Kara von Drogenabhängigen angegriffen worden. War Ally so naiv? Und was zur Hölle stimmte nicht mit ihrem Ex, dass er sie tatsächlich in dieser Gegend mit betrunkenen Männern hatte arbeiten lassen?

Mist! Die Bar ist ein öffentlicher Ort. Ich kann doch kurz für einen Drink hineinschauen.

Also fuhr Travis *doch* zur Bar und machte sich keine weiteren Gedanken über die Folgen.

Kapitel 3

Merkwürdigerweise fühlte sich Ally hier in der Bar weitaus behaglicher als im Büro der Harrison Corporation, obwohl ihr die Arbeit dort viel besser gefiel, als Getränke zu mixen. Zwar war der Job in der Bar manchmal recht stupide, doch hier konnte sie sie selbst sein und saß nicht ständig wie auf glühenden Kohlen, wie das im Büro der Fall war. Hier war es vielleicht nicht so interessant, doch weitaus entspannter. Die Bar lag nicht gerade in der besten Gegend, doch die meisten der Kunden sah sie jeden Abend, da sie das kleine, freundliche Lokal mochten. Außerdem war Charly Sullivan ein äußerst väterlicher Typ und von der Art Chef, wie ihn ihr verfluchter Milliardär verkörperte, weit entfernt. Falls ihr irgendein Typ zu nahe kam, warf ihn Charlie vor die Tür. Er duldete es nicht, dass irgendjemand seine Barfrau oder die Kellnerinnen belästigte.

Es wurde spät und die kleine Bar lichtete sich zusehends. Wie an jedem Mittwoch war der Abend eher ruhig verlaufen. Während sie den Tresen abwischte, lächelte sie mehreren bekannten Stammkunden zu und nahm deren Bestellungen entgegen.

Niemandem bei Sully's hatte sie etwas von ihrer Trennung von Rick erzählt. Da sie niemals einen Verlobungsring getragen hatte, weil Rick das Geld nicht hatte aufbringen können, gab es für Tina oder eine der anderen Kellnerinnen auch keinerlei handfesten Hinweis darauf, dass sich etwas verändert haben könnte. Die Tatsache, dass ihr Verlobter sie in ihrem eigenen Bett mit einer anderen Frau betrogen hatte, war zu demütigend, als dass Ally sie mit jemand anderem hätte teilen mögen. Also behielt sie ihre Probleme für sich, kam wie immer jeden Abend in die Bar und erledigte ihren Job, als wäre nichts geschehen.

Die einzige Person, der sie sich anvertraut hatte, war Travis.

»Herzlichen Glückwunsch zum Geburtstag, Ally!« Charlie Sullivan, ein Bär von einem Mann mit rötlichem Haar und dröhnender Stimme, kam mit einem Tablett voller Getränke aus dem Hinterzimmer.

»Was soll das?«, fragte Ally verblüfft. Ja. *Morgen* hatte sie Geburtstag, doch wollte sie wohl kaum daran erinnert werden, dass sie achtundzwanzig Jahre alt wurde und nicht die geringste Ahnung hatte, wie sich ihr Leben in Zukunft gestalten würde.

Ihr Chef, ein Mann mittleren Alters, tätschelte ihr freundschaftlich den Rücken und brachte die Getränke an einen freien Tisch. »Du hast mir einmal erzählt, dass du die Cocktails zwar zubereitest, aber selbst noch nie auch nur einen einzigen probiert hast. Ich finde, du verdienst eine kleine Geburtstagsüberraschung. Es ist an der Zeit, etwas Neues zu versuchen.«

»Ich muss morgen arbeiten. Und ich muss noch Auto fahren.« Sie warf Charlie einen zweifelnden Blick zu. Bier hatte sie schon des Öfteren getrunken und gelegentlich erlaubte sie sich ein Glas Wein, doch darauf beschränkte sich auch schon ihre komplette Erfahrung mit Alkohol. Da sie das einzige Kind einer Alkoholikerin gewesen war, verzichtete sie auf Experimente. Vielleicht erschien es ein bisschen seltsam, dass sie als Barfrau fungierte und bis jetzt noch niemals betrunken gewesen war. Außerdem hatte sie normalerweise noch nicht einmal Zeit, Atem zu schöpfen, wie viel weniger Zeit würde ihr bleiben, wenn sie auch noch mit einem Kater kämpfen müsste.

»Ich werde dich später nach Hause bringen«, bot Charlie an, nahm sie am Arm und geleitete sie um die Bar herum.

»Komm schon, Ally!«, ermunterte sie Tina, eine der Kellnerinnen, die sich bereits zum Tisch schlängelte. »Lebe ein bisschen! Probiere einmal etwas Neues aus!«

»Ich habe noch nicht alles saubergemacht«, protestierte Ally lachend, während Charlie sie an den Tisch führte.

»Ich werde saubermachen. Und alle Getränke mixen, die bestellt werden. Teste die Kreationen deines Meisters!«, spornte Charlie sie an.

Ally musterte zuerst das Tablett mit den Cocktails und schaute sich dann im Raum um. Es waren nur noch ein paar Stammkunden übriggeblieben und diese hatten sich bereits um den Tisch geschart, tätschelten ihr den Rücken und gratulierten ihr johlend.

Das Tablett bestand fast nur aus »Blow Jobs«, kleinen Cocktails, die sie selbst bereits ungefähr tausend Mal zubereitet hatte. Jedes Wochenende konnte sie beobachten, wie Frauen das Getränk mit großem Genuss konsumierten. Charlie hatte die Schnapsgläser mit Bergen von Schlagsahne gekrönt, sodass sich beim Trinken eine große Schweinerei kaum vermeiden lassen würde.

Lebe ein bisschen!

Tatsächlich hatte Ally noch niemals wirklich gelebt und niemals etwas unternommen, das sie nicht sorgfältig geplant hatte. Wäre es wirklich so schlimm, ein einziges Mal etwas Spaß zu haben und mit ein paar Freunden fröhlich zu sein? Sie würde von ein paar Cocktails doch nicht gleich zur Alkoholikerin werden, wie ihre Mutter es war. Morgen hatte sie Geburtstag und heute hatte sie sich den ganzen Tag mit Travis herumschlagen müssen.

Mach es, Ally! Tu einmal in deinem Leben etwas Spontanes! Dies ist eine besondere Gelegenheit.

»Ach, zur Hölle, warum nicht?«, gab sie nach und griff nach einem der Gläser.

»Oh nein! Doch nicht so!«, wandte Tina ein und schlug spielerisch auf Allys Hand. »Du musst das auf die richtige Art machen!«

Ally stöhnte, legte aber bereitwillig die Hände auf den Rücken, als Charlie sie mit einer Geste dazu aufforderte. Tina stellte das Glas auf einer Serviette vor Ally auf den Tisch.

Ally hatte das Ritual bereits oft bei anderen Frauen beobachtet, doch es sah leichter aus, als es war. Das Getränk musste in einem Zug hinuntergekippt werden. Sie sperrte ihren Mund weit auf und fühlte, wie die seidige Süße auf ihre Geschmacksknospen traf. Schnell schloss sie ihre Lippen um den Rand des Schnapsglases. Unglücklicherweise entglitt ihr das Glas und zerschellte am Boden, so konnte sie lediglich die Hälfte des Getränks hinunterschlucken, während sich der Rest der Flüssigkeit über ihr T-Shirt ergoss.

Alle stöhnten auf und brachen dann in lautes Gelächter aus, ermunterten sie jedoch zu einem zweiten Versuch. Tina trat vor und erklärte ihr ausführlich, wie man einen »Blow Job« auf die feine Art hinunterkippte, und Ally versuchte es noch einmal. Diesmal mit Erfolg. Der Cocktail war süß und weich und glitt leicht ihre Kehle hinab. Der Geschmack war so köstlich, dass sie sich die Sahne von den Lippen leckte und nach einem weiteren Glas verlangte.

»Ally, wenn du einen Blow Job erledigen willst, musst du es auch richtig machen! Leg deinen Kopf weiter in den Nacken und schluck alles hinunter!«

Travis blieb wie vom Donner gerührt vor dem kleinen Lokal stehen und erstarrte am ganzen Körper, als er diese Bemerkung aus dem Innenraum herausschallen hörte. Seine Hand schloss sich so fest um die Türklinke, dass seine Knöchel weiß wurden.

Ally? Blow Jobs? Fellatio Jobs? Alles hinunterschlucken? Verdammter Mist! Nein!

Travis spürte, wie ihn sein Zorn übermannte, was normalerweise niemals geschah. Gewöhnlich ließ er es gar nicht erst soweit kommen und unterdrückte seine Wut rechtzeitig, natürlich abgesehen von seinen Streitereien mit Ally. Doch was er jetzt empfand, war nicht die gleiche Art von Zorn; jetzt war sein Ärger weitaus gefährlicher. Sein Magen krampfte sich zusammen, als er sich vorzustellen versuchte, welcher Anblick ihn beim Betreten der Bar erwarten würde. Bei dem Gedanken daran, Ally würde jemanden auf diese – oder jede beliebige andere – Art berühren, spürte er die reine Mordlust in sich aufsteigen.

Er hörte mehrere Männer lachen und eine weibliche Stimme, die sich nicht wie Allys anhörte. Was zum Teufel ging da vor? Feierten sie eine Sexorgie in der Bar?

Travis drückte mit all seinem Gewicht gegen die Tür, während er die Türklinke hinunterdrückte, sodass die Schubkraft ihn direkt in die Mitte der einräumigen Schenke beförderte. Und dort, in der Mitte des Raumes, stand Ally. Ein Mann hielt ihr die Hände auf dem Rücken zusammen und Ally hatte ihren Kopf so weit in den Nacken gelegt, dass Travis staunte, dass sie sich nicht ihr Genick brach. Eine Frau und mehrere Männer standen um den Tisch herum. Alle lachten.

Hurensöhne!

»Was zum Teufel machen Sie da?«, brüllte Travis. Im gleichen Moment zog er Allys Kopf nach vorn und das Schnapsglas aus ihrem Mund. Angesichts der Menge bereits geleerter Gläser, die auf dem Tisch herumstanden, schien das nicht ihr Erstes gewesen zu sein.

Ally starrte ihn erschrocken an, während sie sich mit der Zunge die Sahnereste von den Lippen leckte.

Travis strahlte Wellen von Zorn aus, als er knurrte: »Nehmen Sie sofort Ihre dreckigen Hände von ihr oder ich breche Ihnen jeden einzelnen Finger!« Zu sehen, dass dieser Mann – irgendein Mann – Ally berührte, ließ ihn völlig die Kontrolle verlieren. Und die Tatsache, dass er Ally auf eine Weise festhielt, die ihm demütigend erschien, brachte ihn fast dazu, den Mann anzuspringen und ihn maßlos zu verprügeln.

Der ältere Mann ließ Ally los. »Hören Sie zu, Mann, ich bin nicht auf einen Kampf aus. Ally ist meine Angestellte. Wir feiern lediglich ihren Geburtstag.«

»Das sind alles Freunde von mir«, bestätigte Ally und leckte sich wieder ihre Lippen.

»Ist das dein Verlobter, Ally?«, erkundigte sich der ältere Mann und schaute Ally fragend an.

»Nein«, erwiderte Ally und ging zu Travis. »Was machen Sie denn hier?«, flüsterte sie ihm beunruhigt zu.

»Ich bin Travis Harrison. Und sie ist auch meine Angestellte.« Warum um alles in der Welt hatte er das jetzt gesagt? Er hasste es, seine Identität preiszugeben. Es gab nur sehr wenige Leute, denen sein Name nicht bekannt war. Mit finsterer Miene blickte er auf Ally hinunter. »Sind Sie sicher, dass diese Leute Ihnen nicht wehgetan haben?«

»Vollkommen sicher«, bestätigte sie mit einem leicht glasigen Blick aus ihren grünen Augen.

Das war die einzige Antwort, die Travis davon abhalten konnte, alle diese Männer zusammenzuschlagen. »Sind Sie betrunken?«, fragte er dann überrascht.

Hastig hielt sie sich die Hand vor den Mund, denn sie hatte einen Schluckauf. »Ich glaube, ich bin ein bisschen beschwipst. Ich trinke normalerweise keinen Alkohol.«

»Ich werde sie nach Hause bringen. Sie muss nicht mehr fahren«, bemerkte der ältere Mann, der Allys Hände hinter ihrem Rücken festgehalten hatte.

Davon kannst Du nur träumen, Mann! Travis warf dem Mann mit den rostroten Haaren einen warnenden Blick zu. »*Ich* werde sie nach Hause bringen«, informierte er die Anwesenden in einem Tonfall, der keine weitere Diskussion zuließ. Auf keinen Fall würde er es erlauben, dass ihr in diesem Zustand irgendjemand nahe kam. Sie war zu verletzlich.

Ally legte ihm eine Hand auf den Arm. Er sah in ihre glänzenden smaragdgrünen Augen hinab und verschlang dann ihren ganzen Körper mit einem einzigen Blick. Ihr Top bestand aus einem dünnen Material und war vollkommen durchnässt. Er konnte die Umrisse ihrer Brustwarzen durch das knappe, bauchfreie Oberteil und den offensichtlich feuchten BH schimmern sehen. Außerdem trug sie

Jeans und Sandaletten. Er bemerkte erst jetzt, dass sie die Haare offen trug und ihr die blonde Lockenpracht über die Schultern herabwallte.

»Ich habe schon einige Blow Jobs hinter mir. Das habe ich noch niemals zuvor getan. Würde Ihnen ein Blow Job gefallen?«, fragte ihn Ally unschuldig und leckte sich wieder über ihre Lippen.

Travis ergoss sich beinahe in seine Jeans. Ally war definitiv mehr als beschwipst und hatte augenscheinlich keine Ahnung, wie doppeldeutig ihre Worte waren. Ihr Gesichtsausdruck war weder berechnend noch verführerisch. Sie hatte ihm einfach nur ein Getränk angeboten und ihn nicht gefragt – wie man hätte glauben können – ob sie ihm einen blasen sollte. Sie war einfach zu benommen in ihrer Trunkenheit, um das Wortspiel zu erfassen. Doch, gütiger Himmel, diese Worte von ihren *Lippen* zu hören, entsprach einer seiner heißesten Fantasien. Und es brachte ihn beinahe um zu beobachten, wie ihre Zunge hin und her schnellte, um über ihre klebrigen, vollen Lippen zu lecken.

Eilig ergriff er ihre Hand und schob sie in Richtung Tür. »Es wird Zeit, nach Hause zu gehen, Alison.«

»Warten Sie!« Sie entzog ihm ihre Hand und wandte sich an Charlie. »Danke, Charlie. Ich hatte… Spaß.«

Charlie holte ihre Handtasche unter dem Tresen hervor und reichte sie ihr. »Ich wünsche dir einen schönen Geburtstag, Ally!«, sagte er ernst.

Travis griff wieder nach ihrer Hand und sah, wie sie den Zurückbleibenden fröhlich zuwinkte, während er sie durch die Tür zerrte.

»Schade, dass Sie keinen Blow Job mögen. Der ist tatsächlich wirklich gut«, erklärte Ally ihm heiter.

»Um Gottes Willen… sagen Sie das nicht noch einmal, Alison!« Travis bemühte sich, ruhig zu klingen und den verzweifelten Unterton aus seiner Stimme herauszuhalten. Wenn sie ihn *das* noch einmal fragen würde, würde sein Schwanz definitiv detonieren.

Zielstrebig führte er sie zu seinem Wagen und legte ihr fürsorglich den Sicherheitsgurt an, bevor er zur Fahrerseite hinüberging. Morgen würden sie ein sehr ernstes Gespräch bezüglich ihrer

Sicherheit führen müssen. Oder vielleicht würde er auch kein Wort sagen, sondern… einfach handeln. Darin war er gut und er hatte vor sicherzustellen, dass es Ally ab heute gut ging. Offensichtlich schien sich niemand anderes um sie zu sorgen und ihr Schwachkopf von einem Verlobten hatte sich noch nie um sie gekümmert.

Travis wusste, dass ihre Eltern tot waren und dass sie keine Geschwister hatte. Ihr Vater war gestorben, als sie noch sehr jung gewesen war, und ihre Mutter war dahingeschieden, als Ally gerade mit dem College begonnen hatte. Kein Wunder, dass sie auf das erste Arschloch hereingefallen war, das ihr ewige Treue geschworen hatte. Für einen Schnorrer wie ihren Ex hatte sie eine leichte Beute dargestellt, so bekümmert und allein, wie sie wahrscheinlich gewesen war. Nicht, dass Ally diese Details ihrer Lebensgeschichte mit *ihm* geteilt hätte, nein, den größten Teil hatte er von Kade erfahren, was ihn aus irgendeinem Grund schrecklich ärgerte.

Vielleicht bringt sie Kade mehr Vertrauen entgegen, weil er sich ihr gegenüber nicht so wie ein Arschloch benimmt, wie ich es tue.

Während der Fahrt zu Allys Haus sprach Travis sehr wenig. Er bat sie lediglich darum, ihm den Weg zu weisen. Er befürchtete, die Beherrschung zu verlieren, wenn er auch nur *irgendetwas* sagen würde. Er konnte den Moment nicht vergessen, in dem er gesehen hatte, wie der andere Kerl ihr die Hände hinter dem Rücken festgehalten hatte. Sein Beschützerinstinkt war ausgebrochen und er war bereit gewesen, den Hurensohn zu erwürgen, nur weil dieser Ally berührt hatte, obwohl die Situation eigentlich weitgehend unschuldig gewesen war.

Er hatte unüberlegt gehandelt, ohne nachzudenken, und… schlicht und einfach reagiert. Normalerweise war das nicht seine Art. Er plante, dachte nach und wog die Risiken und den Nutzen jeder Handlung gegeneinander ab. Und absolut nie hatte er irgendetwas auch nur annähernd Emotionales oder gar Skandalöses getan.

»Warum sind Sie eigentlich heute Abend in die Bar gekommen?«, erkundigte sich Ally ruhig und klang schon etwas klarer; die Fahrt hatte sie ein bisschen ernüchtert. »Ich weiß, das Lokal gehört definitiv nicht zu ihren Stammkneipen.«

»Ich wollte mich vergewissern, dass es Ihnen gut geht«, antwortete Travis ehrlich, während er bereits die Auffahrt zu ihrem Haus entlangfuhr.

»Weil ich mich heute Nachmittag in ihrem Büro so habe gehen lassen?«

Nein. Das war wirklich nicht der Grund. Er hatte die Bar aufgesucht, weil er es nicht geschafft hatte, sich von Ally fernzuhalten, nachdem er endlich erfahren hatte, wie ihre Lebenssituation im Moment aussah. Wie konnte er ihr erklären, dass er plötzlich den Drang verspürte, sie zu beschützen und ihre Angelegenheiten zu regeln – ganz zu schweigen von der Tatsache, dass er sein Leben dafür geben würde, sie zu ficken? Er verstand sich noch nicht einmal selbst. Also antwortete er schlicht: »Ja.« Das war die einfachste Ausrede.

»Es wird alles gut.«

Mist! Ihre Stimme klang vorsichtig und verletzlich und Travis musste sich sehr beherrschen, nicht ihren Ex aufzusuchen und den Hurensohn umzubringen. Er hatte Ally von vorne bis hinten ausgenutzt und betrogen und sie in einer schwierigen Situation vollkommen alleingelassen, nachdem sie ihm alles gegeben hatte. War dem Arschloch nicht bewusst, wie wertvoll eine Frau war, die sich auf diese Art einem Mann hingab? Hatte ihn das überhaupt gekümmert? »Ich weiß, dass es Ihnen gutgehen wird«, erwiderte Travis schroff. Er gedachte nämlich, von jetzt an persönlich dafür zu sorgen.

Ally schwankte schon etwas weniger, als er ihr aus dem Auto half. Fast zärtlich fuhr sie mit einer Hand über die Motorhaube seines Ferraris. »Zumindest bin ich jetzt einmal in den Genuss gekommen, in einem Ihrer teuren Wagen mitgenommen zu werden«, bemerkte sie scherzhaft. »Dieser hier ist wunderschön.«

»Er ist bei weitem nicht so teuer wie einige andere, die ich nur auf der Rennbahn fahre«, gab er zu. »Doch in meiner Freizeit bevorzuge ich den Ferrari.«

Allys helles Lachen umhüllte Travis und wirkte wie Balsam auf seine Seele.

»Ich würde töten, um diesen F12 fahren zu dürfen, und Sie reden über diesen Wagen, als wäre er ein billiges Familienauto«, schnaubte Ally.

Travis verspürte ein Ziehen in seinen Mundwinkeln. »Ich habe gerade heute einen Hennessey bekommen. Bevor ich losgefahren bin, um Sie zu sehen, habe ich ihn ausgetestet.«

Travis brachte tatsächlich ein Lächeln zustande, als er Ally nach Luft schnappen und sie sagen hörte: »Einen Venom GT?«

»Ja«, bestätigte er verblüfft und wunderte sich über Allys detailliertes Wissen auf diesem Gebiet. »Sie wissen genau, welche Fahrzeuge Sie mögen, oder?«

»Ich bin in Daytona Beach aufgewachsen. Während meiner High School-Zeit habe ich an den Konzessionsverträgen für die Rennbahn gearbeitet. Dabei lernt man zwangsläufig viel über schnelle Autos«, erklärte sie amüsiert. »Ich interessiere mich immer noch dafür.«

»Die Rennstrecke in Daytona Beach bin ich bereits mehr als einmal gefahren«, erzählte Travis ihr, während er sie zur Haustür begleitete.

»Ich weiß«, erwiderte Ally, während sie in ihrer Handtasche nach den Hausschlüsseln suchte. »Haben Sie es jemals bereut, Ihre professionelle Karriere als Rennfahrer aufgegeben zu haben?«

Travis schüttelte den Kopf. »Nein. Es gefällt mit, die Harrison Corporation zu leiten. Ich glaube, wenn ich den Rennsport professionell betrieben hätte, wäre mir der Spaß daran vergangen.« Er verkörperte die Firma und hätte das Management niemals in fremde Hände gegeben, um seine Zeit auf der Rennbahn zu verbringen.

Travis nahm Ally den Schlüsselbund aus der Hand, da sie Probleme hatte, das Schlüsselloch zu treffen. Sie mochte vielleicht schon weniger betrunken sein, doch vollkommen nüchtern war sie definitiv noch nicht. Er öffnete die Tür und reichte ihr die Schlüssel zurück. Sie schaltete die Lichter ein und Travis ergötzte sich an ihrem Anblick. Ihre Augen strahlten immer noch und sie musterte ihn so intensiv, als ob sie ihn noch nie gesehen hätte. Ihr Blick wanderte unverfroren über seinen ganzen Körper, um schließlich mit einem verlangenden Ausdruck an seinen Lippen hängenzubleiben.

»Würden Sie mich küssen?«, fragte sie zögernd, während ihr Blick immer noch an seinen Lippen hing.

Travis starrte sie an und wollte ihr sagen, sie wäre die Frau, die er von allen Frauen auf dem Planeten am liebsten küssen und ficken würde. In diesem Moment verlangte es ihn nach nichts anderem auf der ganzen Welt, als ihren Mund zu verschlingen. Doch er krallte sich mit seinen Fingern am Türrahmen fest, bis seine Knöchel weiß wurden, um sich davon abzuhalten, sie zu berühren. »Sie sind nicht klar bei Verstand, Alison. Sie wissen im Moment überhaupt nicht, was Sie wollen. Nehmen Sie ein paar Aspirin und legen Sie sich ins Bett!« *Verdammter Mist... das schmerzte!* Travis wäre beinahe an den Worten erstickt, doch er wollte keinesfalls ausnutzen, dass Ally ein paar Gläser über den Durst getrunken hatte. Die jetzige Situation ließ ihn noch härter werden als die vorherige, in der sie ihm einen Blow Job angeboten hatte, wahrscheinlich, weil sie dieses Mal irgendwie wusste, worum sie bat. Sie wollte *ihn!*

Sie löste ihren Blick von seinem Mund und schüttelte den Kopf. »Es tut mir leid. Ich weiß nicht, warum ich Sie das gefragt habe.«

Schon immer hatte er darauf gehofft, dass sie ihn begehrte, auch wenn ihr Verlangen nicht überwältigend wäre. »Schließen Sie die Tür und schieben Sie den Riegel vor!« Er würde sich nicht von der Stelle rühren, bis er gehört hatte, dass der Türriegel eingeschnappt war. Doch er musste unbedingt von hier weg, weit weg von ihr, bevor er seine Meinung änderte.

Sie nickte und schickte sich an, die Tür zu schließen. Dabei wich sie seinem Blick aus.

»Alison?«, fragte er hastig, bevor die Tür ins Schloss fallen konnte. »Ja?«

Küsse sie nicht! Nutze ihren Zustand nicht aus! Später würdest du dich dafür hassen.

Travis Griff um den hölzernen Türrahmen verstärkte sich. »Ich werde Sie morgen früh um acht Uhr abholen und jemanden schicken, um Ihren Wagen zu holen.« Endlich riss er sich vom Türrahmen los, damit sie die Tür schließen konnte. »Und falls Sie sich gut fühlen, dürfen Sie morgen früh meinen F12 fahren!«

»Das würden Sie mir erlauben?«, fragte sie schockiert.

Travis zuckte mit den Schultern. Es ging doch nur um ein Auto. Und es gab nichts, das er nicht tun würde, um zu erreichen, dass sie ihn anlächelte. »Morgen haben Sie doch Geburtstag«, nutzte er als Ausrede, obwohl ihm bewusst war, dass er sie ohnehin seinen Ferrari hätte fahren lassen, wenn sie es sich so sehr wünschte. »Jetzt verschließen Sie aber die Tür!«, verlangte er dann.

Ally folgte gehorsam seiner Aufforderung und er hörte, wie sofort der Riegel einrastete.

Braves Mädchen.

Travis Herz raste noch wie wild, als er zu seinem Wagen zurückging, einstieg und die Zündung bediente. Dann lehnte er für einen kurzen Augenblick seinen Kopf gegen das Lenkrad, um Atem zu holen. *Gütiger Himmel!* Ally heute Abend nicht zu berühren, war die größte Anstrengung seines ganzen bisherigen Lebens gewesen. Er begehrte sie wahnsinnig, doch auf diese Art wollte er sie nicht nehmen. Er wünschte sie sich warm und willig und im Vollbesitz ihrer geistigen Kräfte. Und vielleicht gab es da auch einen kleinen Teil in ihm, der sich wünschte, dass sie nichts zu bereuen hätte, und der verhindern wollte, dass sie ihn hasste, wenn er ihre Stimmung zu seinem Vorteil genutzt hätte. Sein Instinkt, sie zu beschützen, war fast so groß wie sein Verlangen, sie zu ficken. Und das wollte etwas heißen, denn die Sehnsucht nach ihr brachte ihn beinahe um.

Er ahnte bereits, welche Art von Träumen ihn heute Nacht erwarten würde. Auf jeden Fall würde er lebhaft von Ally träumen, die ihn fragen würde, ob ihm ein Blow Job gefallen würde. Verführerisch würde sie sich über ihre sinnlichen Lippen lecken, über die die Worte geschlüpft waren, die jeder Mann auf der ganzen Welt gern von seiner Auserwählten hören würde. Und in seinen Träumen würde Travis sich keinesfalls weigern, sie zu küssen. Zur Hölle! Wahrscheinlich würde er im Schlaf einen Herzanfall erleiden und sterben, wenn er im Traum auf ihre Bitte eingehen und sie küssen und alles mit ihr tun würde, was er sich heute, früher am Abend, ersehnt hatte.

Travis wartete, bis im oberen Stockwerk die Lichter eingeschaltet wurden, bevor er Allys Grundstück verließ. Während der Fahrt nach Hause fragte er sich, wann er eigentlich ein Gewissen entwickelt hatte, und hasste sich selbst, denn die Antwort lag auf der Hand: Wenn es um Ally ging… besaß er tatsächlich ein Gewissen.

Kapitel 4

Am nächsten Morgen wachte Ally zu spät auf; ihr blieben kaum dreißig Minuten, um sich für die Arbeit zurechtzumachen. Sie hatte ihren Hintern nicht aus dem Bett bekommen und fragte sich, ob das an dem Alkohol lag, den sie am vorherigen Abend konsumiert hatte, oder an der Tatsache, dass sie in wenigen Minuten Travis würde gegenübertreten müssen.

Oh Gott, habe ich ihn wirklich gebeten, mich zu küssen?

Stirnrunzelnd betrachtete sie sich im Spiegel, während sie hastig ihre Haare mit einer Spange am Hinterkopf feststeckte. Sie hatte es zu eilig, um sich darüber Gedanken zu machen, ob sie einen Zopf flechten oder eine kompliziertere Frisur wählen sollte. Auch hatte sie nur einen Hauch von Make-up aufgelegt, gerade genug, um nicht irgendeinen Kunden der Harrison Corporation zu verschrecken.

Schnell lief sie zu ihrem Wandschrank hinüber, um sich noch ein Paar Schuhe und einen farbenfrohen Gürtel herauszusuchen, der das konservative graue Kleid aufheitern sollte, in das sie zuvor geschlüpft war, während sie nervös auf die Uhr schaute.

Fünf Minuten vor acht Uhr.

Ally hegte keinen Zweifel, dass Travis pünktlich um acht Uhr erscheinen würde, bereit, den Tag im Büro zu beginnen. Auch wenn er frühmorgens keine geschäftlichen Termine hatte, konnte sie nach Travis Ankunft im Büro die Uhr stellen. Travis Harrison kam niemals zu spät und jeden Tag betrat er sein Büro zur gleichen Zeit.

»Mist!«, fluchte Ally, als die Schranktür ihre Nylonstrumpfhose erwischte und eine Laufmasche riss, die immer länger wurde. Sie drehte ihr Bein, um den Schaden zu begutachten, und erkannte verärgert, dass die Linie vom Knie bis zum Knöchel verlief. Sie griff nach ihren schwarzen Pumps und warf sie auf den Boden. Dann schlang sie sich den schwarz-grau-roten Gürtel um die Taille. Das triste Kleid wirkte so etwas fröhlicher. Zumindest ließ ihr das hässliche Kleid genügend Platz, um Luft zu holen, und umschloss ihre kurvigen Hüften etwas lockerer als der enge Rock vom Tag zuvor.

Verzweifelt durchsuchte sie die Schrankschubladen nach einer anderen schwarzen Nylonstrumpfhose, doch alles, was sie schließlich zutage förderte, waren hauchdünne schwarze Nylonstrümpfe und ein schwarzer Strumpfhaltergürtel. »Mist!«, rief sie aus, verärgert über sich selbst, dass sie sich keinen Vorrat an Strumpfhosen angelegt hatte. Misstrauisch beäugte sie das sexy Ensemble, das sie ganz unten in der Schublade ausgegraben hatte. Sie hatte es vor einigen Jahren aus einer Laune heraus gekauft und es nur ein einziges Mal getragen, nämlich als sie und Rick sich vorgenommen hatten, einen romantischen Abend außer Haus zu verbringen, um den Valentinstag zu feiern. Doch leider hatte Rick sie angerufen und die Verabredung abgesagt. Enttäuscht hatte sie sich entkleidet und war allein zu Bett gegangen. Nachdem sie die erotische Reizwäsche gewaschen und in der Schublade verstaut hatte, war ihr die Lust vergangen, sie noch einmal zu tragen, denn sie hatte sich ziemlich töricht gefühlt, dass sie versucht hatte, ihr Sexleben etwas anzuheizen. Rick war eigentlich immer zu beschäftigt und zu müde gewesen. Jetzt fragte sich Ally allerdings, ob ihr Ex-Verlobter sie bereits damals schon betrogen hatte. Bei dem Gedanken hätte Ally die Unterwäsche am liebsten auf der Stelle in den Mülleimer geworfen. Doch da ihr im Moment keine andere Wahl blieb, schlüpfte sie schnell in die Strümpfe, den Strumpfgürtel und das verführerisch kleine, schwarze Höschen, das zu dem Set gehörte. Es war ja auch eigentlich nichts weiter dabei: Sie trug schwarze Strümpfe und niemand konnte ahnen, dass diese zu einem *fick-mich* Ensemble erotischer Reizwäsche gehörten.

Erschrocken hörte Ally das Geräusch der Türklingel. Vorsichtig zog sie ihre Stöckelschuhe an, damit sie dieses letzte Paar Strümpfe nicht auch noch zerriss. »Wie zum Teufel soll ich ihm in die Augen schauen, nachdem ich ihn um einen Kuss gebeten habe? Vielleicht wird er die Geschichte auch gar nicht erwähnen. Er weiß doch, dass ich einige Gläser getrunken hatte«, flüsterte sie hoffnungsvoll.

Tatsächlich war sie überhaupt nicht betrunken gewesen, als sie ihn aufgefordert hatte, sie zu küssen. Der Alkohol hatte lediglich ihre Hemmschwelle herabgesetzt und sie hatte sich verzweifelt danach gesehnt, diesen sündhaften Mund auf ihrem zu spüren. Ihn um einen Kuss zu bitten, war höchstwahrscheinlich das Impulsivste, das sie jemals getan hatte. Immerhin war er ihr Chef und ein Mann, der jede beliebige Frau haben konnte. Merkwürdigerweise hatten diese gewichtigen Tatsachen ihrer Sehnsucht keinen Einhalt gebieten können und sie hatte wenigstens einmal erleben wollen, wie sich sein Kuss anfühlte. Nachdem ihr Travis nun einmal gesagt hatte, wie begehrenswert sie wäre, wollte sie wissen, ob sein Kuss seine Worte bestätigen würde. Soweit sie Travis kannte, würde er sich wahrscheinlich so verhalten, als ob er sich an nichts erinnern könnte. Oder vielleicht war die Angelegenheit auch nicht wichtig genug für ihn, um noch einmal darauf zurückzukommen.

So schnell es ihr die hohen Absätze erlaubten lief sie die Treppe hinunter, sodass sie nach Atem ringen musste, als sie die Tür öffnete. Wie immer sah Travis tadellos aus. Doch seine Haltung war lässig; seine Hände steckten in den Taschen seiner Anzughose. Ally verschlug es den Atem, als sie die Wirkung seines schwarzen Designeranzugs in sich aufnahm, dessen Düsternis nur durch einige schmale marineblaue und graue Streifen auf seiner Krawatte durchbrochen wurde.

»Guten Morgen, Miss Caldwell«, sagte Travis heiser. »Ich hoffe, dass Sie wieder fit sind.« Seine dunklen Augen prüften sie aufmerksam, als ob er nach irgendwelchen Anzeichen eines Katers suchen würde.

»M-mir geht es gut«, erwiderte Ally nervös, während sie die Tür weiter öffnete, sodass er eintreten konnte, und ärgerte sich, dass sie so ein Angsthase war. Travis gegenüber durfte sie keine Schwäche zeigen. Der Mann war wie ein Hai, der schon aus der Entfernung das Blut im Wasser riechen konnte. Wenn er wüsste, dass sie in der Falle saß, würde er zum tödlichen Finale ausholen – ein Charakterzug, der ihn einerseits zu einem guten Geschäftsmann, doch andererseits auch zu einem gefährlichen Gegner machte. »Lassen Sie mich nur schnell meine Handtasche und einen Kaffee zum Mitnehmen holen! Möchten Sie auch einen?«

Travis schlenderte ins Wohnzimmer und Ally schloss die Haustür.

»Ich habe es nicht eilig«, bemerkte Travis lässig. »Lassen Sie sich Zeit!«

Ally warf Travis einen erstaunten Blick zu. Seit wann hatte er es *nicht* eilig? Der Mann verschwendete nicht eine Sekunde und arbeitete fanatisch von morgens bis abends. Leicht irritiert wandte sie sich ab und ging in die Küche, wobei ihre Absätze auf dem polierten Holzfußboden klapperten. Sie nahm zwei Kaffeebecher aus dem Schrank und füllte sie mit dem Kaffee aus der Kaffeemaschine, deren Zeitschaltuhr sie am Abend zuvor eingestellt hatte. Schnell fügte sie ihrem eigenen Kaffee etwas Milch hinzu, ließ den von Travis jedoch schwarz, so wie er ihn mochte. Dann ging sie schnell ins Wohnzimmer zurück. Travis hatte ihr den Rücken zugewandt und betrachtete ihre Bücherregale, die eine komplette Wand beanspruchten. Früher hatte sie sich vorgenommen, die Bücher in eines der ungenutzten Zimmer zu verlegen und dieses in eine Bibliothek zu verwandeln. Doch mittlerweile hatte sie den Plan aufgegeben. Bald würde sie sowieso umziehen. »Bitte sehr!« Vorsichtig reichte Ally Travis den Kaffeebecher.

Travis drehte sich zu ihr herum und zog eine Augenbraue in die Höhe. »Ist Ihnen bewusst, Miss Caldwell, dass Sie mir heute tatsächlich meinen Kaffee serviert haben?«

»Besser, Sie gewöhnen sich nicht daran«, murmelte sie über den Rand ihres Bechers hinweg, bevor sie vorsichtig an dem heißen Getränk nippte.

»Sie haben einen erlesenen Geschmack. Ich glaube, ihre Bücher decken alle Themen ab – von Klassikern über Sachbücher bis hin zu Do-it-yourself Anleitungen«, bemerkte Travis mit einem Grinsen.

Ally zuckte unbehaglich mit den Schultern. »Ich lese gern.«

»Was ist das?«, fragte Travis neugierig und zog ein flaches, gebundenes Manuskript aus dem Regal.

Hastig machte Ally einen Satz nach vorn und versuchte, ihm die zusammengehefteten Blätter aus der Hand zu reißen. »Nichts, das Sie interessieren würde«, wehrte sie ab. »Geben Sie es mir!«

»Ihr Name steht darauf. Haben Sie es geschrieben?« In seiner Stimme lag keinerlei Hohn, sondern nur Neugierde. Er hielt das Manuskript außerhalb ihrer Reichweite in die Höhe.

»Ja«, gab Ally verärgert zu.

Travis stellte seinen Kaffee auf eines der Regale und blätterte durch die Seiten. »Sind Sie Schriftstellerin?«

»Ich bin Assistentin und Sekretärin. Und außerdem Barfrau. Die Schriftstellerei war nur ein Traum.«

»Warum?« Travis suchte mit dunklen, fragenden Augen ihren Blick.

»Weil ich nicht gut genug war, um meine Schreiberei zu publizieren. Die ablehnenden Briefe der Verlage kann ich Ihnen gern zeigen«, antwortete sie ungehalten. »Rick hat mich dazu angehalten, meine Träume aufzugeben und härter in einem Beruf zu arbeiten, der tatsächlich Geld einbringt. Und er hatte Recht. Wir waren knapp bei Kasse. Ich brauchte einen zweiten Job, in dem ich tatsächlich Geld verdienen konnte –«

»Ist das eine Fantasy-Geschichte?«, unterbrach Travis sie, vollkommen auf das Manuskript konzentriert.

»Ja«, bestätigte Ally. »Fantasy für junge Erwachsene. Es ist eine Serie. Ich habe das zweite Buch nie fertiggestellt.« Nicht, dass es ihr nicht in den Fingern jucken würde, die Geschichte zu Ende zu schreiben, doch sie fand niemals wirklich die Zeit dazu. Eines Tages *würde* sie die Serie fertigstellen, auch wenn sie nicht veröffentlicht werden würde.

»Ich würde es gern lesen«, sagte Travis gedankenverloren, schloss das Manuskript fast zärtlich und legte es neben seinen Becher. »Also hat Ihnen der Hurensohn quasi alles genommen«, stellte Travis ruhig fest. Seine Stimme klang tief und gefährlich.

»Was meinen Sie damit?«, fragte Ally verwirrt.

Travis kreuzte die Arme vor der Brust, runzelte die Stirn und durchbohrte Ally mit einem düsteren Blick. »Er hat Sie dazu überredet, Ihr Studium abzubrechen, sodass er seines beenden konnte. Außerdem hat er Sie dazu gebracht, die Schriftstellerei aufzugeben, damit Sie dann umso mehr Stunden in einer gottverdammten Bar in einer beschissenen Umgebung arbeiten können. Er hat Ihnen eingeredet, genau das zu tun, was ihm nutzte. Hat er sich je darum gekümmert, was Sie sich wünschen? Offensichtlich nicht, sonst wäre er nicht zu einer anderen Frau ins Bett gesprungen.«

Ally öffnete ihren Mund, um ihm zu erklären, dass Rick praktisch gesehen nicht in das Bett einer anderen Frau gesprungen war. Er hatte ihr Bett benutzt. Doch sie war sich nicht mehr so sicher, ob ihr schleimiger Ex nicht doch auch in andere Betten gestiegen war. »Es hat nicht allein an ihm gelegen«, stellte sie nachdrücklich fest. »Ich wollte Sicherheit für die Zukunft. Das war der Plan. Am Ende ein Leben führen zu können, das nicht mehr so chaotisch gewesen wäre, ein Leben, in dem ich nicht jeden Pfennig hätte zweimal umdrehen müssen.«

»Und war Ihr Leben immer schon chaotisch?«, fragte Travis, während er auf sie zuging und einige Schritte vor ihr stehen blieb.

»Ja. Ich bin mit nur einem Elternteil aufgewachsen. Sie war Alkoholikerin und öfter betrunken als nüchtern. Also ja, ich wünsche mir ein normales Leben.« Allys Herz raste. Sie holte tief Luft und stieß sie wieder aus. Sie wusste sehr wohl, dass sie manchmal Symptome von Abhängigkeit zeigte, doch das war kein Thema, das sie mit jemandem wie Travis besprechen wollte. Tatsächlich hatte sie noch nie mit jemandem wirklich darüber geredet.

»Also haben Sie sich den Arsch aufgerissen, um den falschen Kerl zufriedenzustellen, einen Mann, dem es scheißegal ist, was Sie glücklich macht«, stellte Travis trocken fest. »Also, wann sind Sie an der Reihe, Miss Caldwell?«

»Ich werde meine Chance bekommen, sobald ich alles in Ordnung gebracht habe«, erklärte Ally.

»Werden Sie das wirklich? Ich habe da so meine Zweifel«, erwiderte Travis mit rauer Stimme.

»Ich kann die Vergangenheit nicht ändern. Ja… ich war dumm. Und ja… ich war leichtgläubig. Ich muss aus meinen Fehlern lernen und weitermachen«, sagte Ally zögernd.

»Nach außen geben Sie sich wie eine vernunftbetonte Organisatorin, doch innerlich sind Sie eine Träumerin«, äußerte Travis seine Beobachtungen. »Ich verstehe nur nicht, warum Sie sich so lange von ihm um den kleinen Finger haben wickeln lassen. Sie sind eigentlich nicht der Typ Frau, der sich den Mist von jedem x-Beliebigen aufbürden lässt. Das habe ich selbst erfahren. Er muss Sie verdammt geschickt manipuliert haben.«

Ally trat unbehaglich von einem Fuß auf den anderen. »Das hat er.« Rick zeigte niemals offene Feindseligkeit oder Wut. Damit wäre Ally zurechtgekommen, hätte ihm in die Eier getreten und ihn verlassen. Doch er hatte es immer verstanden, Sie sich schuldig und für alles verantwortlich fühlen zu lassen. Er hat mit ihren wunden Punkten gespielt. »Er war sehr gut darin.« Ally seufzte. »Ich glaube, ich habe in einem Traum gelebt, und ich hatte alles perfekt geplant. Es hat nur nicht so funktioniert, wie ich es geplant hatte.« Sie hatte alles auf sich genommen, was Rick ihr aufgebürdet hatte, und nur der Gedanke, dass sie eines Tages die Möglichkeit haben würde, ein normales Leben zu führen, hatte sie aufrecht gehalten. Sie hatte immer eine Entschuldigung für sein Verhalten gefunden, genau wie sie es in Bezug auf ihre Mutter getan hatte. Sie hatte sich selbst eingeredet, dass ihr Leben besser und auch Rick ein besserer Mann werden würde, sobald er nicht mehr so gestresst wäre. Erst in dem Moment, in dem sie gesehen hatte, wie er eine andere Frau vögelte, hatte sie erkannt, dass sie diejenige war, die eine Lüge lebte. Er war immer schon ein Arschloch gewesen. Ihn mit einer anderen Frau zu sehen, hatte sie endlich wachgerüttelt.

»Sie sind eine kluge Frau, klug genug, um alles zu bekommen, was Sie haben wollen«, sagte Travis heiser und kam ihr so nahe, dass er eine lose Haarsträhne hinter ihr Ohr streifen konnte. »Haben Sie ihn geliebt?«

Ally schaute zu Travis auf und ihre Blicke versanken ineinander. Sie war unfähig wegzuschauen. Seine Miene blieb unbewegt, doch sein glühender Blick wirkte so hypnotisierend, dass es ihr unmöglich war, an etwas anderes als an ihn zu denken. »I – ich glaube nicht, dass ich ihn jemals überhaupt wirklich kennengelernt habe. Ich glaube beinahe, dass ich nicht in ihn, sondern in die Idee eines Lebensplanes und in ein normales Leben verliebt war.« Travis war ihr jetzt nahe genug, um seinen Geruch wahrzunehmen, und Ally trat aus einer Art Selbstschutz heraus einen Schritt zurück, bis sie mit dem Rücken gegen die Wohnzimmerwand stieß. Sie hatte sich bereits in der vergangenen Nacht blamiert. Travis war ihr Chef, ein verdammter milliardenschwerer Chef, und das durfte sie niemals vergessen. Aus irgendeinem Grund bereitete ihr Gedächtnis ihr Schwierigkeiten, wenn er ihr so nahe kam, als ob jeder einzelne Teil von ihrem Körper überhitzt und kurzgeschlossen wäre.

Travis machte einen Schritt nach vorn und stützte eine Hand neben ihrem Kopf gegen die Wand, während er mit dem Zeigefinger seiner anderen Hand von ihrem Ohr bis zu ihrer Wange ein Muster malte. »Bitten Sie mich noch einmal, Sie zu küssen, Alison!«, verlangte er, als sein Finger ihre Lippen entlangfuhr.

Ally wollte den Augenkontakt mit Travis brechen und so schnell und so weit wie möglich von ihm fortlaufen. Der grimmige Ausdruck auf seinem Gesicht stand im Widerspruch zu dem Glühen seiner dunklen, schimmernden Augen: ein Anblick, der ihr Furcht einflößte, sie gleichzeitig jedoch auch fesselte.

Sie wollte sich keinesfalls mit seiner ablehnenden Haltung vom vorherigen Abend beschäftigen oder sich die Frage stellen, warum er wollte, dass sie ihn noch einmal um einen Kuss bat. Schließlich fragte sie schlicht: »Warum?«

Travis nahm ihr den Kaffeebecher aus der Hand und stellte ihn auf den kleinen Tisch neben sich. Er ließ sie nicht aus den Augen, hob ihr Kinn an und strich mit dem Daumen über ihre Haut, während er ihr antwortete: »Weil ich die ganze Nacht darauf gewartet habe, dass du mich noch einmal bittest, jetzt, in nüchternem Zustand. Bitte mich!«, krächzte er fordernd und atmete so schwer, als ob er gerade einen langen, harten Lauf hinter sich hätte.

Oh, wie sehr sich Ally danach sehnte, dieser speziellen Aufforderung von Travis Folge zu leisten. Mehr als nach ihrem nächsten Atemzug verlangte es sie danach, seine harten, fordernden Lippen auf ihren zu spüren. Doch sie flüsterte abwehrend: »Ich kann nicht. Sie sind mein Chef. Ich bin Ihre Angestellte. Wir dürfen das nicht.«

»Zum Teufel damit! Sie sind gefeuert!«, brummte er.

Zum ersten Mal begrüßte Ally die Tatsache, dass Travis ihr täglich kündigte. »Einverstanden!«, stimmte sie zu, griff nach seiner dunklen, tadellosen Krawatte und zog seinen Mund zu ihrem hinunter, unfähig, der Versuchung zu widerstehen, ihn zu berühren und sich von ihm berühren zu lassen. Sie schloss die Augen und ihre Sinne wurden augenblicklich berauscht von dem Gefühl seines heißen, fordernden Mundes, der ihren bedeckte. Seine hartnäckig fordernde Zunge überwand jeglichen Widerstand und jegliches Zögern, das sie vielleicht zuvor noch verspürt hatte. Sie öffnete sich ihm und er ging auf Raubzug, nahm sich, was er brauchte, und gab ihr gleichzeitig genau das, was sie begehrte.

Ally stöhnte vor Lust und fuhr mit ihren Händen durch sein dichtes, dunkles Haar. Als die Strähnen durch ihre Finger glitten, erzitterte sie. Travis umfasste mit einer Hand ihre Pobacken, hob Ally etwas an und presste sie fest an seinen muskulösen, aufgeheizten Körper. Mit den Fingern seiner anderen Hand suchte er nach ihrer Haarspange und öffnete sie, sodass sich eine Kaskade blonder Locken über ihren Rücken ergoss. Dann griff er in die Lockenpracht und bog ihren Kopf weiter zurück, um sich einen bequemeren Zugang zu ihrem Mund zu verschaffen.

Gütiger Gott, ich stecke in Schwierigkeiten!

Travis küsste sie wie ein Besessener und Ally reagierte darauf, indem sie ihm genau das gab, was er ihr schenkte. Die Wollust brach über ihren Körper herein wie eine Flutwelle. Flüssige Hitze überschwemmte ihren Unterleib und sie begann, ihren Körper in unerfüllter Leidenschaft an ihm zu reiben. Ungeduldig gierte sie danach, seine aufgeheizte Haut auf ihrer zu spüren. Seine schwere Anzugjacke hinderte sie daran, seine nackte Haut zu berühren, und sie wollte, dass er die Jacke auszog. Nein. Sie wollte, dass er alles auszog.

Keuchend löste Travis seinen Mund von ihrem, doch nur, um mit einem Ruck an ihren Haaren die empfindliche Haut ihres Halses zu entblößen. In der nächsten Sekunde war sein Mund überall in ihrem Nacken, als ob er jede kleinste Stelle ihrer nackten Haut kosten wollte. »Wenn du nicht aufhörst, diesen köstlichen Körper an mir zu reiben, werde ich dich innerhalb von Sekunden nackt ausgezogen und auf den Rücken gelegt haben«, erklang seine tiefe Stimme warnend an ihrer Schläfe. »Oder nackt und im Stehen gegen die Wand«, fügte er barsch hinzu.

Für einen verrückten, wilden Moment wollte Ally auf Travis Spiel eingehen und sich an seiner gewaltigen Erektion reiben, die sie bereits an ihrem Unterleib spüren konnte. Doch sie fühlte sich zu verwundbar, zu ungeschützt. Und sich Travis ganz zu öffnen, würde nur einen weiteren dummen Fehler darstellen. Er war zu düster, zu verlockend und viel zu unberechenbar. Sie konnte es sich nicht leisten, wegen einer Affäre mit ihrem Chef ihren Job zu verlieren. So sehr sie ihn auch begehrte – und das tat sie definitiv – fürchtete sie sich doch vor den Konsequenzen einer Liaison mit Travis. Er war ein herzloses Arschloch. Vielleicht folgte er im Moment einer Laune und hatte Lust, mit ihr zu spielen, doch in Kürze würde er ein anderes Spielzeug gefunden haben. Und sie würde ihren Job los sein.

»Wir werden zu spät zur Arbeit kommen«, wich Ally aus und unterdrückte ein Wimmern.

»Die Firma gehört mir. Ich glaube nicht, dass wir Schwierigkeiten bekommen werden«, erwiderte Travis träge, während er an ihrem Ohrläppchen knabberte.

Lieber Gott, falls sie nicht sofort von ihm loskam, würde sie *ihm* die Kleider vom Leib reißen. Er hob den Kopf und warf ihr einen so glühenden Blick zu, dass sie ihn beinahe wirklich auf der Stelle ausgezogen hätte. Sein Haar sah zerzaust aus, als ob er gerade aus dem Bett gestiegen – oder gefickt – worden wäre und sein Anzug saß alles andere als tadellos. Ihr Chef sah vollkommen anders aus als gewöhnlich, und verdammt, es stand ihm wirklich gut. Es ließ ihn zugänglicher erscheinen und sogar noch heißer. »Oh, ich vergaß. Ich habe doch sowieso keinen Job mehr. Sie haben mich gefeuert.« Spielerisch zog sie an seinen Haaren.

»Mir fallen da ein paar Dinge ein, die mich wahrscheinlich überzeugen würden, Sie wieder einzustellen, Miss Caldwell«, erwiderte Travis mit rasselnder Stimme, während er besitzergreifend ihren Po mit seinen Händen umfasst hielt.

Ally konnte die köstliche Folter von Travis Berührung nicht länger aushalten, tauchte unter seinem Arm hindurch und strebte von ihm weg. »Wir hätten das nicht tun sollen!«, sagte Ally bedrückt.

Travis richtete seine Krawatte und strich glättend über seine Haare. »Das war doch nur ein Kuss, Alison.« Seine Augen wirkten wieder verschlossen und sein Gesicht nahm den üblichen versteinerten Ausdruck an.

Nur ein Kuss? Hurensohn!

Sein Tonfall klang spöttisch und das ärgerte sie. Am liebsten würde sie ihm eine Ohrfeige geben, weil er das, was sie gerade getan hatten, einen einfachen Kuss genannt hatte. Für sie war das eine weltbewegende, Höschen durchnässende Erfahrung gewesen, eine leidenschaftliche Umarmung, die ihren Körper immer noch vor Hitze zerschmelzen ließ.

Ohne ein weiteres Wort griff sie nach ihrer Handtasche und drehte ihm den Rücken zu. »Genau. Nur ein Kuss. Nichts Spektakuläres«, gab sie scheinbar gleichgültig zurück und hoffte, dass man ihrer Stimme nicht den Schmerz anhören konnte, den sie empfand. Ehrlich, wusste sie überhaupt, wie sich ein normaler Kuss anfühlte? Vielleicht war er wirklich *nicht* so außergewöhnlich gewesen. Sie verfügte keinesfalls über geeignete Vergleichsmöglichkeiten.

T. A. Scott

Sie drehte sich gerade rechtzeitig herum, um zu sehen, wie Travis sich ihr Manuskript schnappte und den Rest seines Kaffees hinunterkippte. Für einen Moment dachte sie daran, ihn darauf anzusprechen, dass er ihr Buch mitnehmen wollte, ohne sie zu fragen, doch sie hatte es geschrieben, damit es gelesen wurde, also spielte es eigentlich keine Rolle. Travis wollte seinen Kaffeebecher in die Küche bringen, doch sie nahm ihn ihm aus der Hand und stellte beide Becher selbst in das Spülbecken. Dann sammelte sie ihre Haarspange vom Boden auf, nahm ihr Haar am Hinterkopf zusammen und befestigte es. »Es wird Zeit zu gehen«, bemerkte sie und schaffte es, das Wohnzimmer lässig in Richtung Tür zu durchqueren, während sie hoffte, dass ihre Stimme ruhiger klang, als sie sich fühlte.

Travis holte sie an der Tür ein und hielt sie am Oberarm fest. »Es war dumm von ihm, Sie zu vergraulen, Alison«, sagte er schroff. »Und wenn ich wüsste, dass Sie bereit dazu wären und es nicht später bereuen würden, würde ich Sie auf der Stelle ficken. Sie bei Ihrem Orgasmus zu beobachten, wäre eines der befriedigendsten Dinge, die ich je getan habe.«

Ally starrte ihn einen Augenblick verblüfft an. Erstaunlich, wie feurig er urplötzlich sein konnte und wie schnell er im nächsten Moment wieder zu Eis erstarrte. Ihr Gesicht überzog sich mit schamhafter Röte und sie konnte spüren, wie sich die Luft zwischen ihnen elektrisch auflud. Sie wusste, ein einziges falsches Wort würde die Funken zu einem tosenden Feuer entfachen. »Das bezweifle ich. Und es war doch nur ein Kuss«, erinnerte sie ihn mit zuckersüßer Stimme.

»Es war mehr als ein Kuss«, gestand er endlich ein, während er seinen Blick über ihr Gesicht wandern ließ, als ob er… nach etwas suchen würde.

Ally wendete sich von ihm ab; sie konnte diese Musterung nicht über sich ergehen lassen. Sie hatte schon zu viel von sich preisgegeben. Sie öffnete die Tür und wartete, dass er hindurchging, damit sie hinter ihm abschließen konnte. Als sie sich nach ihm umdrehte, ließ er plötzlich einen Schlüsselbund vor ihrem Gesicht hin und her baumeln.

»Ich habe es versprochen«, sagte er und hörte sich beinahe gequält an.

Ally schnappte sich die Schlüssel. »Ich verspreche Ihnen, dass ich uns ohne einen Kratzer zur Firma bringe.«

Travis zuckte mit den Schultern. »Um das Auto mache ich mir keine Sorgen.«

Er half ihr auf den Fahrersitz und legte ihr den Sicherheitsgurt an. Dann nahm er seinen Platz auf dem Beifahrersitz ein. »Sie sind nicht an das Fahrzeug gewöhnt.«

Während der gesamten Fahrt gab Travis ihr knappe Anweisungen, obwohl Ally sehr gut mit dem Wagen umzugehen wusste. Vielleicht war sie noch keinen Ferrari gefahren, doch sie begriff sofort, was das Fahrzeug zu bieten hatte. Gelegentlich beschleunigte sie etwas, was Travis dazu veranlasste, sie anzuschnauzen, sie möge langsamer fahren. Als sie den Sportwagen schließlich auf Travis persönlichem Parkplatz abstellte, gab er murrend zu, dass sie gut gefahren war. Doch natürlich musste er das Kompliment verderben, indem er ihr vorwarf, zu schnell gefahren zu sein. Als ob sie einen Ferrari auf Großmutterart fahren könnte? Wenn Travis ihr nicht schon sowieso wegen ihrer Geschwindigkeit die Hölle heiß gemacht hätte, hätte sie gern den Motor noch ein bisschen weiter hochgedreht, obwohl es nur wenige Straßenabschnitte in der Stadt gab, auf denen das möglich war. Trotzdem war es ein aufregendes Erlebnis gewesen.

»Danke schön«, sagte sie ernst und überreichte ihm seine Schlüssel, als sie vor dem Gebäude der Harrison Corporation standen. »Sie haben mir dabei geholfen, eine Sache von meiner Wunschliste in die Tat umzusetzen.«

»Ich glaube kaum, dass Sie an Ihrem achtundzwanzigsten Geburtstag schon eine Wunschliste anlegen müssen, Alison. Sie sind doch noch so jung und haben noch viel Zeit«, erwiderte Travis und richtete seine Krawatte, während sie das Firmengebäude betraten.

Ally zuckte mit den Schultern und stieg in den Aufzug. »Das kann man nie wissen. Vielleicht werde ich zur Todesstrafe verurteilt, nachdem ich meinen unmöglichen Milliardärschef umgebracht habe«, gab sie leichthin zurück und warf ihm ein hinterlistiges Lächeln zu. »Haben Sie Ihr Handy dabei?«

Travis sah sie böse an. »Ja. Warum?«

»Ich wollte nur schnell ein paar Termine eintragen.« Was war sie doch für eine Lügnerin, doch immer, wenn er anfing, sich zu benehmen, als hätte er einen Stock verschluckt, hegte sie tückische Gedanken.

Mit einem männlichen Seufzer überließ er ihr sein Handy. »Falls Sie den Klingelton ändern, sind Sie gefeuert.«

»Würde ich das jemals tun?« Sie legte eine Hand auf ihr Herz und zauberte einen Ausdruck des Entsetzens und der Bestürzung auf ihr Gesicht.

Travis blickte sie misstrauisch an. »Das traue ich Ihnen durchaus zu«, knurrte er.

Während sich der Aufzug in Bewegung setzte, gab Ally ein paar Termine in sein Mobiltelefon ein.

Und dann… änderte sie den Klingelton in ein bekanntes, ausgesprochen sexuell aufreizendes Lied um. Außerdem vergewisserte sie sich, dass die Lautstärke voll ausgenutzt wurde.

Als sie ihm das Handy zurückgab, lächelte sie ihn unschuldig an und prägte sich ein, nicht zu vergessen, ihn während einer seiner heutigen Geschäftsbesprechungen anzurufen. Mit diesem äußerst befriedigenden Gedanken verließ sie den Aufzug und schritt auf Travis Büro zu, während ihr Grinsen mit jedem Schritt breiter wurde.

Kapitel 5

»Sie sind gefeuert!« Ally musste das Handy weit von ihrem Ohr entfernt halten, um Travis Gebrüll etwas abzuschwächen. »Ich war gerade in einer Besprechung mit einer Gruppe stockkonservativer alter Herren, als Sie mich angerufen haben. Beinahe hätten die allesamt einen Herzinfarkt erlitten.«

Ally unterdrückte ein Lachen, als sie das Handy wieder an ihr Ohr hielt. »Es tut mir leid, Mr. Harrison, aber ich nehme gerade mein Mittagessen ein. Sie dürfen mich gern beschimpfen, wenn ich wieder im Büro bin und meine Arbeitszeit begonnen hat.« Schnell beendete sie das Gespräch, um Travis keine Möglichkeit der Erwiderung zu geben. Gewiss hätte er ihr sonst eine weitere lange Standpauke gehalten. »Er hat mich mal wieder entlassen.« Ally seufzte und zwinkerte Asha zu. Seitdem diese Kade geheiratet hatte, waren sie beide Freundinnen geworden und trafen sich, so oft es ihnen möglich war.

Heute hatte ihr Asha mit einem Blumenstrauß zum Geburtstag gratuliert und darauf bestanden, sie zum Mittagessen auszuführen. Daher saßen sie nun in einem zwanglosen italienischen Lokal und vertilgten sündhafte Nudelberge.

Ashas Schwangerschaft machte sich bereits bemerkbar und sie sah strahlend glücklich aus. Nach allem, was sie durchgemacht hatte, verdiente Asha das Glück, das sie mit Kade gefunden hatte. Ganz im Gegensatz zu Travis war Kade ein liebenswürdiger Mann und beinahe das Gegenteil von seinem Zwillingsbruder. Während sowohl Travis äußere Erscheinung als auch seine Persönlichkeit eher düster wirkten, war Kade blond und hinreißend – ein ehemaliger Footballspieler, der fast immer ein Lächeln auf seinem Gesicht trug, insbesondere, seitdem er mit Asha verheiratet war.

»Weißt du… es ist ja nicht so, als ob Travis nicht einfach jeden Tag sein Handy überprüfen und jeden Klingelton ändern könnte, den du ihm eingestellt hast«, bemerkte Asha und wischte sich den Mund mit einer Serviette ab. »Er ist ein brillanter Mann und intelligent genug, daran zu denken.«

Daran hatte Ally schon oft selbst gedacht. »Ich glaube, das bietet ihm einen willkommenen Grund, mit mir zu streiten. In dieser Hinsicht ist er absolut hartnäckig«, äußerte sie ihre Überlegungen und trank einen Schluck Wasser, um die Nudeln hinunterzuspülen.

So viel zu meiner Diät. Ich könnte ebenso gut die Fettuccine nehmen und sie mir direkt auf meine Hüften kleben.

»Ich glaube, es steckt eine Absicht dahinter«, erwiderte Asha. »Auf diese Art hat er einen Grund, mit dir Kontakt aufzunehmen.«

Ally schnaubte. »Das bezweifle ich. Er meidet mich wie die Pest. Obwohl er sich im Moment ein bisschen… anders verhält. Seitdem ich meine Verlobung gelöst habe, benimmt er sich ein bisschen weniger wie ein Arschloch.« Sie hatte Asha bereits auf dem Weg ins Restaurant von dem Bruch mit ihrem Verlobten erzählt.

Und jetzt küsst er mich, bis ich keine Luft mehr bekomme! Ally entschloss sich, das kleine Zwischenspiel ihrer Freundin gegenüber zu verschweigen. Denn gewiss würde sie Kade davon erzählen.

»Wie anders?«, erkundigte sich Asha neugierig.

Ally zuckte mit den Schultern. »Gelegentlich hört er mir zu. Und heute hat er mich sogar seinen Ferrari fahren lassen, weil ich Geburtstag habe.«

Asha ließ einen leisen Pfiff hören. »Das hat etwas zu bedeuten«, meinte sie ernst. »Normalerweise erlaubt er sogar Kade kaum, seine Wagen fahren.« Sie legte ihre Gabel zur Seite und griff nach ihrem Wasserglas. »Ich glaube, er ist scharf auf dich. Mein gutaussehender Ehemann ist übrigens der gleichen Meinung.«

Ally spuckte beinahe in ihr Glas und schluckte das Wasser nur mit Mühe hinunter. Sie errötete, als sie an den erregenden Kuss dachte, den ihr Travis an diesem Morgen gegeben hatte. »Ich bin seine Assistentin und er ärgert sich immer fürchterlich über mich. Ich bezweifle doch stark, dass er hinter mir her ist«, verwarf Ally Ashas Vermutung und warf ihr einen zweifelnden Blick zu. Er mochte sie vielleicht geküsst haben und vielleicht würde er sie auch wirklich ficken, doch Ally vermutete als einzigen Grund dafür, dass sie jetzt Single, bequem zu haben und verfügbar war.

»Ich habe ihn beobachtet, während du in seiner Nähe warst. Er begehrt dich«, beharrte Asha. »Und keiner der Harrison-Männer hat jemals mit einer Frau gespielt. Kade hatte eine langjährige Freundin, der er immer treu geblieben ist, und am Schluss hat das Miststück ihn sofort verlassen, nachdem er seine körperliche Perfektion eingebüßt hatte. Und Kade behauptet, dass Travis niemals mit einer Frau gesehen wird. Lediglich im College hatte er ein paar kurzzeitige Beziehungen und seitdem ist er fast immer allein.«

Asha hatte Recht. Travis war *immer* allein unterwegs. »Versuchst du mir gerade einzureden, dass Travis Harrison sich niemals flachlegen lässt?«, fragte sie Asha neugierig.

»Falls er es tut, redet er nicht darüber«, antwortete Asha gedankenverloren. »Travis spielt gern den harten Kerl, aber er hat ein großes Herz. Über seine Wohltätigkeitsorganisationen hat er schon einige wunderbare Dinge erreicht.«

»Ich weiß«, stimmte Ally zu. »Wenn er nicht solch ein Arschloch wäre, würde ich ihn wahrscheinlich vergöttern, da er ein brillanter Geschäftsmann und ein großzügiger Wohltäter ist.«

»Ich glaube, da er der Älteste ist, fühlt er sich dafür verantwortlich, nach dem Skandal mit seinen Eltern den Namen der Harrison-Familie wieder in ein gutes Licht zu rücken. Die gesamte Familie wurde gnadenlos von der Presse gedemütigt und gehetzt. Ihr Leben war lange Zeit die reinste Hölle.«

Obwohl Ally Travis zu jener Zeit nicht gekannt hatte, war sie über den Harrison-Skandal informiert. Sie wusste, dass der Vater der Zwillinge zuerst ihre Mutter getötet und dann Selbstmord begangen hatte. »Es muss für sie alle schrecklich gewesen sein«, pflichtete Ally bei. Und ihr Herz blutete bei dem Gedanken an einen jüngeren und verwundbareren Travis.

Asha nickte. »Das war es. Und Kade behauptet, Travis hat immer das Schlimmste von seinem Vater abbekommen, da er ständig versucht hat, die anderen zu schützen.« Asha erschauderte sichtbar. »Der Mann war vollkommen geistesgestört und ich kann mir die Misshandlungen kaum vorstellen, die Travis erlitten haben muss. Ich weiß, was Kade durchgemacht hat, und er schwört, dass Travis das Meiste auf sich genommen hat.«

Allys Herz zog sich schmerzhaft zusammen. Bei dem Gedanken an einen sehr jungen Travis, der von seinem Vater misshandelt wurde, ballten sich ihre Hände zu Fäusten. Sie selbst war unter chaotischen und erniedrigenden Umständen aufgewachsen, doch sie vermutete, dass ihre traurige Kindheit mit einer alkoholabhängigen Mutter wahrscheinlich nichts war im Vergleich zu dem, was Travis in den Händen eines Verrückten erlebt haben musste. »Und was war mit der Mutter?«

Asha zögerte einen Moment, bevor sie antwortete: »Ich weiß nicht. Doch nach Kades Erzählungen zu urteilen, kommt es mir so vor, als wäre sie auch nicht ganz zurechnungsfähig gewesen. Sie fürchtete sich vor ihrem Ehemann und hat nichts unternommen, um ihre Kinder zu schützen.«

»Also ging es allen ziemlich beschissen«, vermutete Ally laut.

»Da wir gerade davon reden, wie beschissen man sich fühlen kann: Wie kommst du denn jetzt zurecht, nach dem Vorfall mit diesem Abschaum von einem Verlobten?«, erkundigte sich Asha mit gedämpfter Stimme. »Geht es dir wirklich gut, Ally?«

Ally nickte und spielte mit ihren Nudeln. »Ja, doch. Ich muss einige Dinge klären, aber ich werde es überleben.«

»Ich hoffe, sein schlechtes Karma wird ihn eines Tages einholen«, sagte Asha giftig. »Du sagst es mir doch, falls du etwas brauchst, oder?«

Das würde Ally wahrscheinlich nicht tun, denn kaum jemals bat sie jemanden um etwas. Doch Asha zuliebe antwortete sie: »Ja. Mir geht es gut. Ich muss nur das Chaos beseitigen und dann geht das Leben weiter. Einiges ist auch meine eigene Schuld. Ich war so geblendet von meinen Plänen und dem Entwurf unserer Zukunft, dass ich niemals bemerkt habe, was für eine Schlange er ist.«

»Es tut mir leid, dass er dir so wehgetan hat, Ally. Aber ich bin froh, dass du ihn nicht geheiratet hast. Hey, da du doch ab nächster Woche Urlaub hast, möchtest du dich nicht mit Maddie, Mia, Kara und mir treffen? Wir verabreden uns wöchentlich einmal zum Mittagessen. Wir haben immer eine Menge Spaß. Wir beschweren uns alle darüber, was wir doch für Nervensägen als Ehemänner haben, die uns mit ihrem Beschützerinstinkt beinahe ersticken, und dann stellen wir alle seufzend fest, welch süße Dinge sie doch mit uns anstellen.« Asha lachte leise auf. »Doch für dich konzentrieren wir uns auch gern mehr auf das Thema, wie man Männer verprügelt.«

Ally lachte. »Das würde mir gefallen. Während der letzten Jahre konnte ich nicht viel Zeit für Freunde erübrigen.« Eigentlich hatte sie jetzt auch keine Zeit, doch sie würde gern mit Asha und deren Freundinnen zu Mittag essen. Obwohl sie mit den anderen Frauen nicht so gut bekannt war, konnte sie alle gut leiden. Sie glitt von ihrem Stuhl und griff nach ihrer Handtasche, um etwas Geld für die Rechnung hervorzuholen. »Ich vermute, ich sollte zusehen, dass ich wieder im Büro erscheine, sodass Travis mir seine tägliche Standpauke halten und mich danach wieder einstellen kann.«

Asha erhob sich und hielt Allys Handgelenk fest. »Ich lade dich ein. Du hast heute Geburtstag.« Asha reichte dem Kellner die kleine, mit Geld gefüllte Mappe.

»Ich bedanke mich, Asha. Und richte Kade meinen Dank für die Blumen aus, falls ich ihn heute nicht mehr sehe. Sie sind wunderschön.« Herzlich umarmte sie die schlanke Inderin und war dankbar dafür, dass sie Freundinnen geworden waren.

»Ich bezweifle nicht, dass du mit Travis fertig wirst. Das gelingt dir doch immer. Ich denke, du bist die einzige Frau, die das zuwege bringt«, erwiderte Asha und drückte Ally fest, bevor sie sie losließ.

Ally hätte Asha gern erzählt, dass ihre Fähigkeiten im Umgang mit Travis seit Kurzem ein bisschen zu wünschen übrig ließen, nämlich seitdem er sie mit seinem ungewohnten Verhalten und Höschen durchnässenden Küssen aus dem Gleichgewicht gebracht hatte. Doch sie schwieg, verabschiedete sich stattdessen von ihrer Freundin und verabredete, sie in der folgenden Woche wegen des gemeinsamen Mittagessens anzurufen. Dann fuhr sie in das Firmengebäude der Harrisons zurück.

Ally stieß einen Seufzer der Erleichterung aus, als sie das Büro betrat und es verlassen vorfand. Travis hatte ihr eine knappe Notiz hinterlassen, dass er für den Rest des Tages außer Haus zu Geschäftsbesprechungen unterwegs wäre. Sie war dankbar für die Gnadenfrist und wollte sich nicht eingestehen, dass sie gleichzeitig auch eine gewisse Enttäuschung empfand. Wie krank war das denn? Vermisste sie tatsächlich seine Standpauke?

Der Nachmittag verflog in Windeseile. Während Travis Abwesenheit gehörte es zu ihren Pflichten, alle eingehenden Anrufe anzunehmen und zu bearbeiten, soweit ihr das möglich war. Außerdem hatte sie einen Berg Papierkram zu erledigen. Bevor sie daran dachte, einen Blick auf die Uhr zu werfen, wurde es bereits höchste Zeit für sie, das Büro zu verlassen.

Ich muss zu Sully's!

Hastig fuhr sie ihren Computer herunter und öffnete die unterste große Schublade ihres Schreibtisches. Schnell zog sie einige Reservekleidungsstücke hervor, die sie jetzt immer im Büro aufbewahrte, falls sie ihre sportliche Kleidung für den Job in der Bar zu Hause vergaß. Sie schnappte sich ein rotes Top, eine Jeans und ihre Sandaletten und zögerte einen Moment, bevor sie kurzentschlossen in Travis Büro stürmte und die Tür hinter sich schloss. Innerhalb von einer Minute konnte sie die Kleider gewechselt haben und sie wollte sich die Zeit sparen, den Flur entlang in den Umkleideraum zu gehen. Die Jalousien vor den Fenstern waren hochgezogen, doch das Büro lag so hoch über dem Erdboden, dass niemand sie würde beobachten können, außer, er befände sich in dem gegenüberliegenden Gebäude, und selbst dann würde derjenige wahrscheinlich ein Fernglas benutzen müssen.

Also streifte sie ihre hochhackigen Schuhe ab und zog sich eilig ihr Kleid aus. Dann zog sie sich das Top über den Kopf. Sie wollte gerade nach ihrer Jeans greifen, als sich Travis Bürotür öffnete. Der Schrecken kostete sie mindestens zehn Jahre ihres Lebens und sie stieß einen entsetzten Schrei aus.

Und dann… herrschte vollkommene Stille.

Ally gefror zu Eis und hielt ihren Blick starr auf Travis gerichtet, dessen Hand noch auf der Türklinke lag. Er starrte sie unverblümt an und ließ seinen hungrigen Blick über ihren Körper wandern. Sie hatte vorgehabt, ihre Jeans über das erotische Reizwäscheensemble, das sie immer noch trug, zu ziehen und mit den Strümpfen in ihre Sandaletten zu schlüpfen. Als sie sich das Bild vorstellte, das er vor Augen hatte, errötete sie. Ihr ganzes Gesicht brannte vor Verlegenheit und Scham. Sie trug nichts als ein knappes, enges, rotes Top, das erotische, »kaum vorhandene« schwarze Höschen, den passenden Strumpfhaltergürtel und die hauchdünnen, schwarzen Strümpfe. Und mit ihren vollen Hüften bot sie gewiss nicht den reizvollen Anblick eines Sexhäschens. »Entschuldigen Sie! Ich musste mich umziehen und habe nicht erwartet, dass Sie noch einmal ins Büro kommen.«

Die Spannung zwischen ihnen war beinahe greifbar und Travis machte keine Anstalten, den Raum zu verlassen. Er stand einfach so da in seinem tadellosen Anzug und seiner Krawatte. Sie konnte seine unbewegte Miene nicht deuten, doch die Hitze in seinen Augen verbrannte sie beinahe.

Unbehaglich streckte Ally wieder die Hand nach ihrer Jeans aus.

»Nicht!«, bellte Travis und schloss die Bürotür. Dann schritt er geradewegs auf sie zu, während seine Augen unverwandt auf sie gerichtet waren, als ob er befürchtete, sie könnte ihm davonlaufen.

Ally konnte sich nicht bewegen, nicht sprechen, rein gar nichts tun, als ihn dabei zu beobachten, wie er sich langsam und bewusst durch den Raum auf sie zubewegte. Travis benahm sich wie ein Stalker und das war das Heißeste, was sie jemals gesehen hatte, doch es erschreckte sie auch. Wenn er sich so benahm wie im Moment, war er gefährlich und unberechenbar. Mit dem Travis, der sich wie das Arschloch und der Chef verhielt, der täglich mit ihr herumstritt, konnte sie umgehen. Aber dieser Mann, dieses sie mit dunkler Magie anziehende wunderschöne männliche Wesen, das nun vor ihr stand und seinen Blick immer noch hungrig über ihren spärlich bekleideten Körper gleiten ließ, war zu viel für sie. Damit würde sie wahrscheinlich nicht zurechtkommen.

Er streckte die Hand nach ihrer Haarspange aus und befreite ihre Lockenpracht, während er knurrte: »Hat er das gesehen? Haben Sie das für ihn getragen?«

Ally musste schlucken, bevor sie antworten konnte: »Nein. Das war ein Spontankauf, etwas, das er nie zu Gesicht bekommen hat, und es sind die Einzigen, die ich habe. Normalerweise trage ich die auch nicht. Ich hatte keine Strumpfhose mehr«, erwiderte sie nervös.

»Gut. Sie sind wunderschön, Alison«, brummte er, fuhr mit einer Hand durch ihre Locken und wog sie in seinen Handflächen. »Ich könnte den Gedanken nicht ertragen, dass außer mir jemand Sie in dieser Unterwäsche gesehen haben könnte.«

Ally zitterte, doch nicht vor Kälte. Travis Augen nahmen die Farbe dunkler, fast schwarzer Schokolade an und seine Wildheit erregte sie auf eine Art, die sie nie zuvor erfahren hatte. »Es tut mir leid, dass ich Ihr Büro benutzt habe. Ich muss gehen.« Mein Gott, sie war schwach vor Verlangen, aber gleichzeitig fühlte sie sich auch beschämt. Wieder streckte sie die Hand nach ihrer Jeans aus, doch Travis hinderte sie daran, indem er ihr Handgelenk festhielt.

»Mist! Ich kann dich nicht gehen lassen. Nicht jetzt.« Travis Stimme klang aufgewühlt. Er nutzte seinen kräftigen Körper, um sie gegen seinen massiven Schreibtisch zu drücken, während er mit einer Hand ihre Pobacken umklammerte und mit der anderen immer noch in ihren Haaren wühlte. »Dich so zu sehen, macht mich verrückt. Wenn ich dich betrachte, bin ich nur noch von dem Wunsch besessen, dich bei einem Orgasmus zu beobachten.«

Ally musste beinahe würgen, als sie ihm in die Augen blickte. Es schien so, als ob sie einen privaten Kampf ausfochten, den Travis gewinnen würde. Ihr Körper übte Verrat an ihrem Willen und reagierte auf seine Worte und seine Nähe und sie war sich nicht sicher, ob sie ihm diesmal widerstehen konnte. Die Luft zwischen ihnen vibrierte vor Spannung und ihr Körper schrie schmerzhaft danach, einen kleinen Teil von diesem Mann zu besitzen, selbst wenn es nur für eine kurze Affäre wäre. Nur für einen kleinen gestohlenen Moment wollte Ally… fühlen. Travis begehrte sie. Das hatte er ihr eindeutig zu verstehen gegeben. Und mein Gott, wie sehr es sie nach ihm verlangte.

Travis lockerte seinen Griff in ihren Haaren und ordnete sanft mit seinen Fingern die wirren blonden Strähnen. »Sag mir, dass du es nicht willst, Alison!« Seine Stimme klang angespannt und rau. Er forderte sie mit seinen Worten ebenso heraus wie mit seinem großen Körper, der sie gegen den Schreibtisch presste.

Ally schüttelte den Kopf. »Das kann ich nicht. Aber ich garantiere, dass wir es später bereuen werden.« Sie arbeiteten zusammen. Er war ihr Chef. Ihre ohnehin schon konfliktbeladene Arbeitsbeziehung würde noch unangenehmer werden. Doch keines dieser Argumente schien mehr eine Rolle zu spielen, als Allys Brustwarzen sich zu schmerzenden Spitzen verhärteten, denn Travis hatte einen Arm um ihre Taille geschlungen und ihren Körper hochgehoben, um sie fest an sich zu pressen.

»Wir werden es, verdammt noch mal, nicht bereuen!«, knurrte Travis und senkte seinen Mund auf ihre Lippen. Mit einer einzigen Bewegung seines starken Armes fegte er hinter ihr alles, was sich auf seinem Schreibtisch befand, außer dem Computer, mit lautem Getöse auf den mit einem Teppich belegten Boden. Dann umfasste er ihre Pobacken mit beiden Händen und hob sie auf den Tisch, sodass er ihren Mund bequemer erreichen konnte. Er brummte gegen ihre Lippen und fuhr ihr mit beiden Händen unter das Top, um ihre nackte Haut berühren zu können.

Ally schlang ihre Arme um seinen Hals und genoss das Gefühl seiner rauen, dichten Haare, als sie mit ihren Fingern hineinfuhr.

Berauscht von Travis meisterhaftem Zungenspiel erbebte sie und öffnete ihren Mund weit für ihn, um ihm zu gestatten, was er so unbarmherzig forderte. Eine seiner Hände glitt unter ihre Haare und streichelte ihren Nacken, eine sinnliche, aber auch herrische Bewegung, da er gleichzeitig ihren Kopf für seine grobe Inbesitznahme in Position hielt.

Als er die nackte Haut auf ihrem Bauch berührte und dann ihren BH hochschob, um ihre Brüste in seinen Händen aufzunehmen, wimmerte sie wollüstig in seinen Mund. Er ging nicht gerade sanft mit ihr um, doch Zärtlichkeit war das Letzte, was Ally sich in diesem Augenblick wünschte. Ihr ganzer Körper stand in Flammen und die Hitze ergoss sich in ihren Unterleib, der sich vor Begierde zusammenzog. Travis Berührung war genauso, wie sie es brauchte: fest, heiß und unbarmherzig. Er zwickte und streichelte ihre Brustwarzen, zuerst die eine und dann die andere, immer wieder, während er Allys Mund plünderte, bis die Spannung in ihrem Körper sie beinahe wahnsinnig machte.

Dann riss er seinen Mund von ihrem los. Er atmete keuchend. Ally musste ebenfalls nach Luft schnappen. Sie ließ ihren Kopf in den Nacken fallen, um ihm die empfindliche Haut an ihrer Kehle darzubieten. Sein stoppliges Kinn scheuerte über ihre Wange, als er tatsächlich begann, ihren Hals mit seiner Zunge zu erkunden. Sie schloss die Augen. Jeder einzelne Nerv in ihrem Körper pulsierte wie elektrisiert. »Bitte!«, zischte sie, darum bettelnd, die Folter möge ein Ende haben.

»Sag mir, dass du mich willst!«, befahl Travis und sein warmer Atem liebkoste ihr Ohr.

»Bitte!«, wiederholte sie nur, unfähig, irgendein anderes Wort auszusprechen.

Travis befreite seine Hände und ergriff ihre Arme, um ihren Oberkörper nach hinten zu biegen, bis sie auf seinem Schreibtisch ausgebreitet lag. »Du siehst wie ein verdammt nasser Traum aus!«, knurrte er und seine Augen blitzten wild und feurig.

Ihre Blicke fanden sich und sie schauten einander tief in die Augen, während Travis sich über sie beugte und seine Unterarme seitlich neben ihrem Körper abstützte. Für einen Augenblick, so schien es Ally, war die Zeit stehengeblieben, und sie konnte ihre eigene Leidenschaft in Travis glänzenden, dunklen Augen gespiegelt sehen.

Travis brach den Augenkontakt, um seinen Kopf auf ihre Brüste herabzusenken. Dann umfasste er diese mit seinen Händen und streichelte ihre Brustwarzen, bevor er begann, an einer von ihnen zu saugen und sanft hineinzubeißen. Der Schmerz und die Lust brachten sie fast um und ihr Körper warf sich vor ungestilltem Verlangen unter ihm hin und her.

Plötzlich löste sich Travis von ihren Brustwarzen und fuhr mit der Hand zwischen ihre Körper und unter ihr delikates Höschen. Er fand nichts als flüssige Wärme.

»Verdammt! Du bist so feucht und so höllisch heiß«, brummte Travis mit erstickter Stimme. Seine Hand packte das zarte Höschen, riss es ihr mit einem Ruck vom Körper und warf es auf den Boden, bevor seine Hand zu ihrer nun entblößten Muschi zurückkehrte. »Ich kann deine Erregung riechen. Du willst mich. Du willst das hier.« Weit spreizte er ihre Schenkel und begann mit seinem Zeigefinger, gnadenlos mit ihrer Klitoris zu spielen. Aufreizend glitt sein Finger über das feuchte Nervenknötchen.

Ally schloss ihre Augen und stöhnte auf. »Ja!« Sie wollte es nicht nur, sie brauchte es sogar verzweifelt. Ihr ganzer Körper war starr, fest angespannt und bereit zu explodieren.

Jetzt benutzte er auch seine andere Hand und grub einen Finger in ihre heiße Höhle. »Mein Gott, bist du eng!« Er schob einen weiteren Finger in sie hinein und bewegte beide in ihr, bis Ally sich wand. Travis schien genau zu wissen, wo er sie berühren und wie er die empfindlichen Bereiche in ihr reiben musste, um sie so weit zu bringen, dass sie nur noch um die Erlösung von der süßen Folter betteln würde.

Ihre Hüften hoben sich, schrien nach mehr. »Mehr! Bitte!« Sie legte ihre Arme über den Kopf nach hinten und krallte sich an der Tischkante fest, bis ihre Knöchel weiß wurden, und ihr lustvolles Stöhnen hallte von den Wänden des Büros wider.

Seine Finger drangen fester und schneller in sie ein, während er fortfuhr, ihre angeschwollene Knospe durch ihre weichen Falten hindurch zu liebkosen, wobei er immer fester darüberfuhr. »Sag mir, wie du es willst!«, verlangte er barsch. »Sag meinen Namen! Sag mir, wer dich zum Orgasmus bringen soll!«

»Ja, bitte! Bring mich zum Kommen!« Ally war vor Verlangen wie von Sinnen und ihr Kopf schlug auf die Tischplatte, als ihre Beine zu zittern begannen und sich etwas Heißes in ihr zusammenballte und sich glühend in ihrem Bauch in die Höhe schraubte.

»Wer?« Tief drang er mit seinen Fingern in sie ein und schob seinen Kopf an ihrem Körper hinunter, um in die weiche, entblößte Haut ihres Schenkels oberhalb der Nylonstrümpfe zu beißen, als ob er dort seine Markierung hinterlassen wollte.

»Oh Gott, ja!« Sein Biss war nicht gerade sanft, doch so genau dosiert, dass er Ally an die Grenze ihres Höhepunktes katapultierte.

»Komm für mich! Ich will dich dabei beobachten!«, befahl Travis und richtete seinen Oberkörper auf. Sein Blick konzentrierte sich gespannt auf ihr Gesicht, während seine Finger weiterhin konstant und kompromisslos mit ihrer erotischen Quälerei fortfuhren.

»Travis!«, schrie sie auf. Ihr ganzes Sein zersprang in tausend Stücke und ihr gesamter Körper zuckte unter der gewaltigen Explosion.

»Sieh mich an!«, forderte er und verlängerte absichtlich ihren Höhepunkt, indem er weiterhin ihre empfindliche Klitoris attackierte.

Ally öffnete hechelnd die Augen und ihr umherirrender Blick fand schließlich seinen, während immer noch Wellen der Verzückung ihren Körper erschauern ließen. »Travis?«, keuchte sie. Plötzlich fühlte sie sich ungeschützt und verwundbar. Niemals zuvor hatte ihr Körper auf diese Art reagiert und es war ein wenig beängstigend zu spüren, welche Begierde und Leidenschaft dieser Mann aus ihr herauspressen konnte. Und er hatte noch nicht einmal seine Kleider ausgezogen.

Zärtlich richtete er ihren Oberkörper auf und schlang seine Arme um sie. Er drückte sie fest an seinen Körper, als ob er wissen würde, was sie empfand, und sie trösten wollte. »Ich hatte Recht. Dich kommen zu sehen, ist das Befriedigendste, das ich jemals gesehen habe«, flüsterte Travis ihr heiser ins Ohr und streichelte ihr sanft die Wange.

Ally holte tief Luft und atmete langsam aus. Dann ließ sie ihre Hand an seinem Körper nach unten gleiten, bis sie die Beule in seiner Jeans fühlen konnte, und umfasste sanft die harte, ziemlich beträchtliche Erektion. »Ich will dich in mir spüren!«, gestand sie mit bebender Stimme.

»Tu das nicht!« Er griff nach ihrer Hand und legte sich ihren Arm um den Hals. »Ich habe mich im Moment nicht unter Kontrolle und ich habe kein Kondom. Natürlich trage ich keines mit mir herum, nur für den Fall, dass ich die Chance habe, mit meiner Assistentin auf meinem Schreibtisch eine Fantasie auszuleben.«

»Ich nehme die Pille. Und ich bin gesund. Ich habe gerade einen Test machen lassen, nur um auf jeden Fall sicher zu gehen, nachdem ich mich von Rick getrennt habe.« Ihr Verlangen nach Travis war deutlich zu erkennen und das gefiel ihr keineswegs, doch sie konnte der drängenden Begierde nicht widerstehen, ihn tief in sich zu haben.

»Ich bin ebenfalls gesund. Und wenn du noch ein Wort sagst, das mich davon überzeugt, dass ich keinen Grund habe, dich nicht auf der Stelle zu ficken, werde ich dich innerhalb eines kurzen Augenblicks über den Schreibtisch geworfen haben«, warnte Travis sie mit urtümlicher Wildheit in der Stimme. »Und dann werden wir bis morgen früh hier im Büro bleiben.«

Blitzartig erwachte Ally aus ihrem Taumel. »Morgen? Oh Gott, ich muss zur Arbeit. Ich komme zu spät.« Widerstrebend löste sie sich von Travis und vermisste sofort den Schutz seines warmen Körpers. An Sully's hatte sie überhaupt nicht gedacht, während sie sich mitten in dem unglaublichsten Orgasmus befunden hatte, den sie je erlebt hatte.

Hastig zog sie ihren BH wieder über ihre Brust herunter und richtete ihr Top. Dann griff sie nach ihrer Jeans, schlüpfte hinein und blickte finster auf ihr am Boden liegendes Höschen. Sie bückte sich, um es aufzuheben, doch Travis war schneller, packte sich das zerfetzte Etwas und steckte es in die Tasche seines Anzugs. »Du musst nicht gehen«, sagte er knapp.

»Ich gehe. Das ist mein Job«, widersprach sie und sammelte ihre Haarspange vom Boden auf.

»Du wirst nicht gehen. Du wirst dort nicht mehr arbeiten!«, erklärte Travis mit rasselnder Stimme.

Ally starrte Travis verwundert an und fragte sich, ob er ein paar Gläschen getrunken hatte, bevor er ins Büro zurückgekommen war. Aber sie hatte doch keinen Alkohol gerochen. »Ich verstehe nicht.«

»Deine Arbeit dort ist beendet«, erklärte er ihr geduldig. Seine Miene war wieder einmal äußerst unbewegt und seine Augen wirkten eisig.

Langsam begann Ally zu begreifen. »Du hast dafür gesorgt, dass ich rausgeschmissen wurde?«, fragte sie verwirrt.

Travis lehnte sich mit der Hüfte gegen seinen Schreibtisch und verschränkte die Arme vor der Brust. »Das würde ich so nicht sagen. Eigentlich wurdest du entlassen. Ich hatte eine kleine Diskussion mit Mr. Sullivan, bevor ich ins Büro zurückgekommen bin.«

Ally spürte Zorn in sich aufsteigen, eine so explosive Wut, dass ihr Körper geschüttelt wurde. »Wie hast du ihn dazu gebracht, sein Einverständnis zu geben? Hast du ihn bedroht?«

»Das war nicht nötig. Geld funktioniert immer«, erwiderte Travis arrogant.

»Wie kannst du mir das antun? Du weißt, dass ich den Job brauche.« Ally hasste sich dafür, dass sie Travis vertraut hatte. Er hatte alles gegen sie verwendet, was sie ihm erzählt hatte. »Was habe ich dir jemals angetan, dass du so etwas fertigbringst? Der Job sichert meinen Lebensunterhalt, mein Überleben!«

»Der Job bei mir sichert dein Überleben ab«, widersprach Travis. »Und der fordert dich bereits genügend. Ich wollte, dass du mir zur Verfügung stehst, falls ich dich brauche.«

Der kalte Ausdruck auf seinem Gesicht und seine lässige Haltung zu dem, was er getan hatte, ließen Ally vollkommen die Fassung verlieren.

Kapitel 6

»Vier gottverdammte Jahre lang hast du mich außerhalb meiner Bürozeiten nicht gebraucht. Woher kommt dieses plötzliche Bedürfnis?« Sie blitzte ihn an. »Sie können nicht so einfach mit dem Leben anderer Menschen spielen, Mr. Harrison. Ich bin kein Spielzeug. Ich bin ein lebender, atmender Mensch und ich brauche diesen Job genau jetzt.« Sie ging geradewegs auf ihn zu und bohrte einen Finger in seine Brust. Ihr Gesicht flammte vor Zorn.

»Nein, brauchst du nicht«, widersprach Travis grinsend. »Und ich glaube, mir hat es besser gefallen, als du mich Travis genannt hast.«

Gewiss hatte es ihm besser gefallen, hatte sie doch seinen Namen in Ekstase gestöhnt. Ally explodierte: »Sie Hurensohn! Sie sind in der Tat ein selbstsüchtiges, egoistisches Arschloch!« Ihre Augen füllten sich mit Tränen und die Auswirkungen ihres alles versengenden Zorns vergifteten ihr ganzes Sein. Gerade noch war sie mit diesem Mann intim gewesen und derselbe Mann hatte veranlasst, dass sie einen Job verlor, den sie im Augenblick dringend brauchte, nur, weil es für *ihn* günstiger war. Wütend hob sie die Hand und ließ sie durch die Luft sausen. Der befriedigende Abdruck, den ihre Handfläche auf seiner Wange hinterließ, erschien ihr jedoch leider nicht groß genug, um ihren Schmerz über seinen Betrug zu lindern. In einem Moment der Schwäche hatte sie ihm Einzelheiten über ihr Privatleben anvertraut und er hatte diese Informationen genutzt, um alles aus der Welt zu schaffen, was ihm eventuell Unannehmlichkeiten bereiten könnte. »Jetzt habe ich überhaupt *keinen* Job mehr, denn ich kündige. Dieses Mal brauchen Sie mich nicht zu feuern. Ich will für Sie nicht mehr arbeiten. Sie sind lediglich ein weiterer Mann, dem ich nicht trauen kann.«

Mit so viel Würde, wie sie mit ihrem tränenüberströmten Gesicht aufbringen konnte, sammelte Ally ihre zwei Paar Schuhe und ihr Kleid ein und stürmte aus Travis Büro. Die Haarspange schob sie im Lauf in die Tasche ihrer Jeans. Im Empfangsbereich schnappte sie sich noch ihre Handtasche und verzichtete auf alles andere, das sie auf ihrem Schreibtisch zurückließ. Sie wollte einfach nur weg. Asha würde ihr später behilflich sein, ihre restlichen Sachen abzuholen.

Sie floh aus dem Hauptausgang des Büros und lief den Flur entlang zum Aufzug.

Bitte sei da! Bitte sei da!

Ally wollte keinesfalls darauf warten, bis einer der Aufzüge im obersten Stockwerk ankam. Sie wollte nur noch aus dem Gebäude heraus und weit weg von Travis sein. Sofort!

Ungeduldig drückte sie wieder und wieder auf die Abwärtstaste des Aufzugs, als ob sich die Aufzugtür auf diese Art schneller öffnen würde. Ihre Augen waren tränenverschleiert, als sie endlich in den Aufzug flüchten konnte und den Knopf für die Empfangshalle drückte.

»Ally! Gottverdammt! Warte!« Da war eine Verzweiflung in Travis heiserem Schrei, die sie nie zuvor vernommen hatte, doch auch das konnte das Eis nicht mehr schmelzen, das sich wie ein Panzer um ihr Herz gelegt hatte.

Travis besaß Milliarden und manipulierte seine Umwelt. Er war es gewohnt, dass sich alles nach seinen Wünschen richtete. Und er zeigte nicht ein Quäntchen Reue, dass er ihr einen Job weggenommen hatte, den sie brauchte. Sie sollte auf einen Wink von ihm bereitstehen, wann immer er sie brauchte und aus was für einem Grund auch immer. *Hurensohn!* Dachte er etwa, sie würde sein verdammtes Spielpüppchen werden, das er jederzeit anrufen konnte, falls er sie brauchte, um mit ihr zu spielen? Erbärmlicherweise hatte sie ihm gerade ihren Körper überlassen. Vielleicht dachte er auch, jetzt, da sie sich von Rick getrennt hatte, könnte er so mit ihr umspringen. Während der kurzen Zeitspanne, in der Travis ihren Körper unter seiner Kontrolle gehabt hatte, hatte sie das Gefühl gehabt, eine besondere Verbindung, ein tieferes Verständnis zwischen ihnen zu spüren. Oh, wie hatte sie sich so täuschen können?

Mit einem Sprint erreichte Travis den Aufzug, gerade als sich die Türen schlossen. Für einen kurzen Moment schauten sie sich in die Augen und Ally konnte Verzagtheit in seinem Blick erkennen. Oder bildete sie sich das nur ein? Doch was spielte das noch für eine Rolle? Unfähig, ihm ins Gesicht zu blicken, wandte Ally sich ab und im selben Moment schlossen sich die Türen zur Gänze.

»Ally!«, drang Travis Stimme bis in den Aufzug.

Wieder hämmerte sie auf den Knopf für die Empfangshalle, als ob sie den Aufzug zwingen könnte, sich in Bewegung zu setzen. Endlich spürte sie einen Ruck und er bewegte sich abwärts, doch hielt er mehrere Male an, um Leute ein- und aussteigen zu lassen. Ally drehte ihr Gesicht zur Wand und wischte sich über die Wangen, um ihre Tränen zu trocknen. Sie hoffte, dass niemand ihren Zustand bemerken würde.

Im selben Moment, in dem sie in der Empfangshalle aus dem Aufzug stieg, kam Travis in großen Sprüngen aus dem Treppenhaus gerannt – mit zerzausten Haaren und schweißnasser Stirn, da er so viele Stufen in Rekordzeit herabgesprungen war. »Ally! Ich muss mit dir reden!«

Aber sie wollte nicht mit *ihm* reden. Das Letzte, das sie jetzt brauchte, war eine Standpauke von *Mr. Harrison.* Sie flüchtete durch die automatischen Türen in die Hitze Floridas. So schnell sie konnte rannte sie auf ihren Nylonstrümpfen in Richtung ihres Wagens und jonglierte währenddessen mit den Kleidungsstücken und den Schuhen auf ihrem Arm, um in ihrer Handtasche nach dem Autoschlüssel zu suchen. Als ihre Füße den Parkplatz berührten, schaute sie sich um, um einzuschätzen, ob sie es bis zu ihrem Auto schaffen würde, bevor Travis sie eingeholt hatte. Er war beinahe nahe genug, um ihn zu berühren, daher lief sie blindlings weiter. Einen kurzen Augenblick lang konnte sie den entsetzten Ausdruck auf Travis Gesicht sehen, als seine Füße für einen gewaltigen Sprung in ihre Richtung vom Boden abhoben. Der Aufprall seines kräftigen Körpers traf sie hart und sie segelte für einen kurzen Moment mit ihm durch die Luft, bevor sie allein auf dem Asphalt landete und ein kleines Stückchen weiter schlitterte. Eine schnelle Bewegung von Travis und er hatte sich zu ihr herübergerollt und sie auf sich gezogen. Sie schüttelte verstört den Kopf, bevor sie ihn auf seine Brust legte. Der Sturz hatte ihre Sinne verwirrt.

Unter sich hörte sie nebulös Travis Stimme, die heiser ihren Namen rief. Das Geräusch dröhnte in ihrem Ohr.

Merkwürdigerweise konnte ihr Verstand keinen anderen Gedanken formen als den, dass Travis sie heute zum ersten Mal, seitdem sie sich kannten, tatsächlich »Ally« genannt hatte.

»Bist Du sicher, dass es Dir gut geht?« Kade Harrison blickte seinen Zwillingsbruder zweifelnd an und reichte ihm eine Tasche mit Wundsalbe, Bandagen und Ibuprofen. Dann stellte er die Reisetasche mit den für eine Übernachtung notwendigen Dingen ab, um die Travis ihn gebeten hatte, da er in dieser Nacht in Allys Haus bleiben würde.

»Wir können bei Ally bleiben«, schlug Asha ruhig vor, während sie Travis aufmerksam musterte.

»Ich bleibe bei ihr«, beharrte Travis. Er war keinesfalls gewillt, die Sorge für Ally irgendjemand anderem zu überlassen, nachdem er hatte mitansehen müssen, wie Ally auf dem Parkplatz seiner Firma beinahe von einem LKW überrollt worden wäre. »Es war meine Schuld. Ich habe sie dazu veranlasst, vor diesen Lastwagen zu laufen. Ich hätte ihr sofort alles genau erklären müssen.«

Kade stellte sich vor ihn hin und verschränkte seine Arme vor der Brust. »Ich werde dich nicht fragen, wie das geschehen konnte, weil ich bezweifle, dass du es mir erzählen wirst, doch Ally kann froh sein, dass sie nicht mehr als schlimme Abschürfungen davongetragen hat. Ich habe das Gefühl, dass du das Meiste von dem Aufprall abbekommen hast, und du hast euch beide davor bewahrt, von dem LKW überfahren zu werden. Deshalb frage ich dich noch einmal, ob es dir gutgeht?«

Travis würde seinem Bruder bestimmt nicht sagen, dass sein Bein und sein Rücken höllisch schmerzten. Im Vergleich zu dem, was sein Bruder durchgemacht hatte, bedeuteten Travis Schmerzen gar nichts, und die leichten Abschürfungen in seinem Gesicht würden heilen. Ally hatte es schlimmer erwischt; ihre nackten Beine und ihr Rücken waren gnadenlos von Schotter und Asphalt aufgeschürft worden. Denn er war nicht in der Lage gewesen, sie davor zu bewahren, von dem Aufprall seines Körpers über den Beton geschleudert zu werden, als er sie im Sprung mit sich gerissen hatte. Da er selbst von Kopf bis Fuß schützend bekleidet gewesen war, hatte er lediglich Prellungen zu beklagen. »Sie hätte sterben können«, sagte er heiser zu seinem Bruder.

Travis wusste, niemals würde er den Moment vergessen, in dem er gesehen hatte, wie sich der LKW auf den Parkplatz wälzte und Ally diesem geradewegs entgegenlief. Er schauderte bei dem Gedanken daran, was hätte geschehen können, was beinahe geschehen wäre. Und obwohl er es geschafft hatte, sie beide vor dem herannahenden Lastwagen zu retten, hatte Ally Verletzungen erlitten. Seinetwegen.

»Aber sie ist nicht gestorben, Travis«, beruhigte Kade seinen Bruder ernst. »Weil du dagewesen bist.«

Aber ich habe den Vorfall verursacht. Es war meine Schuld.

Plötzlich verspürte Travis den Wunsch, sein Gewissen zu erleichtern und Kade alles zu erzählen. Doch er tat es nicht. »Ich werde hierbleiben, um ihr zu helfen. Ihr zwei könnt nach Hause gehen. Es ist ja nicht so, als ob wir beide nicht schon ein oder zwei Mal Abschürfungen erlitten hätten.« Das war allerdings gelinde ausgedrückt. Da sie beide süchtig danach waren, sich mit

Höchstgeschwindigkeiten auf allem Motorisierten fortzubewegen, hatten sie beide bereits als Kinder und später als Erwachsene ihren gerechten Anteil an Unfällen abbekommen.

Kade warf Travis ein wissendes Grinsen zu. »Ich habe dir alles mitgebracht, was du benötigst.«

Travis hatte Ally ins Krankenhaus gebracht und dort hatten sie ihre Wunden gereinigt. Doch er wusste aus Erfahrung, dass diese in Kürze höllisch wehtun würden. Abschürfungen begannen gewöhnlich erst nach einiger Zeit zu schmerzen. Die kleinen Nervenenden meldeten ihren Protest erst einige Stunden nach der eigentlichen Verletzung an.

»Ruf uns bitte an!«, bat Asha. »Ich würde gern wissen, wie es euch beiden geht.« Dann ging sie zu Travis hinüber und gab ihm einen Kuss auf die Wange, vermied aber vorsichtig den verletzten Bereich.

Travis trat unbehaglich von einem Fuß auf den anderen; er hatte sich immer noch nicht an Ashas ungehemmte Zuneigungsäußerungen gewöhnt. Eigentlich... gefiel ihm das sogar. Er war es einfach nur nicht gewohnt. Die einzigen Frauen, die ihm bisher auf diese Weise ihre Zuneigung gezeigt hatten, waren Mia und Tates Schwester Chloe.

Travis fing Kades zynisches Grinsen ein und machte ein finsteres Gesicht. Kade wusste verdammt gut, dass Asha ihn in Verlegenheit brachte, wenn sie ihn wie einen Bruder behandelte. Er war ein kalter Hurensohn, ein Arschloch, und konnte nicht besonders gut mit offen gezeigter Zuneigung umgehen.

»Danke«, brummte Travis ungeschickt in Ashas Richtung und warf Kade einen weiteren bösen Blick zu.

»Ich werde mich für eine Weile um die Firma kümmern, damit du Ally bemuttern kannst«, schlug Kade vor und schlang einen Arm um seine schwangere Frau. »Und spiel dich nicht mehr als Held auf, bitte! Es hat mich zehn Jahre meines Lebens gekostet, als ich heute erfahren habe, dass du im Krankenhaus warst.«

Travis schaute seinen Zwillingsbruder grimmig an. »Nun weißt du, wie ich mich damals gefühlt habe«, erklärte er, als er sich an den Tag von Kades Unfall erinnerte.

»Ich bin doch angeblich der wildere Zwilling von uns beiden«, gab Kade lachend zurück, während er Asha zur Tür geleitete. »Im Ernst, ruf mich an, falls du irgendetwas brauchst. Und die Firma wird eine Weile ohne dich überleben.«

»Das werde ich«, antwortete Travis, der noch keinen Gedanken ans Geschäft verschwendet hatte, denn sein Interesse galt im Moment nur Ally.

Travis schloss die Tür hinter den beiden und ging mit seiner Tasche und der medizinischen Ausrüstung ins Wohnzimmer zurück.

»Warum sind Sie immer noch hier?« Allys hohle Stimme erklang am Fuß der Treppe.

»Du bist verletzt. Ich werde nicht gehen. Wenn die Abschürfungen zu brennen beginnen, brauchst du vielleicht Hilfe.« Er starrte sie dickköpfig an, eine Warnung, dass er nirgendwohin gehen würde.

»Ich möchte Sie nicht beleidigen, doch Sie sehen schlimmer aus als ich«, erwiderte sie sachlich und kam näher, gekleidet in einen dicken, grünen Morgenrock, der sie von Kopf bis Fuß einhüllte.

Sie hatte geduscht und ihre feuchten Haare begannen, sich an den Spitzen zu kräuseln. »Es betrifft nur mein Gesicht und ist nur oberflächlich«, erklärte er abschwächend.

Travis beobachtete, wie sie zusammenzuckte, als sie sich setzte und die Beine unter ihren Körper zog. Er nahm seine Reisetasche und den Beutel, den Kade gebracht hatte, mit in die Küche und durchsuchte den Inhalt nach dem Ibuprofen. Nachdem er einige Tabletten davon in seine Handfläche geschüttet hatte, holte er eine Büchse Soda aus dem Kühlschrank und brachte alles zu Ally. »Nimm das hier«, forderte er sie auf, reichte ihr das Sodawasser und legte ihr die Schmerztabletten in ihre geöffnete Hand.

»Ich habe nur ein paar Schürfwunden, Travis. Sie können jetzt gehen«, sagte sie nachdrücklich, nachdem sie die Pillen hinuntergeschluckt hatte. »Ich danke Ihnen für Ihr Eingreifen heute. Der Lastwagenfahrer hat mir erklärt, dass er mich wahrscheinlich überrollt hätte, wenn Sie es nicht verhindert hätten. Also danke für die Rettung. Aber ich würde es vorziehen, wenn Sie jetzt gehen würden.«

Travis zog seine ruinierte Anzugjacke aus und rollte die Ärmel seines Hemdes hoch. Dann setzte er sich auf einen Stuhl gegenüber der Couch, auf der Ally Platz genommen hatte. »Ich wollte dir nicht wehtun, Ally. Und ich werde nicht zulassen, dass du kündigst.«

Ally ließ ein schwaches Schnauben hören. »Was werden Sie denn dagegen unternehmen, Mr. Harrison? Mich mit Handschellen an meinen Schreibtisch fesseln?«

Travis Schwanz zuckte bei dieser Bemerkung, doch er ignorierte es. »Nein.«

»Seitdem Sie mir einen Job vermasselt haben, den ich dringend gebraucht hätte, müssten Sie mich schon dazu zwingen, noch einmal einen Fuß in Ihr Büro zu setzen, denn –«

»Ich habe umgehend dein Gehalt aufgestockt«, beichtete Travis. »Ich wusste, dass du den Job in der Bar nicht aufgegeben hättest, und ich konnte nicht zusehen, wie du dich zu Tode schuftest. Ich habe Sullivan gefragt, was du durchschnittlich, einschließlich Trinkgeld, verdient hast, und dann habe ich dein Jahresgehalt um etwas mehr als diese Summe erhöht. Du brauchst nicht mehr dort zu arbeiten. Ich dachte, das wäre in deinem Sinne. Ich habe angenommen, dass du mehr Zeit haben wolltest, um deine anderen Träume zu verwirklichen. Eigentlich sollte das eine Geburtstagsüberraschung werden. Doch als ich so spät ins Büro zurückgekommen bin, hatte ich Angst, dich nicht mehr anzutreffen. Ich hatte vor, dich zum Abendessen auszuführen und dir etwas zu schenken, das du dir wirklich wünschtest. Doch als ich dich dann in dieser *fick-mich* Reizwäsche gesehen habe, habe ich alles andere vergessen.« Nichts auf der Welt hatte mehr eine Rolle gespielt, als er Ally, die ihm wie ein erotisches Fantasiegebilde erschienen war, in seinem Büro angetroffen hatte. Er hatte sie unbedingt berühren müssen, um in ihr die wahnsinnige Begierde zu wecken, die er selbst in dem Moment verspürt hatte. Ein Mann konnte sich nur bis zu einer gewissen Grenze beherrschen und seine hatte er in dem Augenblick erreicht, in dem er sie erblickt hatte.

Ally starrte ihn einen Moment schweigend an, bevor sie zögerlich antwortete: »Also diente die Aktion wirklich nicht Ihrem Vorteil, oder?«

»Ja und nein. Es ist vorteilhaft für mich zu wissen, dass du sicherer und glücklicher bist. Doch das war nicht der Grund für meine Handlungsweise. Ich gebe zu, dass auch ein bisschen Egoismus mit im Spiel war.« Verflucht, er konnte sie doch nicht glauben machen, dass er so edelmütig war, denn das traf nicht zu. »Doch es ging mir nicht wirklich darum, dass du mir jederzeit zur Verfügung stehen konntest. Ally, wann habe ich dich jemals darum gebeten, etwas nach Feierabend für mich zu erledigen? Ich bin vielleicht ein Arschloch, doch normalerweise nur während der Bürozeiten.«

»Aber warum haben Sie das dann so dargestellt?« Allys grüne Augen spiegelten Verwirrung wider.

»Wahrscheinlich, weil ich doch ein Arschloch bin?«, fragte er in dem Versuch, die Unterhaltung etwas aufzulockern.

Ally nickte. »Dem stimme ich zu.« Sie schaute ihn an und ließ ihren Blick suchend über sein Gesicht gleiten. »Tun Sie das alles, weil wir uns voneinander angezogen fühlen?«

Meinte sie, ob er das getan hatte, weil er sich mehr als alles andere wünschte, sie zu ficken? Vielleicht… oder vielleicht auch nicht… er war sich dessen nicht sicher. Er wusste nur, dass sie von ihrem Ex total beschissen worden war und er ihr das Leben hatte erleichtern wollen. »Du verdienst die Gehaltserhöhung. Im Laufe der Jahre bist du mehr zu meiner Assistentin als zu meiner Sekretärin geworden und hast immer mehr Verantwortung übernommen.«

Sie betrachtete ihn zweifelnd. »Mit meinem Gehalt bei Ihnen liege ich doch schon jetzt an der Obergrenze für meine Position.«

»Für die Position einer Sekretärin trifft das zu. Ich habe dich aber zur Assistentin des Geschäftsführers befördert«, erläuterte er ruhig. »Jetzt liegt dein Gehalt an der Obergrenze für diese neue Position.« Okay, er hatte die Tarife ein bisschen gedehnt. Tatsächlich lag ihr Gehalt noch über der Obergrenze der Skala. Aber, verflucht nochmal, Ally bestritt die Arbeit beider Jobs, den einer Assistentin und den einer Sekretärin. Er hatte niemals zusätzliches Personal benötigt. Sie war ihr Gehalt wert, und weit mehr als das.

Sie zog eine Braue in die Höhe. »Trotzdem ist meine Position tatsächlich die einer Sekretärin, Travis. Der neue Titel klingt lediglich wichtiger. Warum tun Sie das wirklich?«

»Ich dachte, das hätte ich bereits ausreichend erklärt«, brummte er gereizt. Mein Gott! Konnte die Frau nicht einfach die Gehaltserhöhung und die Beförderung annehmen, ohne darüber zu diskutieren? »Du musstest vier Jahre lang mit mir auskommen. Zuvor hat es weder eine Sekretärin noch eine Assistentin lange bei mir ausgehalten.« Das entsprach vollkommen der Wahrheit. Er war ein fanatischer Perfektionist und niemand hatte die Stelle der Assistentin oder Sekretärin so gut gehandhabt wie Ally. Sie konnte seine Bedürfnisse vorausahnen, bevor er sich selbst ihrer bewusst war – und das auf einem professionellen Niveau.

»Und das hätten Sie nicht vorher mit mir besprechen können?«, fragte sie leise.

»Nein. Denn dann wäre es keine Überraschung mehr gewesen.« Und außerdem hatte er verhindern wollen, dass sie ablehnte.

»Sie können nicht einfach so herumlaufen und das Leben anderer Menschen nach ihren Vorstellungen gestalten, Travis. Ich erkenne Ihren guten Willen an, doch ich bin eine erwachsene Frau und treffe meine eigenen Entscheidungen.«

»Seit wann?«, erkundigte er sich herausfordernd. »Jede einzelne Entscheidung, die du während der letzten vier Jahre getroffen hast, ist immer zugunsten deines idiotischen Ex ausgefallen, und der hat sich gewiss nicht darum gekümmert, ob das auch deinem Willen entsprach. Alles geschah nur zu seinem Vorteil. Was zum Teufel ist so schlimm daran, wenn ich dir etwas gebe, das *du* dir für dich wünschst?« Travis war es nicht gewohnt, dass in Frage gestellt wurde, wenn er etwas Gutes tat, was in der Tat beinahe niemals vorkam. Und schon immer hatte er das Leben anderer Menschen organisiert, denn sie selbst machten das nicht sehr gut.

Sie schwieg für einen Moment und starrte ihn zweifelnd an. »Und worin genau bestehen meine neuen Pflichten?«

Verflucht, darüber hatte Travis eigentlich noch nicht nachgedacht. Sie erledigte doch bereits die Arbeit zweier Angestellter. »Das werden wir festlegen, wenn wir wieder bei der Arbeit sind.«

»Ich werde nicht mit Ihnen schlafen«, warnte ihn Ally stirnrunzelnd.

Travis kreuzte unglücklich die Arme vor der Brust und hielt ihrem Blick stand. »Doch, das wirst du. Doch wenn das geschieht, erfolgt es nicht, weil das in deinem Arbeitsvertrag geschrieben steht. Du wirst es freiwillig tun, weil du es willst.«

Ally nahm einen Schluck von ihrem Sodawasser, bevor sie erwiderte: »Rechnen Sie besser nicht damit.«

»Und jeden Morgen wirst du mir als Teil deiner neuen Pflichten meinen Kaffee bringen«, informierte er sie.

Sie schüttelte stur den Kopf. »Das werde ich mit Sicherheit nicht tun.«

Er hatte bereits mit dieser Antwort gerechnet, doch das war ihm egal. Solange sie in Sicherheit war und er sie davon überzeugen konnte, ihre Arbeit bei ihm wiederaufzunehmen, konnte er mit diesem kleinen Problem leben.

Kapitel 7

Als Ally am nächsten Tag aufwachte, war es bereits fast Mittag. Wie lange war es her, dass sie so lange geschlafen hatte? Sie streckte sich und verzog das Gesicht, als ihr Körper gegen die unvermittelte Bewegung protestierte. Travis hatte wie gewöhnlich Recht behalten: Die aufgeschürften Bereiche ihrer Haut schmerzten heute mehr als gestern.

War er noch hier?

Vorsichtig stieg sie aus dem Bett und zog den Bademantel über ihr winziges Nachthemd. Travis hatte sie ins Bett geschickt und ihr versichert, er wäre da, falls sie etwas brauchen sollte. War er tatsächlich hiergeblieben, nur um sicherzustellen, dass es ihr gut ging? Ehrlich, dieser Mann, der sie zur Weißglut bringen konnte, verstörte sie langsam. In einem Moment war er das reinste Arschloch und schon im nächsten Augenblick brachte er sie dazu, vor Verwirrung den Kopf zu schütteln. Es ärgerte sie ungemein, dass er sich in ihr Leben eingemischt hatte. Doch trotz allem, was er getan hatte, war es das Netteste, das ihr jemals wiederfahren war, auch wenn es eine überhebliche und arrogante Handlungsweise seinerseits zeigte. Merkwürdigerweise glaubte sie sogar seinen Beteuerungen, er habe nicht aus egoistischen Beweggründen gehandelt. Doch passten uneigennützige Aktionen nicht gerade zu dem Travis, den sie kannte. Gewiss hatte sie ihn einige bewundernswerte Dinge für seine Familie tun sehen, Dinge, von denen sie wahrscheinlich nicht einmal ahnten, dass er sie für sie arrangiert hatte. Wie auch immer, sie gehörte kaum zur Familie, sondern war lediglich eine wertvolle Angestellte.

Seltsam, sie stieg die Treppe hinunter und überprüfte Schlaf- und Badezimmertür, doch fand sie alle Räume offen und verlassen vor. Travis Tasche lag im großen Schlafzimmer auf dem Bett, in dem sie sich geweigert hatte zu schlafen, weil Rick es benutzt hatte, um seine Freundin darin zu vögeln. Der sichtbare Beweis für Travis Aufenthalt in diesem Raum vermittelte ihr eine Art von verstörender Befriedigung. Der Gedanke, dass er sich in eben diesem Bett schlafend herumgewälzt hatte, vertrieb auf geheimnisvolle Weise einige der geisterhaften Bilder der Vergangenheit.

Ally hielt abrupt inne, als sie die Küche betrat und die Papierstapel auf ihrem Küchentisch sah. Travis saß auf einem der Küchenstühle vor dem Tisch. Er brummte vor sich hin und legte ein Blatt auf einem Stapel ab, um sich dann mit der gleichen Konzentration, die sie jeden Tag im Büro auf seinem Gesicht beobachten konnte, dem nächsten Papier zu widmen.

»Was tun Sie da?«, fragte sie unangenehm überrascht, denn sie hatte neben seinem Ellbogen die Schachtel bemerkt, in der sie ihre Korrespondenz ablegte.

Travis schaute zu ihr auf und ließ seinen dunklen Blick über ihren Körper wandern, bis dieser schließlich auf ihrem Gesicht hängen blieb. »Ich denke darüber nach, wie sehr ich mich danach sehne, deinen Ex zu einem ausgedehnten Aufenthalt ins Krankenhaus zu befördern. Er wäre schon lange dort, wenn ich nicht davon überzeugt wäre, dir damit noch mehr Probleme zu verursachen.«

Ally öffnete den Mund, schloss ihn aber sofort wieder, da sie den frustrierten Ausdruck auf Travis Gesicht bemerkte. Er sah ausnahmsweise ganz und gar nicht tadellos aus, sondern ganz im Gegenteil äußerst unordentlich. Seine Haare waren so zerzaust, als ob er sie sich immer und immer wieder mit seinen Händen gerauft hätte. »Sind das meine persönlichen Papiere?«

Travis zuckte mit den Schultern. »Wie persönlich sind Rechnungen?«

»Warum schauen Sie sich meine Rechnungen an? Wie können Sie es wagen?« Ihr Zorn und ihre Neugier rangen miteinander.

»Du sagtest, du müsstest die Unordnung aufräumen, die dein Ex in deinem Leben hinterlassen hat, damit dein Leben weitergehen kann. Also räume ich auf.« Travis Feststellung klang äußerst ruhig und er warf ihr einen fragenden Blick zu, als ob er nicht verstehen konnte, warum sie ihn davon abhalten wollte. »Apropos, es ist sehr leicht, sich in deinen Papieren zurechtzufinden. Du bist sehr organisiert. Alles war alphabetisch geordnet. Obwohl ich mir nicht sicher bin, ob du gewisse Rechnungen nicht lieber unter dem Namen ›Arschloch-Ex‹ ablegen solltest.«

Ally holte tief Luft und stieß den Atem geräuschvoll wieder aus. Sie wusste nicht, sollte sie lachen oder Travis erwürgen? »Ich sagte, ich muss mich damit beschäftigen! Ich kann nicht glauben, dass Sie in meinen Rechnungen herumwühlen.«

»Ich bin eigentlich bereits fertig damit«, erklärte Travis ruhig, griff nach den Stapeln und ordnete die Papiere wieder in die Schachtel ein. »Und wenn ihr verlobt wart, warum hat das Arschloch dir dann niemals einen Ring gekauft? Oder hast du ihn nur nie getragen?«

»Er hat nie einen gekauft. Er sagte, wir könnten es uns nicht leisten.«

»Er hat einen gekauft. Er hat einen in Auftrag gegeben.« Travis warf ihr einen betroffenen Blick zu. »Nachdem ihr die Verlobung gelöst habt. Warum zum Teufel hast du ihm nicht die Vollmacht für deine Konten entzogen?«

»Er hat den Ring für sie gekauft«, sagte Ally entrüstet, während ihr ein Brechreiz in der Kehle aufstieg. Schon wieder musste sie entsetzt erkennen, wie dumm sie gewesen war. »Ich habe mir nur den Kontostand angesehen. Ich konnte es nicht über mich bringen, mir auch noch anzuschauen, *was* er gekauft hat. Mir hat er während der gesamten Zeit, in der wir zusammen waren, nicht ein einziges Schmuckstück geschenkt. Und jetzt hat er *meine* Kreditkarten benutzt, um *ihr* tausend Geschenke zu kaufen?« Ally unterbrach sich für eine Sekunde, um ihre Gefühle unter Kontrolle zu bringen. »Mein Gott, war ich naiv! Es wäre mir niemals in den Sinn gekommen, dass ein Mann, mit dem ich fünf Jahre zusammen war, mich auch noch mit Schulden belasten würde, nachdem er mich bereits betrogen hat.«

»Dummer, verfluchter Hurensohn«, grollte Travis und schloss Allys Aktenkarton mit einem lauten Knall.

Ally spürte, dass sich ihre Augen mit Tränen füllten, während sie von einem überwältigenden Gefühl der Wertlosigkeit übermannt wurde. »Ich war ihm nicht wichtig genug. Egal, wie viel ich auch getan habe, es war nicht genug.«

»Weine nicht!«, beruhigte Travis sie. »Er ist es nicht wert. Es ist vorbei. Alles ist bezahlt und du kannst wieder so leben, wie du es willst, Ally. Er war ein Schnorrer, ein Blutsauger, der sich nur um sich selbst gekümmert hat. Das hat nichts mit dir persönlich zu tun. Die meisten Männer wären bereit zu töten, um eine Frau wie dich ihr Eigen zu nennen. Es lag an ihm, nicht an dir.«

Travis Stimme klang so sachlich und ernst, dass Ally noch mehr weinen musste. »Ich muss dir alles zurückzahlen. Ich gehöre nicht zu deiner Familie, Travis. Du kannst nicht einfach daherkommen und für mein Leben geradestehen.« Sie hätte ihn gern zurechtgewiesen und wünschte sich, sie könnte ihm böse sein, weil er sich in ihre Angelegenheiten eingemischt hatte. Doch ehrlich, was er getan hatte, war eines der süßesten Dinge, die ihr jemals widerfahren waren. Deshalb fiel es ihr schwer, noch länger wütend auf ihn zu sein. Travis war dickköpfig und daran gewöhnt, Dinge zu regeln. Wann hatte ihr ein Mann jemals zugehört oder sich um ihre Wünsche gekümmert und ihr angeboten – oder tatsächlich nachgefragt – ob er ihr helfen könnte, ihre Träume zu verwirklichen?

»Ich dachte, in der Vergangenheit hättest du dir das so gewünscht.« Travis wirkte verwirrt. »Und nein, du gehörst nicht zu meiner Familie, was ohnehin eine recht widerliche Vorstellung ist, wenn man bedenkt, wie verzweifelt ich mir wünsche, mit dir zu schlafen. Das wäre dann aber etwas merkwürdig.«

Ally seufzte. Sie bezweifelte nicht, dass Travis sie gern ficken würde, aber sie hatte keine Ahnung warum. »Tust du deshalb all das für mich?« Männer kamen nicht einfach ohne einen speziellen Grund daher, bezahlten die Rechnungen ihrer weiblichen Angestellten und regelten deren Leben, um es ihnen angenehmer zu gestalten.

»Nein«, antwortete Travis heiser. »Ich denke, ich wollte einfach nur sehen, wie du mich anlächelst.«

Travis Antwort überwältigte sie. Sie musterte sein Gesicht, auf dem die Schürfwunden noch deutlich sichtbar waren, die er sich bei der Rettung ihres Lebens am Tag zuvor zugezogen hatte. Mit seinen zerzausten Haaren, dem mit roten Kratzern übersäten Gesicht und seinem heutigen Outfit – schwarze, lässige Jeans und ein dunkler Pullover – sah er beinahe… verletzlich aus.

Für einen kurzen Augenblick zitterten ihre Lippen vor Verblüffung, während sie nach Luft schnappte. Und dann – sie konnte nicht anders – lächelte sie wie eine Irre. Ja, sie war wütend, weil er sich durch ihre persönlichen Akten gearbeitet hatte, doch der Wunsch, ihr zu gefallen, stand ihm ins Gesicht geschrieben und das ließ ihr Herz jubilieren. Travis Harrison, der außergewöhnliche Milliardär, hatte sich tatsächlich den ganzen Morgen Zeit genommen, um ihr zu helfen, und wünschte sich nichts mehr, als sie glücklich zu sehen. »Ist das gut genug?«, fragte sie ihn und lächelte immer noch, als sie zur Kaffeekanne hinüberging. »Und wir werden darüber reden müssen, wie ich meine Schulden an dich zurückzahle und dass man nicht so einfach die persönlichen Papiere anderer Menschen durchsucht.«

Travis grinste. »Das Lächeln reicht mir, um den ganzen Tag einen Ständer zu haben.«

Ally kicherte, als sie sich frischen Kaffee einschenkte. Sie konnte nicht anders. »Du hast es so gewollt«, erinnerte sie ihn.

»Und ich will es immer noch. Aber das wird verdammt unbequem werden. Ich glaube, ich muss eine weitere Nacht in deinem Bett verbringen und mich mit Fantasien über dich selbst befriedigen«, erklärte er unverblümt. »Ich garantiere dir, allein meine Fantasien über dich sind besser als es sein Sex mit dieser Schnalle jemals sein wird.«

Ally verschluckte sich beinahe an ihrem Kaffee. Bei dem Gedanken, wie sich Travis nackt auf ihrem Bett herumwälzte und sich selbst streichelte, während er sich ausmalte, unanständige Dinge mit ihr zu tun, wurde Allys Körper von einer Hitzewelle überflutet. »Das hast du nicht getan«, protestierte sie.

»Oh doch, das habe ich getan«, erwiderte Travis mit einem verruchten Grinsen. »Und es war ungeheuer befriedigend zu wissen, dass ich in diesem Bett allein mit meinen Fantasien über dich wahrscheinlich mehr Spaß gehabt habe als er mit seiner Freundin.«

Na gut… vielleicht hatte er das tatsächlich. Und das machte Ally nur noch heißer. Falls die Geister ihres Ex und der anderen Frau bis jetzt noch nicht vertrieben worden waren, so waren sie es jetzt mit Sicherheit. Sie setzte sich zu ihm an den Tisch und wechselte das Thema. »Können wir über meine neue Position und meine Rückzahlungsbedingungen reden?« Sie konnte keine Sekunde länger an einen Travis denken, der sich selbst berührte.

»Nein«, erwiderte er schlicht, griff nach seinem eigenen Becher und trank einen Schluck Kaffee. »Betrachte es als eine Prämie. Ich hätte auch nichts dagegen einzuwenden, der Erste zu sein, der das zweite Buch deiner Romanserie lesen darf. Du hast meine Neugierde auf die Fortsetzung geweckt.«

»Du hast das erste Buch tatsächlich schon gelesen?«, erkundigte sie sich beeindruckt. Er musste beinahe umgehend mit dem Lesen begonnen haben, um schon fast am Ende der Geschichte angelangt zu sein.

»Ich sagte doch, dass ich es lesen würde. Es ist gut, Ally. Wirklich gut. Du musst unbedingt die Fortsetzung schreiben. Wird der junge Held die Prinzessin bekommen?«

Er hatte zwar behauptet, ihr Buch lesen zu wollen, doch das sagten die Leute immer, meinten es aber nicht zwangsläufig ernst. Offensichtlich hatte Travis das Buch aber wirklich gelesen, denn er kannte die Hauptpersonen der Geschichte. »Dafür ist mein Held im Moment noch ein bisschen zu jung.« Sie nippte an ihrem Kaffee und fügte dann hinzu: »Du wirkst auf mich nicht wie der Typ Mann, dem Fantasygeschichten für Jugendliche gefallen.«

»Ich bin mit Fantasyromanen aufgewachsen«, erwiderte Travis gedankenverloren. »*Die Chroniken von Narnia* war eine meiner Lieblingsreihen. Ich erinnere mich noch, dass ich nach der Lektüre des ersten Bandes jeden einzelnen Schrank, den wir besaßen, nach einer geheimen Tür durchsucht habe, durch die ich mit Kade und Mia hätte verschwinden können.«

Allys Herz blutete vor Mitgefühl, wenn sie sich den kleinen Travis vorstellte, der versuchte, seiner schrecklichen Kindheit zu entfliehen. »Ich habe diese Reihe geliebt.« Die Bände waren auch eine ihrer Lieblingsserien gewesen und hatten ihr aus dem gleichen Grund gefallen, der auch Travis bewegt hatte, nämlich ihrer elenden Kindheit zu entkommen.

»Du musst schreiben, Ally! Beende die Reihe. Du hast Talent. Ich kann mir nicht erklären, warum das Buch abgelehnt wurde, aber Bücher wie deine erhellen das Leben vieler junger Menschen. Sie geben ihnen die Möglichkeit, sich in einen Traum zu flüchten, wenn alles andere in ihrem Leben nicht so schön ist.« Travis musterte sie nachdenklich, dann durchsuchte er seine Hosentasche und brachte eine mit Samt bezogene Schachtel zum Vorschein. »Es kommt zu spät zu deinem Geburtstag, doch das hier hat mich an dich erinnert. Ich wollte es dir eigentlich gestern schon geben.«

Ally starrte einen Augenblick auf die kunstvolle Schatulle in Travis Hand, bevor sie zitternd den Arm ausstreckte, um sie entgegenzunehmen. Sie war es nicht gewohnt, Geschenke zu erhalten, und insbesondere nicht von Männern. »Warum?«, fragte sie nervös.

»Das soll dich daran erinnern, deinen Träumen zu folgen. Außerdem ist es ein verspätetes Geburtstagsgeschenk«, erklärte ihr Travis. Er wirkte ein wenig angespannt, als ob er sich unbehaglich fühlte.

Ally öffnete den Deckel und schnappte nach Luft, als sie den Inhalt sah. Dort, auf einem Bett aus rotem Samt, ruhte die auserlesenste Halskette, die sie je zu Gesicht bekommen hatte. Doch waren es nicht die Diamanten und Saphire, die sofort ihre Aufmerksamkeit erregten, sondern der Anhänger selbst: ein kleines Einhorn, auf dessen Körper Diamanten funkelten, während das Horn und die

Augen aus kleinen blauen Saphiren bestanden. »Mein Einhorn!«, rief sie atemlos aus und konnte sich nicht sattsehen an dem Fabeltier, das beinahe eine genaue Nachbildung des Einhorns aus ihren Büchern darstellte.

»Es kann nicht sprechen so wie deines, doch ich hoffe, dass es dich immer zum Schreiben ermutigt, wenn du es trägst«, erläuterte Travis mit rauer Stimme.

Die Tränen rollten Ally über die Wangen, während sie das köstliche, wunderschöne Tierchen betastete, das an einer goldenen Kette hing. »Ich weiß nicht, was ich sagen soll.« Niemand hatte ihr je ein so wohlüberlegtes Geschenk gemacht. »Das ist das erste Schmuckstück, das ich jemals als Geschenk erhalten habe«, murmelte sie unter Tränen. »Es ist wunderschön.« Sie war sich bewusst, dass es sehr teuer sein musste. »Travis, das ist zu teuer für ein Geschenk, als dass ich es annehmen könnte.«

»Schwachsinn! Ich sage dir, für mich ist das nur eine kleine Ausgabe«, knurrte er. »Ich nehme es nicht zurück, außer es gefällt dir nicht. In dem Fall werde ich dir etwas anderes aussuchen.«

»Nein, nein. Ich liebe es!«, rief sie ängstlich aus. »Aber ich bekomme normalerweise solche Geschenke nicht. Es ist zu viel. Aber es ist unglaublich.«

»Es bedeutet nichts im Vergleich zu dem, was ich dir geben möchte, Ally. Und ich möchte immer noch gern dein nächstes Buch lesen«, erinnerte er sie.

Ally löste ihren Blick von dem funkelnden Einhorn, um Travis in die Augen zu schauen, Augen, in denen ein Sturm tobte und die sie etwas unbehaglich anblickten, als ob er unsicher wäre, wie er sich ihr verständlich machen könnte. »So sehr glaubst du an mich als Schriftstellerin?«

»Nicht nur als Schriftstellerin. Ich glaube an dich«, gestand er allen Ernstes.

Ally schlug das Herz bis zum Hals. Sie erhob sich und ging zu Travis hinüber, um ihn zärtlich in die Arme zu nehmen. Dann hauchte sie ihm schnell einen leichten Kuss auf die Wange. »Ich danke dir«, flüsterte sie, unfähig auszudrücken, wie sehr sie sein

Vertrauen schätzte. Sie wollte ihm erklären, ihn wissen lassen, wie viel ihr seine Unterstützung bedeutete nach allem, was sie mit ihrem Ex durchgemacht hatte, doch der Kloß in ihrer Kehle hinderte sie daran weiterzusprechen. Also begnügte sie sich mit der Umarmung, während ihr die Tränen immer noch über die Wangen liefen. »Ich liebe es und ich werde es behalten. Es wird mich immer daran erinnern, dass mein Buch zumindest einem Menschen gefallen hat«, erklärte sie ihm betont fröhlich, da sie wusste, dass Travis nur schwer mit Gefühlsausbrüchen umgehen konnte. »Und über die Rückzahlung meiner Schulden bei dir *werden* wir noch sprechen.« Widerstrebend ließ sie ihn los und nahm wieder Platz.

»Nein, das werden wir nicht«, widersprach Travis mit scheppernder Stimme. »Und diese Umarmung hat für einen ansehnlichen, eine ganze Woche vorhaltenden Ständer gesorgt.«

Sie musste lachen, so sehr amüsierte sie der verärgerte Ausdruck auf seinem Gesicht. Sie bezweifelte, dass Travis allein durch ihre Umarmung erregt worden war, doch seine Bemerkung schmeichelte ihrem angeschlagenen Ego. Travis Harrison konnte jederzeit jede beliebige Frau haben, die ihm gefiel. Aber Ally sonnte sich in seinen Komplimenten und wärmte ihre Seele an der Tatsache, dass er sie als attraktiv empfand. »Ich kann kaum glauben, dass du heute nicht ins Büro gegangen bist. Arbeiten wir morgen?«, fragte sie, da sie wusste, dass Travis niemals einen Arbeitstag versäumte.

»Zum Teufel, nein! Und später muss ich dir deine Wunden neu verbinden. Für eine Weile wirst du dich nicht wohl genug fühlen, um zu arbeiten. Dein Urlaub beginnt früher.« Travis warf ihr einen sturen Blick zu.

Ally verdrehte die Augen. »Mir geht es gut. Du brauchst dich nicht um mich zu kümmern.«

»Das werde ich aber«, erwiderte er gereizt. »Also gewöhne dich daran!«

Ally verschränkte die Arme vor der Brust. Insgeheim gefiel ihr sein Beschützerinstinkt, gleichzeitig verwirrte er sie aber auch. »Warum? Ich bin nur eine Angestellte. Es ist doch nicht so, als ob ich das Gleiche für dich wäre wie Mia oder Kade. Dass du dich in deren Leben einmischst, kann ich verstehen. Aber warum in meines?«

»Ich mische mich nicht in ihr Leben ein«, widersprach Travis murrend.

»Oh, also hast du Mia überhaupt nicht für zwei Jahre verschwinden lassen, sodass ihr Ex ihr nichts mehr anhaben konnte, und keiner Seele etwas davon erzählt, ausgenommen natürlich den Sicherheitsbeamten. Und dann hast du dich zufälligerweise in Colorado aufgehalten, als derselbe Ex bei einem Autounfall ums Leben gekommen ist?« Dachte Travis, sie wäre vollkommen blind und taub? Immerhin war sie seine Assistentin. Zum größten Teil sah und hörte sie alles, was in seinem Büro passierte.

»Was zum Teufel weißt du darüber?« Travis musterte sie mit einem laserscharfen Blick.

»Ich weiß, dass Mia einen Tag vor ihrem Verschwinden im Büro angerufen hat, um dich zu treffen, und sehr aufgeregt klang. Am nächsten Tag war sie verschwunden. Danach hattest du jeden Tag frühmorgens eine Besprechung mit deinem Sicherheitsteam und das hast du nie zuvor getan. Deiner eigenen Sicherheit hast du niemals viel Bedeutung beigemessen. Und ich weiß, dass du dich von Kade und Max ferngehalten hast. Vor allem aber weiß ich, dass du dich nicht so gegrämt hast, wie es der Fall gewesen wäre, wenn deiner Schwester wirklich etwas zugestoßen wäre.«

»Du hast es die ganze Zeit gewusst«, fragte Travis ungläubig, »und hast keiner Menschenseele etwas davon erzählt?«

»Warum hätte ich das tun sollen? Mir war bewusst, dass du versucht hast, sie irgendwie zu schützen«, erwiderte Ally verblüfft. »Warum sollte ich ihre Sicherheit gefährden? Ich bin deine Assistentin. Ich hintergehe dich niemals.«

»Wie konntest du mit Sicherheit wissen, dass ich sie nur beschützt habe? Was wäre gewesen, wenn ich ihr etwas angetan hätte, um sie loszuwerden? Es hätte sein können, dass ich mir ihren Anteil an den Aktien und der Firma hätte aneignen wollen.«

Ally schnaubte. Offensichtlich konnte sich Travis nicht vorstellen, wie sein Gesicht aussah, wenn er Mia anschaute; die Liebe zu seiner

Schwester stand ihm in die Augen geschrieben. Vielleicht konnte er seine Zuneigung nicht verbal ausdrücken, doch die Liebe zu seiner Schwester war ihm deutlich anzusehen. »Unmöglich«, widersprach Ally mit Bestimmtheit. »Ich habe nicht alles verstanden, was vor sich ging, ich wusste jedoch, wie sehr du dich um Mia sorgtest, und das war alles, was ich wissen musste.«

»Er hat sie angegriffen, geschlagen und erpresst«, erklärte Travis mit heiserer Stimme. »Als ich ihn endlich ausfindig gemacht hatte, ist er geflüchtet. Ich bin ihm gefolgt. Zufälligerweise ist er mit seinem Auto von einer Klippe gestürzt. Doch ich habe das verursacht. Ich habe ihn getötet. Und niemals habe ich einen Funken Reue verspürt. Ich bin einfach nur froh, dass der Hurensohn tot ist und meine Schwester nicht mehr umbringen kann.«

»Darüber bin ich auch froh«, stimmte Ally zu.

»Jagt es dir keine Angst ein, dass ich ein Mörder bin?«, erkundigte sich Travis. Seine Augen schimmerten dunkel und unergründlich.

»Nein. Du hast lediglich getan, was du tun musstest, um Mia zu schützen. Es tut mir nur leid für dich, dass du diese Bürde allein tragen musstest.«

»Mir blieb nichts anderes übrig. Ich konnte keinesfalls riskieren, Max und Kade ihren Aufenthaltsort zu verraten«, sagte Travis bekümmert.

Ally fragte sich, ob Kade und Max wirklich erfassen konnten, welchen Preis Travis dafür bezahlt hatte, sich ihnen nicht mitzuteilen und die ganze Last des Wissens allein auf sich zu nehmen. »Du liebst deine Geschwister, Travis. Das habe ich immer gewusst. Ich glaube kaum, dass du jemals eines von Kades Footballspielen verpasst hast. Hat er überhaupt eine Ahnung, dass du all seine Spiele gesehen hast?« Ally war immer diejenige gewesen, die Travis Flüge mit seinem Privatjet zu all den Orten organisiert hatte, an denen Kades Spiele stattgefunden hatten. Und am selben Tag war er noch zurückgeflogen.

Travis zuckte mit den Schultern. »Ich wollte ihn nicht unnötig nervös machen. Ich wollte einfach nur dort sein.«

Ich wollte einfach nur dort sein. Ally erkannte plötzlich, dass diese Feststellung in einem einzigen Satz Travis Persönlichkeit umschrieb: einen Mann, der seine Geschwister beschützen wollte und dem es egal war, ob er jemals Anerkennung dafür erhalten würde, dass er seinen Geschwistern ein unglaublicher Bruder war. Mehr als wahrscheinlich war weder Mia noch Kade bewusst, wie oft Travis für sie da war, ohne dass sie etwas davon mitbekamen. War Mia bekannt, was Travis auf sich genommen hatte, um nicht ihr Versteck und ihre Sicherheit zu gefährden, und wie weit er sich von seinem eigenen Bruder und seinem Schwager hatte zurückziehen müssen? Wusste sie, wie sehr Max und Kade ihm sein Verhalten übelgenommen hatten? Hatte Kade bemerkt, dass Travis jedes einzelne seiner Spiele gesehen hatte und wie sehr Travis unter Kades Unfall gelitten hatte? Travis hatte beinahe jeden wachen Moment am Krankenhausbett seines Bruders verbracht, nachdem dieser dem Unfall zum Opfer gefallen war. »Du bist ein wunderbarer Bruder, Travis«, bemerkte Ally leise. »Ich hätte alles dafür gegeben, jemanden wie dich meinen Bruder nennen zu können.«

»Ich möchte aber lieber nicht dein Bruder sein«, erwiderte Travis streitlustig. »Ich begehre dich viel zu sehr.« Er erhob sich und ging zur Anrichte in der Küche, schüttelte einige Ibuprofen aus der Packung und reichte sie ihr. »Nimm das! Wir müssen die Verbände wechseln.«

Ally nahm ihm die Pillen aus der Hand und schluckte sie mit etwas Kaffee hinunter. »Das sind wirklich nur Kratzer, Travis.«

Er sah sie böse an. »Du willst doch nicht, dass sie sich entzünden?« Als er sich wieder auf seinen Stuhl setzte, zuckte er zusammen.

»Du hast Schmerzen«, stellte Ally besorgt fest. »Hast du dich verletzt? Ich dachte, dein Körper wäre geschützt gewesen.«

»Nur Schmerzen von dem Aufprall auf den Beton«, antwortete Travis, ihre Sorge verwerfend. »Keine große Sache.«

»Du hast aber Schmerzen. Lass mich mal sehen!«, verlangte sie in bestimmtem Tonfall.

Travis drehte sich gehorsam auf seinem Stuhl herum und zog sein Hemd hoch. Ally schnappte nach Luft, als sie eine Prellung von der

Größe ihrer Hand auf seinem unteren Rücken sah. Sie streckte die Hand aus und berührte die Prellung sanft mit den Fingerspitzen. »Oh mein Gott, Travis! Das tut mir leid.«

»Ich bin auf einer Absperrung gelandet, als ich auf dem Parkplatz auf dem Boden aufgeschlagen bin. Das wird heilen«, erwiderte er unwirsch.

»Du solltest dich besser röntgen lassen. Vielleicht hast du dir etwas gebrochen?«

»Nein, bestimmt nicht. Ich hatte schon genügend Verletzungen, um das beurteilen zu können.«

»Hast du noch mehr Prellungen? Wo hören sie auf?« Ally war entsetzt und traurig, dass sie bis jetzt nichts davon gewusst hatte, dass Travis Verletzungen davongetragen hatte.

Travis drehte langsam seinen Kopf herum und schenkte ihr das unverschämteste Grinsen, das sie je gesehen hatte. »Liebling, um dir alle zu zeigen, müsste ich meine Hose herunterlassen. Aber ich wäre mehr als glücklich, wenn du sie alle berühren würdest.«

Ally schluckte, hin und her gerissen zwischen dem Wunsch, die Schwellungen sehen zu wollen, und dem Bewusstsein, dass sie wirklich nicht ihren milliardenschweren Chef beim Herunterlassen seiner Hose beobachten sollte. »Sind sie schlimm?«, fragte sie.

»Die auf dem Rücken ist wahrscheinlich die schlimmste, weil ich damit auf der Absperrung des Parkplatzes gelandet bin. Aber ich kann sie dir gern alle zeigen.« Er schickte sich an, sich zu erheben.

»Nein, nein!«, wehrte sie hastig ab. »Ich glaube dir. Aber falls deine Schmerzen sich verstärken, bringen wir dich zum Röntgen. Ich kann kaum glauben, dass du dir über meine paar Kratzer Sorgen machst, während du am ganzen Körper unter Prellungen leidest. Sind noch andere Stellen betroffen?«

Travis ließ sich vorsichtig wieder auf seinem Stuhl nieder. »Mein Schwanz schmerzt. Möchtest du ihn berühren?«, fragte er sachlich, doch der Ausdruck in seinen Augen war aufreizend erotisch.

Ally errötete über ihr ganzes Gesicht. Travis freimütige Worte verschlugen ihr für einen Moment die Sprache. »Du hast schmutzige

Gedanken«, schalt sie ihn, »und ich mache mir ernsthafte Sorgen, dass dir etwas wehtut.«

»Mir tut etwas weh. Und das ist der schlimmste Schmerz, den ich verspüre«, erklärte Travis offenherzig, während er sie hungrig anstarrte.

Sein gieriger Blick ließ sie noch heftiger erröten. Zur Hölle, seit sie die High School besucht hatte, war sie nicht mehr so rot geworden. Travis hatte ihr eine andere Seite von sich gezeigt und die gefiel ihr, *er* gefiel ihr. Doch sein urtümlich wilder Blick beunruhigte sie auf eine Art, die ihr Verlangen weckte, ihn zu berühren. »Du bist mit Prellungen übersät und du denkst immer noch nur *daran*?«

»Alison, ich müsste schon tot sein, um mich nicht nach deiner Berührung zu sehnen«, antwortete Travis ernst.

Ally begann zu zittern und eine Hitzewelle flutete in ihren Unterleib. Unter seinem Blick wurden ihre Brustwarzen hart wie Kieselsteinchen. Das Problem bestand darin, dass sie genau das Gleiche empfand. Sie wandte sich von ihm ab, unfähig, die Glut in seinen Augen noch länger zu ertragen. Noch eine weitere Sekunde und sie würde ihn anbetteln, ihn berühren zu dürfen. »Keine Intimitäten«, wehrte sie ihn mit mehr Entschlossenheit ab, als sie in diesem Augenblick verspürte. »Deine Prellungen müssen heilen.« Ally erhob sich und stellte ihre leere Tasse ins Spülbecken, während sie immer noch Travis kostbares Geschenk in der Hand hielt.

»Ich hatte bereits befürchtet, dass du das sagen würdest«, erwiderte Travis enttäuscht und stand ebenfalls auf, um seine Tasse in die Küche zu bringen.

»Ich danke dir für das hier«, flüsterte Ally und deutete auf die Halskette. »Das ist das unglaublichste Geschenk, das ich je erhalten habe. Es bedeutet mir sehr viel.« Es ging ihr nicht um den Geldwert, sondern um den symbolischen Wert, ein Zeichen für Travis Glauben an sie als Schriftstellerin.

Ally ging in Richtung Küchentür, da sie eine Dusche nehmen wollte.

»Ally?« Zögernd erklang Travis Stimme hinter ihr neben der Spüle, wo sie ihn hatte stehenlassen.

»Ja?« Sie drehte ihren Kopf herum.

»Danke, dass du mich nicht verraten hast«, sagte er heiser.

»Dafür brauchst du dich nicht zu bedanken, Travis. Du warst immer im Besitz meiner Loyalität.« Und das entsprach der Wahrheit. Er mochte sie vielleicht zur Weißglut bringen, doch hatte sie niemals an seiner Unbescholtenheit oder seiner Liebe zu seiner Familie gezweifelt.

Travis nickte und wandte sich ruckartig von ihr ab. Ally wunderte sich darüber, was im Moment mit ihnen beiden geschah. Ihre Beziehung zueinander hatte sich verändert, sodass sie sich fragte, ob es vielleicht möglich wäre, dass sie und Travis… Freunde werden könnten.

Travis ließ sie mit einem einzigen Blick dahinschmelzen und setzte sie allein mit seiner wollüstigen Stimme und seinen unanständigen Bemerkungen in Brand. Doch sie musste beides ignorieren und abwarten, bis er ein anderes Objekt seiner Begierde gefunden haben würde. Es wäre gefährlich, etwas anderes für Travis zu sein als seine Angestellte und gute Freundin. War sie doch bereits am Boden zerstört gewesen, als sie geglaubt hatte, er hätte ihr Vertrauen missbraucht, indem er ihre Kündigung bei Sully's veranlasst hatte. Und dann war sie beinahe vor einen fahrenden LKW gelaufen, weil sie so bestürzt gewesen war. Ally konnte sich kaum vorstellen, wie schlimm es ihr ergehen würde, falls sie sich erlaubte, noch intimer mit ihm zu werden, als sie es ohnehin schon gewesen war. Travis Intimitäten brachten sie dazu, sich zu offen und verwundbar zu fühlen. Zwar machte es sie froh, doch gleichzeitig erschrak es sie. Ihm zu nahe zu kommen, wäre ein Fehler, und sie würde nicht mehr umkehren können, wenn sie ihm Eintritt in ihr Leben gestatten würde. Seine Intensität würde sie überwältigen und nachdem die Affäre beendet wäre, würde sie die Bruchstücke der Verwüstung in ihrer Seele wieder kitten müssen.

Fall nicht auf ihn herein, Ally! Halte ihn auf Abstand!, prägte sie sich ein, während sie ins obere Stockwerk hinaufstieg.

Mit neuerwecktem Selbsterhaltungstrieb stieg sie in die Dusche und hoffte, ihre Entschlossenheit aufrechterhalten zu können.

Kapitel 8

Travis blieb das ganze Wochenende und verließ nicht ein
einziges Mal Allys Haus, außer um etwas zu besorgen,
von dem er sicher wusste, dass sie es unbedingt brauchte.
Widerstrebend war er schließlich am Montagmorgen gegangen,
nachdem Ally versichert hatte, sie würde auch ohne ihn gut
zurechtkommen. Das Wochenende war ihr wie eine Offenbarung
erschienen, denn es hatte ihr mehr und mehr gezeigt, was für
ein unglaublicher Mensch Travis außerhalb seines Büros in einer
anderen Umgebung sein konnte. Stundenlang hatten sie sich Filme
angesehen und sich in mehreren Schachpartien gemessen, einem
Spiel, von dem Ally immer geglaubt hatte, dass sie es sehr gut
beherrschte... bis sie ihren Meister in Travis fand. Er hatte sie jedes
Mal geschlagen. Und sie hatten geredet. Manchmal hatten sie sich nur
über Belanglosigkeiten unterhalten, doch hatte er sich ein bisschen
hinsichtlich seiner Kindheit geöffnet und ihr erzählt, wie es gewesen
war, mit einem unverlässlichen, geistesgestörten Vater aufzuwachsen.
Und sie hatte mit ihm ein paar ihrer eigenen Erinnerungen geteilt
und ihm eine Vorstellung davon vermittelt, wie einsam und haltlos
sie sich gefühlt hatte, als sie noch ein Kind gewesen war und mit
ihrer alkoholsüchtigen Mutter zusammengelebt hatte. Als er am

Montag gegangen war… hatte sie ihn tatsächlich beinahe im gleichen Moment vermisst, in dem er durch die Haustür geschritten war. Im Haus herrschte eine merkwürdige Stille und sie hasste es, morgens ihren Kaffee allein zu trinken und mit niemandem reden zu können, wenn ihr etwas auf der Seele brannte.

Dienstag und Mittwoch war Ally zu beschäftigt, Pakete entgegenzunehmen, um ernsthaft an ihre Einsamkeit erinnert zu werden. Beinahe ununterbrochen klingelte es an der Haustür und sie empfing so viele Lieferungen, dass ihr Wohnzimmer mit Paketen zugestopft war. Die meisten von ihnen enthielten Teile einer brandneuen Garderobe, die Travis ausgesucht hatte. Natürlich hatte sie ihn angerufen, um ihren Protest anzumelden, doch Travis hatte sich auf eine Klausel in ihrem neuen Arbeitsvertrag berufen, die besagte, dass er als ihr Chef für ihre Arbeitskleidung aufzukommen hatte.

Ally schaute sich in ihrem Wohnzimmer um und verdrehte die Augen. *Arbeitskleidung?* Der Raum war angefüllt mit einer größeren Auswahl an Kleidungsstücken, als eine teure Boutique sie hätte anbieten können, angefangen bei Unterwäsche bis hin zu Ballkleidern. Und jedes einzelne Stück passte perfekt, selbst die Schuhe und Stiefel. Wie zum Teufel hatte er so genau wissen können, welche Größe er kaufen musste?

»Weil er nun einmal Travis Harrison ist und nichts unternimmt, ohne jedem kleinsten Detail seine Aufmerksamkeit zu zollen«, flüsterte sie sich selbst zu und ließ sich auf dem schmalen Stück der Couch nieder, das ihr noch zur Verfügung stand. »Ich kann unmöglich alles davon behalten. Es ist kein einziges Teil darunter zu finden, das nicht ein Designerlabel trägt und stinkteuer ist.«

Ally begann, die Kartons anzuheben, und fand schließlich ihr Handy unter einem Ensemble sündhafter Reizwäsche.

Ich schicke Dir Kleidung zurück. Du hast lediglich versprochen, mir ein Kleid für Colorado zu besorgen. Das reicht vollkommen.

Sie schickte ihm den Text und war fest entschlossen, sich für nur ein Kleid für den Ball in Colorado zu entscheiden, den sie mit Travis besuchen musste.

Die Antwort traf bereits einige Augenblicke später ein.

Ich kann sie nicht zurückgeben. Es waren alles Angebote unter Ausschluss eines Umtauschs. Gefallen sie Dir nicht?

Ally seufzte und lachte laut auf über den Hinweis auf die Angebote. Das klang nicht sehr einfallsreich und keineswegs glaubhaft, da es von Travis kam. Sie schrieb zurück:

Es ist zu viel. Ein Kleid genügt.

Sie zuckte zusammen, als plötzlich ihr Telefon klingelte, und wusste bereits, das war Travis.

»Schöne Frauen sollten schöne Kleider tragen«, sprach Travis ihr heiser ins Ohr, bevor sie auch nur irgendetwas sagen konnte. »Ich werde für deine Kleidung aufkommen. Lies deinen Arbeitsvertrag!«

»Gibt es in diesem Vertrag noch irgendetwas anderes, das ich unterschrieben, aber nicht gelesen habe und das ich wissen sollte?«, fragte sie frustriert und wünschte sich, sie hätte sich den Vertrag etwas näher betrachtet, den Travis ihr während des Wochenendes zur Unterschrift vorgelegt hatte. Sie hatte angenommen, er beinhalte nur die gewöhnlichen Klauseln etwa in der Art der Einstellungsverträge, die sie früher bei der Harrison Corporation unterzeichnet hatte. Travis wusste nur zu gut, dass es sie aus dem Gleichgewicht brachte, wenn er solche Komplimente äußerte. Sie war nicht daran gewöhnt, »schön« oder auch nur annähernd »attraktiv« genannt zu werden.

»Vielleicht solltest du den Abschnitt lesen, der mich befähigt, dich auf jede erdenkliche Art zu ficken, die mir gefällt, und täglich so oft, wie wir beide es wollen?«, fragte er träge, als ob er eine geschäftliche Unterhaltung führen würde.

Allys ganzer Körper wurde von Hitze überflutet. Sie war es leid, Travis immer die Oberhand mit seinen sexuellen Anspielungen gewinnen zu lassen. Daher erwiderte sie mit einer *fick-mich* Stimme, von der sie nicht einmal gewusst hatte, dass sie sie besaß: »Nein. Ich habe lediglich die Klausel bemerkt, die besagt, dass ich jederzeit, wann immer ich das Bedürfnis verspüre, in die Knie gehen, deinen Schwanz herausholen und meine Lippen darumlegen und dir einen blasen kann, bis du kommst.«

Sie hörte ein Fauchen am anderen Ende der Leitung und konnte sich ein kleines teuflisches Grinsen nicht verkneifen. *Bingo! Treffer, Mr. Schandmaul!*

Es folgte absolute Stille, bevor Travis mit gequälter Stimme erwiderte: »Dafür wirst du bezahlen, Alison!«

»Du kannst austeilen, aber nicht einstecken?«, erkundigte sie sich unschuldig.

»Ich werde es einstecken«, antwortete Travis undurchsichtig. »Abendessen heute Abend!«, forderte er. »Ich werde dich ungefähr um sieben Uhr abholen.«

»Habe ich eine Wahl?«, fragte sie verärgert.

»Ja. Du kannst die rote oder die schwarze Unterwäsche tragen. Ich male mir bereits aus, wie ich dich nacheinander in beidem ficke«, gab er heiser zurück.

Dann wurde die Verbindung unterbrochen. Travis wollte ihr offenbar keine Chance des Widerspruchs einräumen. Sie hatte ihn tatsächlich getroffen und ihn ein bisschen mit ihrem Rückschlag aufgerüttelt.

Vielleicht sollte sie sich darüber ärgern, dass sie ihn nicht dazu überredet hatte, einige der Kleidungsstücke zurückzunehmen. Und vielleicht sollte es sie nervös machen, dass sie gerade eingewilligt hatte, sich von ihm zum Abendessen ausführen zu lassen. Doch im Augenblick wurde sie allein von einem Gefühl des Schwindels beherrscht, der bei dem Gedanken an ein Wiedersehen mit Travis von ihr Besitz ergriff.

Sie lachte und begann, die Pakete durchzusehen, um etwas zu finden, das sie an diesem Abend tragen könnte.

Travis lehnte sich in seinem Bürostuhl zurück und schloss die Augen. Er versuchte, nicht auf den Tisch zu starren und sich Ally auf diesem ausgestreckt liegend vorzustellen, ihm ausgeliefert und verzweifelt vor Verlangen. Und er versuchte, nicht ihr heiseres, lustvolles Stöhnen zu hören, das sie in Stücke gerissen hatte, als sie für ihn gekommen war.

Mist! Wie er diesen verdammten Schreibtisch hasste! Es kam ihm wie eine Folter vor, jeden Tag in diesem Büro zu sitzen und zu versuchen, nicht daran zu denken, was auf ebendiesem Tisch geschehen war. Manchmal hätte er sogar schwören können, er könnte ab und zu ihren Duft auffangen, ein geisterhaftes Aroma in der Luft, nach dem sie in ihrer Erregung gerochen hatte.

Ihre Worte, die davon sprachen, ihn mit ihrem Mund zu befriedigen, kreisten in endloser Wiederkehr durch seinen Kopf und ließen seine Männlichkeit steinhart werden, sodass sich seine Hände auf dem Schreibtisch zu Fäusten ballten. »Verflucht, ich brauche einen neuen Tisch!«, stellte er ungehalten fest, während er in Wirklichkeit eher davon überzeugt war, dass er eine Austreibung brauchte. Ally verfolgte ihn beinahe jede Minute des Tages. Und nachdem er ein ganzes Wochenende mit ihr verbracht hatte, wurde es noch schlimmer, da er erkannt hatte, wie sehr er jede Seite von ihr bewunderte. Das Wissen über ihre schwierige Kindheit und ihre verwundbaren Punkte spornte seinen Beschützerinstinkt noch mehr an und seine Entschlossenheit wuchs, ihr das Leben zu geben, das sie verdiente.

»Du hast für diesen Schreibtisch ein Vermögen bezahlt. Warum solltest du ihn loswerden wollen?«, ertönte Kades Stimme in der Tür zu Travis Büro.

Travis öffnete die Augen und warf seinem Zwillingsbruder einen verärgerten Blick zu. »Ich will ihn doch gar nicht loswerden.«

»Ich nehme ihn gern, falls du ihn austauschen willst«, sagte Kade lässig und schloss die Tür. Dann durchschritt er das Büro und ließ sich in den Stuhl vor Travis Schreibtisch fallen.

Oh, zum Teufel, nein! Auf keinen Fall würde er zulassen, dass Kade den Schreibtisch benutzte, auf dem er Ally zum ersten Mal einen Orgasmus beschert hatte. »Nein«, erwiderte er wütend.

»Also gut.« Kade hob beschwichtigend eine Hand. »Ich dachte, ich hätte dich sagen hören, du wollest einen neuen. Ich wollte mich nur anbieten, ihn zu übernehmen. Eigentlich wollte ich mich erkundigen, wie es Ally geht. Hast du etwas von ihr gehört?«

»Ja. Doch. Es geht ihr ganz gut«, berichtete Travis seinem Bruder in etwas milderem Tonfall. »Ich wünschte nur, sie wäre wieder hier. Das Büro läuft nicht so gut ohne sie.«

»Du vermisst eure Streitereien«, neckte Kade ihn.

»Ich vermisse sie an allen Ecken und Enden«, gab Travis zu. »Sie ist so… effizient.«

»Ihr Ex hat ihr ja wirklich übel mitgespielt. Asha hat mir davon erzählt«, bemerkte Kade zornig.

»Ich hätte nicht übel Lust, ihn kalt zu machen, aber ich glaube, das würde Ally mir übelnehmen«, erwiderte Travis mürrisch.

»Du stehst verdammt auf sie, oder?«, erkundigte sich Kade leise. »Leugne es nicht, Travis! Ich weiß das schon seit einer Weile.«

»Woher wusstest du es?« Travis beäugte seinen Bruder misstrauisch.

»Mir ist es auch so gegangen. Ich kann die Symptome erkennen. Ich denke, du hast dich ständig mit Ally gestritten, um eine gewisse Distanz zu ihr zu wahren. Wie lange geht das schon so?«

Travis seufzte. Er wollte es nicht zugeben, doch andererseits musste er mit Kade reden. »Seit dem verfluchten Tag, an dem ich sie eingestellt habe. Es gab Bewerber mit mehr Erfahrung, Leute, die bessere Qualifikationen vorzuweisen hatten. Ich muss ein verdammter Masochist gewesen sein, da ich sie trotz alledem eingestellt habe. Ich konnte den Gedanken nicht ertragen, sie nicht wiederzusehen.«

»Weiß sie es?«, fragte Kade ruhig.

»Das sollte sie eigentlich. Ich erkläre ihr jeden verdammten Tag, dass ich sie liebend gern ficken möchte«, brummte Travis.

Kade musste einige Male heftig husten, bevor er tief Luft holte. »Sehr romantisch und einfühlsam, Trav. Ist das alles, was du von ihr willst?«

War es das? Travis wusste es selbst nicht genau. »Ich bin nicht romantisch veranlagt und ich weiß nur, dass mich diese Frau wahnsinnig anmacht.«

»Ihre Seele wurde heftig verwundet, Travis. Ally erscheint vielleicht knallhart, doch im Augenblick ist sie sehr verletzlich. Ihr Selbstwertgefühl wurde zerstört. Wenn du nicht mehr als einen einfachen Fick willst, hol ihn dir woanders!«

Travis schmetterte unbeherrscht seine Faust auf den hölzernen Tisch und versetzte alles in Bewegung, was sich darauf befand. »Glaubst du nicht, dass ich das nicht schon längst versucht habe? Ich will niemand anderen. Ich kann das nicht mit einer anderen Frau tun. Ich möchte jeden Mann töten, der hinter ihr herschaut, und jeden, der ihr wehtut. Ich möchte ihr alles geben, was sie sich wünscht. Ich will, dass sie glücklich ist, verdammt!«

Kade grinste Travis breit an. »Warum hast du früher nicht versucht, sie ihrem Arschloch-Ex auszuspannen?«

»Weil ich keine Ahnung hatte, dass er ein solches Schwein ist. Ich dachte, sie wäre glücklich. Ich bin ein Arschloch, Kade. Jeder weiß das. Ich dachte, es ginge ihr besser mit einem netten Mann.«

»Und jetzt, da sie Single ist?«, fragte ihn Kade absichtsvoll.

»Sie gehört mir«, knurrte Travis. »Ich werde ihr keine Chance lassen, sich von einem anderen Versager an den Haken nehmen zu lassen. Wenn sie unbedingt ein Arschloch haben will, kann sie ebenso gut mich nehmen.«

Kade kicherte in sich hinein, bevor er ernster erwiderte: »Jetzt bist du an der Reihe, Travis. Du hast dein ganzes Leben damit verbracht, für die Firma, die Angestellten und für Mia und mich zu sorgen. Für dich ist es an der Zeit herauszufinden, was du brauchst.«

»Ich brauche *sie*«, antwortete Travis verzweifelt. »Mein Gott. Ich weiß nicht, wie man das macht. Wie kann man eine Frau so sehr begehren und trotzdem überleben?«

Kade grinste. »Das ist nicht möglich. Daher musst du dafür sorgen, dass du sie bekommst.«

»Sie ist stur«, knurrte Travis. »Sie will noch nicht einmal die neuen Kleider annehmen, die ich für sie gekauft habe, obwohl in ihrem verdammten Arbeitsvertrag vereinbart wurde, dass ich für ihre neue Garderobe aufzukommen habe.«

Kade verzog das Gesicht. »In dieser Hinsicht sind Frauen heikel. Asha hat sich ebenso verhalten.«

»Und wie hast du reagiert?«

»Ich habe ihren Protest einfach ignoriert. Sie ist letztendlich darüber hinweggekommen und hat die Kleidung von Maddie als schwesterliches Geschenk angenommen.«

»Ally beschwert sich ziemlich nachdrücklich«, erwiderte Travis bekümmert, da ihm bewusst war, dass sie es ihm schwer machen würde, ihren Protest zu überhören. Doch versuchte er standhaft, sie weiterhin diesbezüglich zu ignorieren. Er wollte unbedingt, dass sie die Kleidungsstücke behielt. Mein Gott! Es war doch nicht so, als ob er sich das nicht leisten könnte.

»Das kann ich mir vorstellen«, sagte Kade fröhlich. »Das ist einer der Gründe, warum ich denke, dass sie perfekt zu dir passt.« Nach kurzem Zögern erkundigte er sich: »Was hättest du unternommen, wenn Ally nicht herausgefunden hätte, dass ihr Ex ein Schwein ist? Was wäre gewesen, wenn sie ihn tatsächlich geheiratet hätte?«

»Das weiß ich nicht«, antwortete Travis ehrlich. »Ich habe versucht, nicht daran zu denken und mir zu sagen, dass das für mich nicht wichtig ist. Doch wenn es wirklich dazu gekommen wäre, glaube ich, hätte ich wahrscheinlich alles Mögliche unternommen, um die Hochzeit zu verhindern. Das Einzige, das mich immer davon abgehalten hat, mich einzumischen, war der Gedanke, dass ich nicht ihr Glück zerstören wollte. Mist! Ich habe keine Ahnung, warum ich nicht bemerkt habe, wie müde sie immer war und unter welch elenden Umständen sie leben musste. Ich habe nicht gewusst, dass sie in einer verdammten Bar arbeiten musste, um zurechtzukommen. Ich dachte immer, sie würde ein perfektes Leben führen und hätte den perfekten Verlobten, der bald eine erfolgversprechende Karriere beginnen würde. Ich wollte sie, aber ich war nicht davon überzeugt, dass das unbedingt ihrem Glück gedient hätte.« Er war schließlich ein Mörder und ein gefühlloses Arschloch. Für Ally hatte er sich jemand Besseren gewünscht.

»Und jetzt?«, fragte Kade ernst.

»Jetzt nehme ich sie mir. Nachdem ich endlich verstanden habe, mit welchem Schwachsinn sie sich über Jahre herumschlagen musste, denke ich, selbst ein Zusammensein mit mir wäre besser als das. Ich werde sie gut behandeln und ihr jeden Wunsch erfüllen.«

»Niemand hat gewusst, was Ally durchgemacht hat. Sie hat es sehr gut verborgen. Das ist nicht deine Schuld, Travis. Ich glaube nicht, dass es irgendjemandem möglich war, hinter ihre harte Maske zu blicken«, beschwichtigte Kade seinen Bruder nachdenklich. »Ich glaube, sie braucht einfach einen Mann, der sie umsorgt. Aus dem zu schließen, was Asha mir erzählt hat, wurde Allys Selbstwertgefühl ziemlich gründlich zerstört. Dieses Arschloch hat sie offensichtlich über Jahre hinweg seelisch geknebelt.«

»Er hat ihre Träume zerstört«, berichtete Travis bitter. »Er hat sie nicht nur betrogen und sie mit seinen Rechnungen sitzenlassen, nein, er hat sie zusätzlich noch von der Schriftstellerei abgehalten.«

»Ally schreibt?«, fragte Kade überrascht.

»Ja. Unglaublich gute Geschichten. Sie hat Talent und das sage ich nicht nur, weil sie mein Herz erobert hat. Und er hat sie niemals dazu ermutigt, sondern sie im Gegenteil überredet, das Schreiben aufzugeben. Er hat sie dahingehend manipuliert, dass sie schließlich glaubte, sie wäre für alles verantwortlich und würde nichts gut machen. Alles, was der Hurensohn von ihr wollte, war eine Freikarte, um sich durch seine Ausbildung zu bringen. Ich bin mir fast sicher, dass er es am Ende überhaupt nicht ernst gemeint hat mit der Hochzeit. Er hat einfach mit Allys Schwächen gespielt, um sie dazu zu bringen, ihn zu unterstützen.« Travis ballte seine Hände auf dem Schreibtisch zu Fäusten und wünschte sich, er könnte sie Allys Ex auf der Stelle um den Hals legen. »Sie ist verdammt klug und wunderschön. Ich verstehe nicht, wie er sie vom Gegenteil hat überzeugen können. Doch es ist ihm gelungen. Hurensohn!«

»Manchmal sehen wir uns selbst nicht so, wie uns andere sehen, Trav. Wenn dich jemand nur lange genug einschüchtert und auf dich einredet, glaubst du es am Ende selbst«, antwortete Kade traurig. »Ally war sich offensichtlich ihres Wertes nicht mehr bewusst, außer bezüglich ihrer Arbeit. Sie hat vielleicht Vertrauen in sich, was ihren

Job angeht, doch nicht in ihren Wert als Persönlichkeit. Sieh dir an, was mit Asha geschehen ist!«

Travis wusste, dass Kade Recht hatte. Er wusste selbst sehr wohl, was es bedeutete, so lange niedergemacht zu werden, bis man die Realität nicht mehr erkennen konnte. Er, Kade und Mia hatten das während ihrer Kindheit und Jugend am eigenen Leib erfahren. Glücklicherweise waren sie nicht allein gewesen, sondern hatten ihr Leid miteinander teilen können. Travis fiel es schwer, Ally mit Asha zu vergleichen; oberflächlich gesehen waren sie zu verschieden. Asha war viel ruhiger und schüchterner. »Asha geht es schon viel besser.«

Kade nickte. »Ja. Doch. Aber wir beide wissen, dass es seine Zeit braucht, Jahre der Demoralisierung wiedergutzumachen. Asha und Ally sind sehr unterschiedliche Persönlichkeiten, doch ich glaube, der Grund, weshalb sie sich miteinander angefreundet haben, liegt in dem gegenseitigen Verständnis auf Gebieten, die wirklich eine Rolle spielen.«

»Wie kann ich Allys Verletzungen reparieren?«, fragte Travis heiser.

Kade lachte auf. »Sie ist doch kein Auto, Travis. Sie ist eine Frau. Die sind viel komplizierter.«

»Ja, leider. Und du bist mir auch keine große Hilfe.« Travis funkelte seinen Zwillingsbruder an.

»Ich denke, du wirst es selbst herausfinden. Es kommt nur darauf an, dass du dich wirklich um sie kümmerst. Das ist schon sehr viel mehr, als sie in der Vergangenheit bekommen hat.« Kade erhob sich und schlenderte zur Tür. Doch während er sie öffnete, drehte er sich herum und blickte erst Travis an und dann den Schreibtisch. Mit einem breiten Grinsen bemerkte er: »Ich glaube, ich weiß, warum dich mit diesem Tisch eine Hassliebe verbindet.«

Travis beobachtete, wie sein Bruder das Büro verließ und leise die Tür hinter sich schloss. Er überlegte, welche Hintergedanken Kade bei seinem Kommentar gehegt haben mochte. Gewiss konnte er doch nicht wissen…

Travis schüttelte den Kopf und warf einen Blick auf die Uhr. Er war überzeugt davon, dass Kade niemals erraten würde, warum er ein Problem mit seinem Schreibtisch hatte. Es war erst drei Uhr. Verdammt! Normalerweise war ihm die Uhrzeit vollkommen egal, es sei denn, er hatte einen geschäftlichen Termin einzuhalten. Doch jetzt wünschte er sich, die Zeit zwingen zu können, schneller voranzuschreiten.

Nervös zog er sein Handy aus der Tasche und sandte Ally eine Nachricht.

Sechs Uhr anstatt sieben Uhr.

Abgeschickt. Eine Stunde weniger zu warten! Zumindest würde er sie früher sehen können. Falls Ally nicht fertig wäre oder die Nachricht nicht bekommen hatte, würde er einfach warten… oder an etwas anderes denken, um die Zeit auszufüllen…

Er steckte sein Mobiltelefon in seine Hosentasche zurück und wendete sich wieder seinem Computer zu. Hatte er vollkommen den Verstand verloren? Er war doch der verzweifeltste, jämmerlichste Mann auf der Welt. Was für einen Unterschied machte eine Stunde denn schon aus?

Sein Handy signalisierte mit einem Ton den Eingang einer Nachricht. Eifrig holte er es wieder aus seiner Tasche hervor. Ally! Doch sie hatte keinen Text geschrieben, sondern nur ein Foto geschickt. Er tippte auf das Bild, sodass es den ganzen Bildschirm ausfüllte – ein Foto der delikaten roten Reizwäsche mit dem kaum vorhandenen roten Höschen und dem roten Strumpfgürtel.

Travis hätte das Handy beinahe zu Boden geschleudert.

Er knurrte leise und fand, dass eine Stunde doch einen verdammt großen Unterschied darstellte.

Kapitel 9

Ally musterte sich kritisch in dem mannshohen Spiegel in ihrem Schlafzimmer. Es war erst halb sechs, doch sie war bereits fertig zurechtgemacht. Das rote Kleid war recht schlicht. Nur der Rücken war etwas tiefer ausgeschnitten, als es ihrem Geschmack entsprach. Und es betonte ihre Hüften auf eine Weise, von der sie bezweifelte, dass es für ihre Figur vorteilhaft war. Doch sie fand, dass sie recht passabel aussah. Sie hatte sich viel Zeit für ihre Frisur und ihr Make-up genommen. Die blonden Locken fielen ihr liebkosend über die Schultern auf den Rücken herab. Der Saum des Kleides endete knapp über ihren Knien und die Dreiviertelärmel bedeckten die abheilenden Schürfwunden. Mit den über sieben Zentimeter hohen Absätzen fühlte sie sich etwas unsicher beim Gehen, doch wenn sie ihre Schritte bedächtig plante, würde es schon funktionieren. Ally wünschte sich nicht zum ersten Mal, sie wäre schlank und hübsch. Mit einem Seufzer löste sie sich von ihrem Spiegelbild und schalt sich selbst für ihre Eitelkeit. Hatte sie nicht heute Abend ein Rendezvous mit ihrem Chef? Travis schaute sie mit hungrigen Augen an, doch es fiel ihr immer noch schwer zu glauben, dass ein Mann wie er sie tatsächlich begehrte, und sie fragte sich, warum er das tat. Vielleicht fühlte er sich genauso einsam, wie es bei ihr manchmal der Fall war. Selbst als sie mit Rick zusammen gewesen war, hatte sie sich allein gefühlt. Doch damals hatte sie keine Zeit gehabt, darüber nachzudenken.

Während sie vorsichtig die Treppe hinunterstieg, betastete sie ihre Halskette, und ihr Herz erfreute sich aufs Neue an dem Gedanken an Travis und seinen Glauben an sie, als er ihr das Einhorn geschenkt hatte. Sie würde – nein, sie durfte – der Aufmerksamkeit, die Travis ihr zukommen ließ, nicht zu viel Bedeutung beimessen. Obwohl es ihrem Ego Auftrieb gab, verfolgte er mit seinem Verhalten wahrscheinlich keine andere Absicht, als ihr Gemüt ein bisschen aufzuheitern. Vielleicht entsprang es auch einem unangebrachten Verantwortungsgefühl für ihren Unfall auf dem Parkplatz. Männer wie Travis waren an Frauen wie ihr nicht interessiert. Ja, vielleicht würde er mit ihr ins Bett steigen, falls er gerade keine andere Frau hatte, doch eine kurze Affäre wäre keinesfalls gut für sie. Wenn es vorbei wäre, würde sie sich nur noch leerer fühlen. Daran sollte sie sich ständig erinnern.

Plötzlich klingelte es an der Tür und ihr Blick flog zur Uhr. Er war fünfundzwanzig Minuten zu früh. Ihr Puls beschleunigte sich, während sie zur Tür schritt und ihre Hand nach der Klinke ausstreckte. Jetzt fragte sie sich, ob es wirklich eine so gute Idee gewesen war, ihm das Foto mit der roten Reizwäsche zu schicken. Sie hatte in einem für sie seltenen Moment der Mutwilligkeit aus einem Impuls heraus gehandelt. Wie hatte er wohl darauf reagiert?

Das Gesicht, das sie begrüßte, war nicht das, das sie erwartet hatte, und das leichte Lächeln auf ihren Lippen verwandelte sich in ein Stirnrunzeln, als sie ihren Ex-Verlobten auf den Stufen zu ihrem Haus stehen sah. Er trug Jeans und ein T-Shirt und sah ungepflegter aus, als sie ihn jemals gesehen hatte. Ally nahm sein helles braunes Haar und seine Gesichtszüge in sich auf und wartete darauf, dass sich besondere Gefühle einstellten. Doch sie spürte… nichts.

»Was willst du?«, fragte sie ihn ruhig und wünschte sich, er würde einfach wieder verschwinden.

»Ich möchte zu dir zurückkommen, Ally.« Rick warf ihr einen gequälten Blick zu.

»Nein«, sagte sie ohne Umschweife. Dachte er ernsthaft, sie würde das auch nur in Erwägung ziehen? Vielleicht war sie einfach zu manipulieren, doch *so* verdammt jämmerlich war sie noch lange nicht.

Er ging um sie herum in ihren Flur. »Du hast meine Kündigung veranlasst. Ich finde, du schuldest mir zumindest ein Dach über dem Kopf.«

Ally schloss die Tür und schaute ihm ins Gesicht. »Ich habe nichts Dergleichen unternommen. Und du müsstest eigentlich im Gefängnis sitzen für das Geld, das du von meinem Konto gestohlen hast, nachdem du in diesem Haus eine andere Frau gevögelt hast und wir uns getrennt haben.«

»Unsinn! Mein Chef wusste genau, was geschehen war. Wie hätte er davon erfahren sollen? Er fand mein Verhalten äußerst unpassend für einen Berufsanfänger. Das sind alles Familienväter. Von wem hätte er die Geschichte erfahren können, wenn nicht von dir? Du, ich und Amber waren die Einzigen, die davon wussten«, erklärte Rick mit Bitterkeit in der Stimme.

Ally biss die Zähne zusammen. »Raus! Geh zu deiner neuen Freundin! Hier bleibst du nicht!«

»Amber will nicht mit mir zusammen sein. Sie hat mir gesagt, sie habe unsere Beziehung neu überdacht und dann hat sie sich von mir getrennt.« Sein Tonfall wurde jetzt eher weinerlich und weniger wütend.

Vielleicht weil du ein betrügerischer Hurensohn bist! Hatte seine Freundin von ihrer Verlobung gewusst oder hatte Rick ihr irgendeine erfundene Geschichte erzählt, die sie tatsächlich geglaubt hatte, so jung und naiv wie sie war? »Wusste sie von unserer Verlobung?«

»Ich hatte ihr erzählt, wir hätten Probleme. Und die hatten wir, Ally. Du hast zugenommen und jeden Abend, wenn du nach Hause gekommen bist, hast du nach Alkohol, Fett und Zigarettenqualm gestunken. Das hat die romantische Seite unserer Beziehung nicht gerade gefördert. Du hast niemals Zeit für mich gehabt. Ich brauchte dich, doch du warst niemals da. Also ist mir ein Ausrutscher passiert. Ich weiß, ich hätte das nicht tun dürfen, aber wir waren fünf Jahre zusammen. Willst du das alles wirklich wegen eines einzigen Fehltritts aufgeben? Wir sollten es noch einmal versuchen!« Seine blauen Augen zeigten weder einen bittenden Ausdruck noch irgendein Zeichen von Reue. Sein Blick war so berechnend wie seine Rede. »Ich werde dir alles zurückzahlen. Ich brauchte etwas Geld, um mich über Wasser zu halten, bis ich selbst genügend verdient hätte. Ich habe über uns nachgedacht. Ich finde, wir hätten alles regeln können. Wir haben doch für mehrere Jahre vorausgeplant. Es war einfach zu schwer für mich, dass du nie da warst.«

Mistkerl! Er hatte das Geld gebraucht, um Geschenke zu kaufen, mit denen er seine neue Frau beeindrucken wollte. Ohne Zweifel hatte er nicht einen einzigen Gedanken an sie verschwendet, bevor seine Freundin es sich anders überlegt hatte. Er schob alles andere vor, um das nicht zugeben zu müssen.

Sie musterte Rick lange mit einem harten Blick. Körperlich gesehen war er sehr attraktiv, doch sein Anblick verursachte ihr Magenkrämpfe. Dieser Mann, dieser unglückselige Schleimer, hatte über Jahre ihr Leben beherrscht. Und nun wollte er, dass sie ihn wieder zurücknahm? Er war nicht nur ein Arschloch, sondern gnadenlos asozial. »Und jetzt kommst du zu mir zurückgelaufen, bis du einen neuen Job und eine neue Frau zum Vögeln gefunden hast?«

»Ally, ich brauche dich! Ich wusste nicht, wie sehr ich dich brauche, bis ich dich verloren hatte.« Seine Augen glitten prüfend über ihr Gesicht und ihren Körper. »Du siehst gut aus. Hast du abgenommen?«

Ihre Hände ballten sich zu Fäusten, so verzweifelt versuchte sie, nicht die Beherrschung zu verlieren. Dieser Mann war ihr Leben gewesen, ihr einziger Lebensinhalt, bis er alles zerstört hatte.

Er versucht, dir Schuldgefühle einzureden. Er versucht, dich weich zu machen. Er versucht, dir das Gefühl zu vermitteln, du seist verantwortlich für sein Verhalten.

Sie mochte vielleicht nicht jedes Mal zur Stelle gewesen sein, wenn er sie gebraucht hatte, doch hatte sie für sie beide den Lebensunterhalt verdienen müssen. »Ich habe mir den Arsch aufgerissen für dich, Rick! Und ich bin nicht dafür verantwortlich, dass du deinen Job verloren hast. Und ja, ich habe nicht mehr so auf mein Äußeres geachtet, weil ich meinen Schlaf dringender brauchte als einen Haarschnitt oder eine Maniküre. Und ja, ich habe ein paar Kilos zugelegt, weil ich keine Zeit hatte, mich um eine Diät zu kümmern. Ich war zu sehr damit beschäftigt, für dich zu sorgen und dir deine Wünsche zu erfüllen.«

»Ally, ich bereue –«

Energisch hob sie die Hand, um ihm Schweigen zu gebieten. »Das Einzige, das ich bereue, sind die fünf Jahre meines Lebens, die ich an dich verschwendet habe.« Sie zog an der Tür und öffnete sie weit. »Und jetzt: raus aus meinem Haus!«

Rick warf ihr einen zornigen Blick zu und versteckte sich nicht länger hinter seiner reumütigen Fassade. »Das wirst du bereuen, Ally! Wir haben uns zusammen ein Leben aufgebaut. Du hast versucht, mich zu dir zurück zu locken, deshalb hast du dafür gesorgt, dass ich meinen Job verliere. Doch ich werde einen neuen finden und du wirst dich ärgern, dass du uns keine zweite Chance gegeben hast!«

»Raus hier!«, schnauzte sie ihn wütend an, während ihre Hand auf der Türklinke zitterte.

Betont langsam schritt Rick durch die Tür und schoss einen mörderischen Blick auf sie ab. »Du wirfst alles weg. Alles, für das wir so hart gearbeitet haben. Du bist auch nicht mehr so jung und warst noch nie gerade eine Schönheit. Ich war der erfolgversprechendste Mann, den du jemals finden wirst.«

Ungehalten schlug Ally die Tür zu und schob den Riegel vor. Die Holztür hatte ihn noch am Hintern getroffen. Dann blieb sie für eine Weile wie erstarrt dort stehen, während sie am ganzen Körper vor Zorn bebte.

Warum schmerzten seine Sticheleien immer noch? Sie empfand nichts mehr für ihn außer Ekel, doch die Zweifel saßen wie Widerhaken in ihrer Seele fest.

Du hattest zugenommen.

Niemals hattest du Zeit für mich.

Du bist niemals gerade eine Schönheit gewesen.

Ich brauchte dich. Du hattest nie Zeit für mich.

Ihr Verstand wusste, dass er ein Arschloch war, doch aus irgendeinem Grund verursachten ihr seine wüsten Beschuldigungen immer noch Magengrollen.

Plötzlich rollte ihr eine Träne die Wange herunter, dann folgte eine zweite und dann noch viele weitere. Und sie wusste nicht einmal, warum sie weinte. Vielleicht wegen der leeren Jahre, die sie mit Rick vergeudet hatte, oder vielleicht wegen seiner manipulativen Bemerkungen, die sie so sehr verletzen sollten, dass sie bereit wäre, ihn zurückzunehmen.

Schließlich kuschelte sie sich in die Couch, um Ordnung in ihre wirren Gedanken zu bringen. Von ihrer alkoholsüchtigen Mutter, die sie mit Worten misshandelt hatte, war sie direkt zu Rick gegangen. Und in ihrem Kopf konnte sie die Stimmen der beiden hören. Ihre Mutter hatte niemals auch nur etwas im Geringsten Liebenswürdiges zu sagen gehabt, wenn sie sich einmal nicht in einem komatösen Zustand befunden hatte. Sie hatte sich umständlich darüber ausgelassen, wie ihr Vater gestorben war und sie mit einem ungewollten, furchtbaren Kind zurückgelassen hatte, das sie füttern musste. Ally war sich bewusst, dass es sich lediglich um die Klagen einer verbitterten Alkoholikerin gehandelt hatte, doch die Worte ihrer unzurechnungsfähigen Mutter prägten immer noch die Art, wie sie sich selbst wahrnahm. Und dann hatte sie Rick kennengelernt, der seine Kritik zwar hinter einem ausgeklügelten manipulativen Netz versteckte, dessen verschleierte Diskriminierungen sie aber ebenso schwer verwundet hatten.

Hatte sie sich so verzweifelt nach Liebe gesehnt, dass sie genommen hatte, was Rick ihr zu bieten hatte, weil es immer noch besser als nichts gewesen war?

Ally gab einen würgenden Schluchzer von sich und die Tränen flossen bereitwilliger. Tatsächlich ließ sich alles darauf zurückführen, dass sie unbedingt hatte *geliebt* werden wollen. »Er hat mich niemals geliebt«, flüsterte sie gequält. »Und ich glaube nicht, dass ich ihn jemals geliebt habe.« Rick hatte sie benutzt und auf gewisse Weise hatte sie ihn ebenfalls benutzt. Sie hatte die schmerzende Leere in sich füllen wollen und sich selbst eingeredet, wenn sie nur hart genug arbeiten und genügend Opfer für Rick bringen würde, würde er sie lieben. »Was bin ich doch für eine dumme Gans.« Sie hatte Rick nicht geliebt. Sie hatte sich eingeredet, ihn zu lieben, weil er vielleicht Recht hatte. Vielleicht hatte sie gedacht, er sei der Beste, den sie jemals bekommen würde, oder der, den sie verdient hätte.

Ally schluchzte haltlos, als es an der Tür klingelte. Hastig versuchte sie, die Beherrschung wiederzuerlangen, und wischte mit den Handflächen über ihre Wangen, um sich die Tränen zu trocknen.

Travis.

Jegliche Aufregung, die sie noch zuvor darüber empfunden hatte, dass sie mit ihrem Chef ausgehen würde, war verflogen. Jetzt hatte sie keine Lust mehr dazu. Sie wollte niemanden sehen. Sie brauchte etwas Zeit für sich allein, um ihr Gleichgewicht wiederzufinden. Das Wiedersehen mit Rick hatte sie emotional durcheinandergebracht. Auf keinen Fall konnte sie jetzt Travis gegenübertreten. Sie war zu verwundbar und ihre Gefühle schwammen zu nah an der Oberfläche.

Sie ging zur Tür, doch sie öffnete sie nicht. Sie blickte durch den Spion und konnte Travis Gesicht sehen. »Ich muss für heute Abend absagen! Ich fühle mich nicht gut!«, rief sie mit so ruhiger Stimme wie möglich durch die Tür. »Es tut mir leid.«

»Bist du krank?« Travis tiefer Bariton klang besorgt. »Öffne die Tür, Alison!«

»Das kann ich nicht! Vielleicht bin ich ansteckend. Ich rufe dich an, wenn ich mich besser fühle!« Ihre Stimme zitterte und sie verfluchte sich dafür, dass sich ebenfalls Furcht hineingeschlichen hatte.

»Du bist nur schlecht drauf! Öffne endlich die Tür!«, forderte Travis. »Ich gehe nicht, bevor ich mich nicht davon überzeugt habe, dass es dir gut geht.«

Verflucht! Warum musste Travis so verdammt beharrlich sein? Und stur! »Warum kannst du nicht einfach gehen? Ich will im Moment niemanden sehen!« Vor lauter Verzweiflung, ihn loszuwerden, brach sie ihr Vorhaben, die Kranke zu spielen.

»Du bist nicht krank. Du bist nur durcheinander. Öffne die Tür oder ich werde ein Fenster einschlagen«, drohte Travis.

Leider wusste Ally nur allzu gut, dass Travis niemals leere Drohungen von sich gab, und sie hatte keine Lust, eine Fensterscheibe zu ersetzen. Er würde sofort und ohne Nachzudenken zur Tat schreiten. Ein Teil von ihr war wütend darüber, dass er sie bedrohte, doch ein anderer Teil empfand Rührung, dass er augenscheinlich aufrichtig besorgt um sie war. Travis hatte nichts mit der Sache zu tun, zumindest konnte sie ihn wissen lassen, dass es ihr gut ging.

Nachdem sie sich noch einmal über das Gesicht gewischt hatte, entriegelte sie die Tür. Wenn er sich von ihrem Wohlergehen überzeugt hätte, könnte er wieder gehen. Sie öffnete die Tür und seine mitfühlende Miene weckte in ihr den Wusch, sich in seine Arme zu werfen und sich auszuweinen. Doch stattdessen drehte sie den Kopf weg und erklärte ihm schwach: »Ich bin okay. Ich hatte einen schlechten Tag. Es tut mir leid, dass du die weite Fahrt hierher umsonst gemacht hast.«

Travis bahnte sich einfach seinen Weg an ihr vorbei und schloss die Tür hinter sich. Dann fasste er ihr unters Kinn und musterte sie für einige Sekunden, bevor er feststellte: »Du hast geweint! Was ist geschehen? Kein Problem der Welt sollte dich zum Weinen bringen. Ich kann alles wieder in Ordnung bringen.«

Ally ließ ihren Blick von seinem tadellosen Anzug und seiner Krawatte zu seinem Gesicht schweifen. Erschrocken bemerkte sie die Wildheit seines Gesichtsausdrucks. Aber so war Travis. Er war ein Problemlöser, egal ob diese groß oder klein waren. Leider konnte er nicht ihr Gefühlschaos oder ihre seelischen Verletzungen reparieren. »Rick war hier. Er wollte wieder zu mir zurückkommen.«

Sie löste sich von ihm und ging ins Wohnzimmer, um der Versuchung zu widerstehen, ihm ihr Herz vollkommen auszuschütten. »Wir haben gestritten. Das hat mich ein bisschen durcheinandergebracht. Doch das wird schon wieder.« Alles wäre wieder gut, sobald sie ihre Gefühle der Wertlosigkeit und Schuld so tief vergraben konnte, dass niemand sie entdecken würde.

Travis fasste sie um die Taille und drehte sie herum, um ihr ins Gesicht sehen zu können. »Hat er dich verletzt? Hat er dich angefasst? Falls ja, werde ich ihn umbringen, das schwöre ich dir!«

»Nein, nein. Wir hatten nur eine kleine Auseinandersetzung. Nichts wirklich Ernstes«, antwortete sie und versuchte, ihre Stimme ruhig klingen zu lassen.

Travis umfasste ihre Schultern. »Was ist geschehen? Erzähl mir nicht, dass du auch nur für einen Moment erwogen hast, diesen Hurensohn zurückzunehmen«, sagte er mit rauer Stimme, die jetzt sowohl fordernd als auch verzweifelt klang.

»Nein, natürlich nicht. Das kommt für mich nicht mehr in Frage. Es ist nur…« Ally versagte die Stimme. Ihr fehlten die Worte, um ihm ihre Gefühle zu erklären. Vor Frustration und Seelenqual füllten sich ihre Augen erneut mit Tränen, die ihr nun erneut in Strömen über die Wangen liefen.

Entschlossen nahm Travis sie in seine Arme, hob sie hoch und setzte sich mit ihr auf dem Schoß auf die Couch. »Erzähl mir alles!«, forderte er sie leise auf, während er sie in seinen Armen geborgen hielt.

Allys seelischer Schutzschild brach wie ein vom Wind gebeutelter Ast, der schließlich dem Druck nachgibt und zu Boden fällt. Schluchzend schüttete sie Travis ihr Herz aus und ließ ihren schon so lange aufgestauten Emotionen freien Lauf. Nachdem sie ihm von dem unerwünschten Zwischenfall mit Rick berichtet hatte, erklärte sie Travis, wie ihre Kindheit mit ihrer Mutter ausgesehen und wie unzulänglich sie sich stets gefühlt hatte. »Warum höre ich immer noch die Stimme meiner Mutter in meinem Kopf? Sie ist doch schon seit Jahren tot«, endete sie bekümmert.

»Vielleicht, weil du gleich darauf der Stimme dieses Arschlochs Zugang zu deinem Kopf gewährt hast? Hast du wirklich geglaubt, keinen besseren Mann zu verdienen, Ally? Und hast dich mit einem zufriedengegeben, der dich bis zur völligen Erschöpfung arbeiten lässt, dich wie Dreck behandelt und dich maßlos manipuliert?«, fragte Travis. Jeder einzelne Muskel in seinem Körper war angespannt. »Ich weiß, wie verdammt schwer es einem fallen kann, nicht alles zu glauben, was einem in der Kindheit eingeredet und beigebracht wurde. Doch jetzt solltest du mir Glauben schenken, wenn ich dir sage, dass du nicht verdienst, was du bis jetzt bekommen hast.«

Ally sah zu Travis auf. Seine Halsmuskeln waren gespannt und seine Augen glühten in wildem Zorn. »Wie hast du es geschafft, Travis? Wie konntest du durchstehen, was dir das Schicksal zugeteilt hat, ohne Schaden zu nehmen?« Er war bei einem Geistesgestörten aufgewachsen und einige seiner Erfahrungen, von denen er ihr erzählt hatte, verursachten ihr ein Schaudern.

Zärtlich strich er eine widerspenstige Locke hinter ihr Ohr. »Ich habe es auch nicht ohne Schaden überstanden. Doch ich hatte Mia und Kade. Wir alle waren uns bewusst, dass unser Familienleben nicht der Normalität entsprach. Ich wurde während meiner Collegezeit schnell erwachsen. Gezwungenermaßen. Mein Vater war nicht mehr in der Lage, die Firma zu leiten. Ich musste ihn für unzurechnungsfähig erklären lassen und seine Position übernehmen. Mit der Firma ging es bereits abwärts und es gab zu viele Menschen, deren Lebensunterhalt von Harrison abhängig war. Die Firma hätte unter dem verrückten und unberechenbaren Verhalten meines Vaters nicht mehr lange durchgehalten.«

»Hast du dabei eine gewisse Selbstbestätigung empfunden? Hast du dich frei gefühlt?«, erkundigte sich Ally leise.

»Es hat mich keine große Überwindung gekostet«, gab Travis zu. »Doch ich habe es auch nicht aus Rache getan. Meine Motivation bestand darin, die Firma zu retten, für deren Aufbau sich mein Großvater den Arsch aufgerissen hat. Aber ich kann auch nicht abstreiten, dass ein Teil von mir ebenfalls Befriedigung darüber empfunden hat, dass ich fähig war, meinem Vater die Macht über uns für immer zu entreißen.«

»Ab welchem Zeitpunkt hast du keine Angst mehr vor ihm gehabt?«, wollte Ally jetzt neugierig wissen.

»Sobald ich groß genug war, um ihm in den Hintern zu treten«, erwiderte Travis und streichelte abwesend Allys Haar. »Er war das Ungeheuer, das jeden von uns jahrelang terrorisiert hat. Nachdem ich die High-School beendet hatte, habe ich schließlich erkannt, dass ich keine Angst mehr vor ihm zu haben brauchte. Als Kade und ich das Haus verließen, um zum College zu gehen, habe ich ihn eindringlich gewarnt, falls er noch ein einziges Mal Hand an Mia oder meine Mutter legen würde, würde ich ihn töten.«

»Hast du schließlich Gewalt anwenden müssen?«, fragte Ally zögernd.

Travis zuckte mit den Schultern. »Das war nicht mehr nötig. Er war bereits nur noch eine Hülle, in der ein gestörter Geist wohnte. Doch nach meiner Androhung hat er Mia niemals mehr angerührt. Meine Mutter auch nicht... bis er sie dann getötet hat.«

»Hättest du Gewalt angewendet, falls es nötig gewesen wäre?«

»Ja, gewiss«, antwortete Travis ohne zu zögern. »Ich hätte alles getan, um ihn davon abzuhalten, einem meiner Familienmitglieder wehzutun.«

Ally streckte die Hand aus, um ihm über die Wange zu streichen. Dann spielte sie zärtlich mit seinem Haar. »Du warst so unglaublich tapfer. Ich weiß, dass alles, was du durchgemacht hast, ungeheuer schmerzvoll gewesen sein muss, doch du hast es unbeschadet überlebt.«

Travis brach in ein unfrohes Gelächter aus. »Vielleicht nicht unbeschadet, aber ja, ich habe überlebt.«

»Es tut mir leid, dass ich dich schon wieder mit einem Gefühlsausbruch belastet habe.« Ally fühlte sich jetzt ein bisschen schlecht. Im Vergleich zu dem, was Travis in seinem Leben bereits erlitten hatte, erschien ihre Vergangenheit weniger tragisch.

»Tu das nicht!«, sagte Travis heiser und festigte seinen Griff um ihre Taille. »Spiele deine Gefühle nicht herunter oder kehre sie unter den Teppich! Sei nicht so verdammt hart zu dir selbst! Es ist nicht dein Fehler, Ally.«

Ally holte tief Luft, als ihre Blicke sich trafen. »Ich muss mit meiner Vergangenheit ins Reine kommen.«

Travis erhob sich und zog sie mit sich. »Du musst damit beginnen, deine Aufmerksamkeit auf neue Stimmen zu richten, besonders auf deine eigene.«

»Ich werde es versuchen«, erklärte Ally nachdrücklich. Sie war fest entschlossen, mit ihren alten Gewohnheiten zu brechen.

»Du siehst wunderschön aus, Ally.« Er trat einen Schritt zurück. »Und jetzt zieh dein Kleid aus!«

Allys Blick flog zu Travis Gesicht. Sein intensiver, unnachgiebiger Blick ließ sie einen Schritt zurücktreten. »Was?« Sie glaubte, sich verhört zu haben.

»Zieh. Dein. Kleid. Aus! Entweder tust du es freiwillig oder ich werde es für dich tun und dann wirst du es wahrscheinlich wegwerfen können«, knurrte er.

»W-warum?« Sie hatte *doch* richtig gehört. Ihr ganzer Körper wurde von Hitze überflutet.

»Weil du jetzt gleich damit beginnen wirst, einer neuen Stimme zuzuhören, und das wird meine sein, und zwar während ich dich zum Orgasmus bringe.« Travis verschränkte seine Arme vor der Brust und wartete.

Kapitel 10

Wiederstrebend beobachtete Ally Travis, der ihr arrogant und erwartungsvoll gegenüberstand. »Ich werde mein Kleid nicht ausziehen und du wirst es auch nicht zerreißen! Wahrscheinlich hat es ein Vermögen gekostet.« Nun kreuzte auch sie die Arme vor der Brust. So standen sich beide gegenüber und maßen ihre Blicke.

»Doch, du wirst dich ausziehen«, erklärte Travis beharrlich, während er langsam seine Anzugjacke aufknöpfte und von seinen Schultern rutschen ließ. »Ich bin heute Abend eigentlich nicht hierhergekommen, um mit dir zu schlafen, Ally. Doch jetzt bin ich entschlossen dazu, denn ich kann nicht länger warten.« Seine Finger beschäftigten sich mit dem Knoten seiner Krawatte, den er geschickt löste, um sie sich vom Hals ziehen zu können. »Und ich glaube auch nicht, dass du noch länger warten willst.« Mit diesen Worten begann er, sein makelloses Hemd aufzuknöpfen. »Ich habe vier verdammte Jahre gewartet und es ist nicht ein einziger Tag vergangen, an dem mein Schwanz nicht hart für dich gewesen ist und an dem ich mir nicht gewünscht habe, mich in dir zu verlieren und dich in Besitz zu nehmen.« Nun löste er die kleinen Knöpfchen seiner Manschetten und ließ das Hemd von seinen Schultern gleiten, das sich zu Jacke und Krawatte auf dem Boden zu seinen Füßen gesellte. »Heute Abend wirst du mir gehören. Vollkommen, unwiderruflich. Du wirst keine andere Stimme hören als meine, die dir sagt, wie verdammt schön du bist und wie sehr ich dich begehre. Und du wirst nichts anderes empfinden als pure Lust.«

Ally erstarrte und schnappte nach Luft, als sie Travis wohlgeformten Waschbrettbauch und seine muskulösen Arme sah, die sich ihren hungrigen Augen preisgaben. Heiliger Jesus! Der Mann war wunderschön! Ihre Finger sehnten sich danach, seine wilde Anmut und sein festes Fleisch zu berühren. »So lange schon fühlst du dich von mir angezogen?«

Wie ein Raubtier schlich er sich nun an sie heran und presste ihren Körper an sich. Dann senkte er den Kopf und fuhr mit seiner Zunge über ihr empfindsames Ohrläppchen. »Ich fühle mich nicht von dir angezogen, Ally. Ich bin von dir besessen«, antwortete er heiser und sein warmer Atem strich sanft über ihr Ohr.

Ally zitterte und konnte nicht widerstehen, ihm ihre Hände auf die Brust zu legen. Ihre Finger fanden seidige Haut über stählernen Muskeln. Er hatte ein Tattoo auf der rechten Brustseite, einen wunderschönen Phoenix, der sich aus dem Feuer erhob. Das ließ ihn noch heißer, noch unberechenbarer wirken. Travis wäre allerdings der Letzte gewesen, den sie sich mit einem Tattoo hätte vorstellen können. Sie folgte mit den Fingern dem Verlauf seiner Bauchmuskeln und fuhr ihm dann über den Rücken, während sie das Gefühl seiner aufgeheizten Haut unter ihren Fingern genoss.

Travis knabberte an der empfindlichen Haut in ihrem Nacken und erinnerte sie mit rauer Stimme: »Zeit für dein Kleid, Liebes!«

Ally zuckte zurück, als sie spürte, dass er heftig an ihrem Kleid zerrte. »Nein! Nicht!« Sie war sich nicht sicher, ob ihre Sorge wirklich dem Kleid galt. Denn ehrlich, zum ersten Mal in ihrem Leben wollte sie auf sexuellem Gebiet mutig sein. In Travis Augen konnte sie deutlich das Verlangen sehen und dem musste sie trauen. Also hob sie entschlossen die Arme, zog den Reißverschluss in ihrem Rücken ein bisschen herunter und schob sich Stückchen für Stückchen das seidige Kleid über den Kopf, während sie sich windete wie eine

Schlange. So entblößte sie langsam ihre skandalöse Unterwäsche. Als sie das Kleid endlich zu Boden fallen ließ, war sie vor Angst atemlos. So stand sie vor Travis mit nichts bekleidet außer einem winzigen roten Höschen, dem passenden BH, einem Strumpfhaltergürtel und seidenen Strümpfen. Sie trug immer noch die hochhackigen Stöckelschuhe, die ihr jedoch nicht halfen, den Größenunterschied zu Travis zu überwinden.

Er musste den Atem angehalten haben, denn die Luft entwich seiner Kehle mit einem Zischen, bevor er leise und andächtig bemerkte: »Meine Fantasien sind nicht im Geringsten der Wirklichkeit nahegekommen, wie sexy und wunderschön du in natura bist. Mein Gott! Wie kannst du nicht wissen, wie heiß du bist, Ally?«

Weißglühende Hitzewellen jagten durch Allys Unterleib und durchnässten ihr Höschen, als sie Travis stürmischen Gesichtsausdruck sah und den urtümlich wilden Hunger spürte, der beinahe greifbar die Luft um sie herum beherrschte.

Endlich trat Travis auf sie zu und streifte die Träger ihres BHs von ihren Schultern, um dann liebkosend mit seinem Mund über die Haut auf ihren Schultern zu wandern. Dann löste er den Verschluss des BHs und zog ihn ihr vollständig aus, wobei er vorsichtig auf die verheilenden Hautstellen achtete. Gierig umfasste er ihre Brüste und sein Griff wurde grober und besitzergreifender. Er beobachtete, wie seine Finger mit ihren Brustwarzen spielten, und stöhnte vor Befriedigung, als sie sich zu schmerzhaft empfindlichen Spitzen verhärteten. »Mein«, knurrte er. »Wunderschön und mein.«

Ally stöhnte auf, als er ihre beiden Nippel drückte und rollte und seine Finger jeden Zentimeter ihrer Brüste erkundeten, als ob er sie in Besitz nehmen wollte. »Travis«, keuchte sie, als er eine Hand in ihren Nacken gleiten ließ und ihren Mund einnahm, während ihre Körper aneinanderklebten. Ally öffnete sich ihm und seine fordernde Zunge bohrte sich in einem offensichtlichen Akt der Eroberung zwischen ihren Lippen hindurch. Das Gefühl, Travis Haut an Haut zu spüren, war unerträglich sinnlich. Ihre Brustwarzen rieben sich an seinem steinharten Oberkörper, während er ihren

Mund mit erotischen Zungenschlägen bearbeitete. Dann umfasste er ihre Pobacken und presste ihre Scham gegen sich. Als Ally seine enorme Erektion an ihrem Becken spürte, wurde ihre Muschi mit Nässe überflutet.

Jetzt löste sich Travis Mund von ihrem und glitt über ihre Schultern tiefer, bis er an einer ihrer Brustwarzen zum Stehen kam und ausgiebig daran leckte und saugte, bevor er zu der anderen wechselte. Dann ging Travis langsam in die Hocke, bis er auf seinen Knien landete, während seine Zunge sich nicht einen Augenblick von ihrem Körper löste, sondern eine Spur bis zu ihrem Höschen hinab zog. »Zuerst werde ich dich mit meiner Zunge befriedigen, Ally. Dann werde ich dich ficken und noch einmal zum Orgasmus bringen«, sagte er mit gefährlich klingender Stimme, die leise gegen ihren Unterleib murmelte.

Ally schaute auf ihn herab und der Anblick seines dunklen Kopfes so nahe an ihrer Muschi war ein so erotisches Bild, dass sie beinahe schon jetzt kam. Sie legte ihre Hände auf seine Schultern, als er an ihrem Höschen zerrte und es ihr mit einem gewaltsamen Ruck vom Körper riss. Das war das Heißeste, das sie jemals gesehen hatte, und Travis Verlangen nach ihr überwältigte sie. Als er fest ihre Hüften umfasste und mit einem Stoß seines Oberschenkels ihre Beine weit auseinanderspreizte, um sein Gesicht und seinen Mund unter ihrem exponierten Venushügel zu vergraben, war sie endgültig verloren.

Travis ging nicht gerade zärtlich oder neckend vor. Mit Mund und Zunge teilte er gewaltsam ihre feuchten Falten und seine ungeduldige Zunge fand fast sofort ihre Klitoris. Das feine Nervenknötchen, hart und empfindlich, antwortete umgehend und reagierte auf jede Aktion seiner Zunge. Und er trank den Saft ihrer Muschi wie Nektar, während seine Zunge sie in schwindelerregende Höhen der Wollust trieb, bis sie noch verzweifelter nach ihm verlangte als er nach ihr.

»Oh Gott, ja«, wimmerte sie und ihre Nägel gruben sich in seine Schultern. »Travis, bitte!« Ally zitterte am ganzen Körper. Ihr Unterleib war ein einziger Feuerball, der Hitzewellen in ihre Muschi sandte.

Travis plünderte ihre Muschi ohne Gnade, ohne Pause, und sein stoppliges Kinn scheuerte über die zarte Haut an den Innenseiten ihrer Schenkel, ein erotischer Reiz, der sie dazu veranlasste, ihre Finger durch seine Haare gleiten zu lassen und seinen Kopf noch fester gegen ihre Muschi zu pressen, eine stille Bitte nach mehr.

Mal knabberten seine Zähne an ihrer Klitoris, dann wieder schnellte seine Zunge rascher und rascher darüber, unerbittlich.

Mit einem gequälten Stöhnen kam Ally zum Höhepunkt. »Travis«, ächzte sie und hielt seinen Kopf noch fester gegen ihre Muschi gepresst, während ihr Körper sich krümmte und in tausend Stücke zu zerbrechen schien.

Sie keuchte, als er nicht aufhörte, an ihren nassen Falten zu lecken, als ob er am Verdursten wäre und keinen Tropfen ihres Saftes verschwenden dürfte.

So verlängerte er Allys köstliches Vergnügen, bis sie beinahe zusammengebrochen wäre, wenn Travis sie nicht mit einem festen Griff um ihre Taille aufrecht gehalten hätte. Dann küsste er sie und gab ihr die Gelegenheit, in seinem Mund ihren eigenen Saft zu schmecken. Das Erlebnis war berauschend gewesen, eine ganz neue erotische Erfahrung für Ally, denn Rick hatte es offensichtlich verabscheut, diesen speziellen Akt der Liebe an einer Frau zu vollziehen. Und Rick war ihr einziger Liebhaber gewesen... bis jetzt.

Ally begann, zwischen ihren Körpern herumzufummeln, da sie versuchte, Travis Gürtel zu lösen. Sie verspürte den verzweifelten Wunsch, ihm das gleiche Vergnügen zu schenken, das er ihr zuvor bereitet hatte.

Doch Travis löste seinen Mund von ihren Lippen und fasste sie bei den Handgelenken. »Nicht!«, keuchte er. »Wenn du diese wunderbaren Lippen um meinen Schwanz legst, komme ich innerhalb von zwei Sekunden.« Er trat einen Schritt zurück und während er seinen glühenden Blick keinen Moment von ihr löste, streifte er hastig Socken und Schuhe von den Füßen, ließ Hose und Boxershorts an seinen Beinen herabgleiten und entledigte sich ihrer.

»Mein Gott, du bist ein Prachtexemplar von einem Mann!« Ally konnte sich nicht sattsehen an seinem wohlgeformten Körper, bis schließlich ihr Blick auf seiner enorm angeschwollenen Männlichkeit hängenblieb. Hungrig leckte sie sich die Lippen und gierte danach, ihn zu schmecken.

»Mist, Ally! Tu das nicht! Das kann ich nicht aushalten!«, warnte sie Travis, nahm ihre Hand und führte sie zu einem taillenhohen Tisch, der mit Pflanzen und Nippes dekoriert war. Er forderte sie dazu auf, ihre Handflächen auf dem Tisch abzulegen und sich vornüberzubeugen. »Im Moment wünsche ich mir nichts anderes, als dich zu ficken.« Seine Hände umfassten ihren Hintern und seine Finger fuhren über ihre Pobacken. »Du hast keine Ahnung, wie sehr mich der Anblick dieses Hinterns die letzten vier Jahre gefoltert hat.«

Nein, das konnte sie sich nicht vorstellen, doch das Verlangen in seiner Stimme ließ sie erbeben. »Nein«, sagte sie mit zittriger Stimme.

»Weißt du überhaupt, wie sehr ich dich begehre, Ally?« Seine Hand fuhr zwischen ihre Schenkel und einer seiner Finger glitt zwischen ihren feuchten Falten hindurch.

»Ich glaube schon«, antwortete sie stöhnend. Wahrscheinlich war seine Begierde ebenso groß wie ihre.

Er beugte sich vor und bedeckte ihren Körper mit seinem. Mit seinem Mund an ihrem Ohr flüsterte er: »Ich begehre dich so sehr, dass ich kaum atmen kann. Seit Jahren schon wollte ich nur dich. Jetzt hörst du *meine* Stimme. Verstehst du, was ich sage? Für mich bist du die Schönste!«

Als er seine Hand wegzog, konnte Ally seinen erigierten Schwanz zwischen ihren Schenkeln spüren, und hastig ergriff sie die Gelegenheit, ihn in die Hand zu nehmen. »Ich begehre dich auch!«

»Nicht annähernd so sehr, wie ich dich begehre«, erklärte er heiser. »Jetzt wirst du die Meine werden, Ally. Ich werde deinen Hunger stillen, bis du niemand anderen mehr haben willst. Niemand wird dich je so sehr brauchen, wie ich es tue. Niemand wird dich je so befriedigen, wie ich es tun werde.«

»Travis, bitte!«, bettelte Ally. Sie wollte ihn auf der Stelle in sich haben.

Er griff in ihre Haare und zog ihren Kopf hoch. »Sieh dich an! Sag mir, ob du dich selbst jetzt so schön findest, wie ich es tue!«

Ally blickte in ihr eigenes Gesicht in dem ovalen Spiegel vor ihr, ein Gesicht voller Begierde. Dann traf ihr Blick auf Travis, seine Miene urtümlich pur und wild. In diesem Moment sah er wunderschön aus in seinem unverstellten Verlangen und ebenso sah sie sich selbst. »Ich sehe aus, als ob ich unbedingt gefickt werden müsste«, erklärte sie atemlos. Die benommene, wilde Frau, die ihr aus dem Spiegel entgegenstarrte, erkannte sie nicht wirklich wieder.

»Ja. Du willst mich in dir haben und das ist das Hinreißendste, das ich je erblickt habe«, gestand Travis mit rauer Stimme.

Er blickte ihr tief in die Augen, während er in sie eindrang und sich mit einem Stöhnen bis zu den Hoden in ihr vergrub. Ally stieß einen markerschütternden Schrei der Befreiung aus, als er sie zur Gänze ausfüllte und sie so dehnte, bis sie nichts mehr wahrnahm außer ihn. Travis beherrschte ihren Körper, erfüllte all ihre Sinne, und sie verlor beinahe das Bewusstsein. »Oh Gott!«, ächzte sie, längst unfähig, noch irgendeinen zusammenhängenden Gedanken zu formen.

»Du fühlst dich so verdammt gut an, Ally. Sag mir, was du willst!«, forderte er sie auf.

»Dich, nur dich!«, stieß sie keuchend hervor und stöhnte auf, als Travis sich fast zur Gänze aus ihr zurückzog und dann wieder in sie hineinstieß, um jeden leeren Raum in ihr zu füllen.

Wieder pumpte er mit den Hüften. »Willst du, dass ich dich zum Kommen bringe, Ally?«, erklang seine heisere Stimme an ihrem Ohr.

»Ja, Travis! Ja! Bitte!«

»Bitte darum! Nimm dir alles von mir, wonach dich verlangt! Du verdienst es, befriedigt zu werden. Verstehst du das?«

»Ja! Ja! Ja!« Travis gab ihr das Gefühl, die ganze Welt zu verdienen. »Lass mich kommen! Ich will es! Ich will dich!«, rief sie gierig. Ihr Körper fühlte sich an, als ob er gleich explodieren würde.

»So ist es gut, Liebes! Fordere! Nimm dir das Vergnügen, das du verdienst!« Travis streckte sich und hielt seinen Blick auf ihr Gesicht gerichtet, sodass sie sich gegenseitig berauscht im Spiegel in die Augen schauten. »Sieh mich weiter an!« Dann ließ er ihre Haare los und ergriff mit einer Hand ihre Hüften. Sein Schwanz drang immer und immer wieder in sie ein, während er mit der anderen Hand über ihren Unterleib und in ihre Feuchtigkeit glitt.

Ally beobachtete fasziniert Travis Gesicht: Seine Miene wechselte zwischen Qual und Verzücken, während er sich immer und immer wieder tief in ihr vergrub. Sie stöhnte auf, als sein Finger ihre Klitoris reizte, und ihre Augenlider begannen vor Reizüberflutung zu flattern und sich zu schließen, als sie selbst ihre Hüften heftig nach hinten stieß, um jeden Stoß seiner Männlichkeit noch zu verstärken und ihn noch tiefer in sich zu vergraben.

»Sieh mich an, Ally! Komm für mich! Ich will dabei dein Gesicht beobachten. Gib dich hin! Gib dich mir hin! Lass los!«

Das war zu viel. Sie öffnete die Augen und wurde durchbohrt von Travis intensivem, befehlendem Blick, während er unbarmherzig seinen Schwanz in sie hineintrieb. Der Höhepunkt fuhr wie eine mächtige Erschütterung durch ihren Körper und brachte jeden einzelnen Nerv zum Pulsieren. Sie schrie auf: »Travis!«

»Du wirst immer mir gehören«, brummte Travis und lehnte sich wieder mit seinem Körper über sie. Er strich ihr Haar beiseite und saugte an der empfindlichen Haut in ihrem Nacken, bevor er so lustvoll hineinbiss, dass sie kreischte.

Der Biss war nicht stark genug, um Allys Haut zu verletzen, doch die Wollust der Handlung intensivierte Allys Orgasmus, bis die Wände ihres Tunnels sich so fest um Travis Männlichkeit zusammenzogen, als ob sie ihn für immer so aufgespießt in sich bewahren wollte.

Als Ally beobachtete, wie sich Travis Halsmuskeln spannten und er den Kopf in den Nacken warf, und sie ihn aufstöhnen hörte, gaben ihre Ellbogen nach und sie fiel vornüber auf ihre Arme. Sie spürte, wie ihr Leib von seinem warmen Saft der Erlösung überflutet wurde, während er immer noch ihre Hüften fest gegen sich presste. »Mein«, knurrte er. Dann schlang er seine Arme um sie, richtete sie auf und gönnte ihr einen Moment der Ruhe an seinen Körper gelehnt. Danach machte er ein paar Schritte rückwärts und ließ sich mit ihr auf die Couch fallen. Doch achtete er liebevoll darauf, dass sie auf seinem Körper landete. Er drehte sie zu sich herum, sodass sie jetzt Brust an Brust lagen, ihre Beine ineinander verschlungen und ihr Kopf bequem auf seiner Schulter ruhend.

Ally, selbst noch hechelnd, lauschte dem unregelmäßigen Auf und Ab von Travis Atem und war sich vollkommen bewusst, dass er von dem, was gerade geschehen war, ebenso berührt worden war wie sie. »Sie haben gerade meine Welt auf den Kopf gestellt, Mr. Harrison«, bemerkte sie atemlos. Nicht einmal in ihren wildesten Fantasien hätte sie sich ihren ernsten, seriösen Chef als einen dominanten, leidenschaftlich wilden Liebhaber vorstellen können.

Mit einem lauten Klatschen landete Travis Hand auf ihren Pobacken. Es brannte, tat jedoch nicht wirklich weh.

»*Travis*«, verbesserte er. »Mr. Harrison heißen auch noch andere. Ich will nicht, dass du vergisst, wer dich gerade halb bewusstlos gefickt hat.«

In Wahrheit hatte er sie vollkommen bewusstlos gefickt, aber sie erwiderte schalkhaft: »So? Das habe ich gar nicht bemerkt.«

Und wieder traf sie ein Schlag auf den Hintern. »Du hast es sehr wohl bemerkt. Und du wirst es solange bemerken, bis die einzige Stimme, die du in deinem Kopf hörst, meine ist, die dir sagt, wie sehr ich mich ständig danach sehne, dich zu ficken.«

Ally fuhr mit einer Hand durch seine Haare und spielte mit den dichten Strähnen. »Ich danke dir. Niemals zuvor habe ich mich so gefühlt«, erklärte sie ihm ernst.

»Wie?«

»Sexy. Begehrt. Schön«, gab sie leise zu. »Ich werde diese Nacht niemals vergessen.«

»Nein, natürlich nicht. Weil wir das jede verdammte Nacht tun werden«, knurrte Travis. »Ich meinte, was ich gesagt habe, Ally. Du gehörst jetzt zu mir. Ich werde dich nicht gehen lassen.«

Oh Gott! Ally wollte von ganzem Herzen ihm gehören, aber sie war doch gerade dabei, sich zu befreien, und wollte sich eigentlich nicht in die Hände des nächsten Herzensbrechers begeben. Travis Harrison wollte sie vielleicht in diesem Augenblick und hatte ihr geholfen, indem er ihr einen Hauch – okay, vielleicht ein komplettes

Festmahl – der Begierde geschenkt hatte. Aber sie war doch seine Angestellte, seine Assistentin. »Travis, ich arbeite für dich. Wir können nicht so einfach auf diese Art weitermachen und eine Affäre beginnen.«

Empört setzte sich Travis auf und Ally kam gezwungenermaßen auf die Knie. »Zur Hölle damit! Und dies ist keine Affäre. Es ist doch nicht so, als ob einer von uns liiert wäre.«

»Wie würdest du es dann nennen?«, fragte Ally neugierig.

»Eine Fantasie, die wunderbarerweise Wirklichkeit geworden ist«, erklärte Travis stur, doch immer noch nicht eindeutig.

»Und wenn die Fantasie vergeht?«, schoss Ally zurück.

»Das wird nicht geschehen. Niemals«, erwiderte Travis dickköpfig. »Mein Gott! Du hast es doch geschafft, fünf Jahre mit einem Mann zu verbringen, der sich keinen Deut um dich gekümmert hat, warum kannst du dann nicht den Versuch wagen, mit einem Mann zusammen zu sein, der sich um dich sorgt und deine Wünsche erfüllt?«

Ally musterte Travis Gesicht und der Schmerz, den sie sah, bekümmerte sie. »Es tut mir leid. Aber ich glaube, was dich anbelangt, müsste ich nur darauf warten, bis der Reiz verblasst ist, deine Sekretärin zu ficken, und dann würde ich wieder traurig und verletzt zurückbleiben. Es liegt nicht an dir, Travis. Es liegt an mir. Ich habe Angst, mich so schnell wieder an einen neuen Versuch heranzuwagen.«

»Eher würde ich sterben, als dir wehzutun, Ally«, erklärte Travis heiser, während er unbewusst ihren Rücken streichelte.

Ein dicker Kloß setzte sich in Allys Kehle fest, als sie plötzlich erkannte, *warum* sie dem, was auch immer zwischen Travis und ihr geschehen mochte, keine Chance einräumte. Dachte sie etwa, sie verdiente keinen Mann, der sich um sie sorgte? Dachte sie, Travis Fürsorglichkeit wäre nicht echt? Was auch immer ihre Gründe sein mochten, sie waren selbstzerstörerisch und lächerlich. Er war ein Mann wie jeder andere. Ja… er war einer der wohlhabendsten Männer der Welt, doch ihn allein aus diesem Grunde zu verurteilen, war geradezu dumm. Sie wusste jetzt, dass er hinter seinem schroffen, ernsten Äußeren ein guter Mann war. Und sie hatte ihn bereits lieb gewonnen. Und er hatte ihr mehr Anteilnahme entgegengebracht, als jeder andere Mensch in ihrem bisherigen Leben. Vielleicht machte er ihr deshalb Angst. »Ich glaube, ich bin es einfach nicht gewohnt, dass sich jemand so fürsorglich um mich bemüht. Aber ich würde mich gern daran gewöhnen«, gestand sie zögernd ein. Sie wollte sich ihrerseits gern ebenso um Travis kümmern. Er musste aufgeheitert werden und ob er es zugab oder nicht, er brauchte jemanden, der sich um *ihn* anstatt um sein Bankkonto kümmerte. Und das war etwas, das sie ihm geben konnte und wollte.

Ihn dazu zu bringen, sich ihr zu öffnen, würde nicht leicht sein, und auch ihr würde es schwerfallen, ihm vollkommen zu vertrauen und sich dadurch verwundbar zu machen. Doch könnte es nicht am Ende das Risiko wert sein? Ally hob eine Hand und streichelte sein raues Kinn. »Wirst du zulassen, dass ich mich um dich kümmere, Travis?« Sie hielt den Atem an und verspürte eine große Angst, sich diesem Mann hilflos auszuliefern, doch sie wollte ihn zu sehr, um nicht das Risiko auf sich zu nehmen.

Er nahm ihre Hand in seine und küsste ihre Handfläche. »Umsorge mich, Ally! Ich brauche dich.«

Erleichtert stieß Ally die Luft aus und ein großer Stein fiel ihr vom Herzen. Indem sie sich entschlossen hatte, Travis zu vertrauen, hatte sie ihm unbeabsichtigt erlaubt, ihr seine Verwundbarkeit zu zeigen. Für einen stolzen, hochgradigen Alphamann wie Travis war das Risiko ebenso groß wie für sie. »Ich fürchte, für einen Anfang ist es schon zu spät. Ich sorge mich bereits um dich«, flüsterte sie leise.

Seine dunklen Augen bannten sie mit einem besitzergreifenden Blick, doch gleichzeitig geschah ein Wunder. Zum ersten Mal, seit Ally ihn kannte, schenkte ihr Travis Harrison das glücklichste, aufrichtigste und breiteste Lächeln, das sie je gesehen hatte, und sie wusste, sie war vollkommen verloren. Als sie diesen netten, fast jungenhaften Ausdruck auf seinem Gesicht sah, entschied Ally, dass dieser Mann das Risiko definitiv wert war.

Kapitel 11

»Die Halskette steht dir ausgezeichnet, Ally«, bemerkte Mia Hamilton aufrichtig und blickte Ally über den Tisch des Familienrestaurants hinweg an.

Alle vier weiblichen Augenpaare richteten sich nun auf Ally und stimmten anerkennend zu. »Woher hast du sie?«, fragte Maddie neugierig.

Ally rutschte unruhig auf ihrem Stuhl hin und her und betastete das entzückende Einhorn, das sie nicht mehr abgelegt hatte, seitdem Travis es ihr geschenkt hatte. Die letzte Woche war die glücklichste ihres ganzen Lebens gewesen und nicht eine Nacht war vergangen, in der Travis nicht bei ihr geschlafen hatte. Jeden Tag war Travis erst spät zur Arbeit gegangen und hatte sich darüber beschwert, dass er es nicht abwarten konnte, bis sie am Donnerstag wieder ins Büro kommen würde. Travis füllte ihre Tage mit seinem Gelächter und seinen unartigen, aber gutdurchdachten Possen und ihre Nächte mit dunkler, niemals gesättigter Begierde.

»Das war ein Geschenk von Travis«, antwortete Mia für Ally, bevor sich diese zu einer Antwort durchringen konnte.

»Wow. Es ist wunderschön.« Asha streckte die Hand aus und schob Allys Finger beiseite, um das kleine Einhorn zu betasten.

»Es war ein Geburtstagsgeschenk«, murmelte Ally. Sie schaute Mia an und fragte: »Woher weißt du das?«

Mia nahm einen Schluck Wasser aus ihrem Glas und stellte es wieder auf den Tisch zurück, bevor sie antwortete: »Weil ich es hergestellt habe. Travis hat die Steine ausgesucht und das Material, das ich zur Anfertigung brauchte. Er hat mir ziemlich wenig Zeit für die Fertigstellung gelassen, weil es zu deinem Geburtstag bereitstehen sollte.«

Ally starrte Mia erstaunt an. Die Halskette war ein Mia Hamilton Design? »Ich dachte, er hätte sie irgendwo aufgestöbert.«

Mia kicherte. »Das hat er auch. In meinem Studio. Er konnte nicht genau das finden, was er suchte, also hat er es mir in Auftrag gegeben. Dies sind Edelsteine erlesenster Qualität. Und er hat mir genauestens aufgezeichnet, was er sich vorgestellt hatte, daher war der Entwurf nicht besonders schwierig, denn er hatte mir bereits die meiste Arbeit abgenommen. Es ist einzigartig. Das Einhorn muss eine bestimmte Bedeutung haben. Welche?«

Allys Herz raste. Der Gedanke, dass Travis keine Mühe und keine Kosten gescheut hatte, eine exakte Nachbildung ihres Fantasieeinhorns zu bekommen, steigerte den Wert des Schmuckstücks für sie noch mehr. »Ich bin Hobby-Schriftstellerin. Travis hat meine erste Erzählung gut gefallen und das Einhorn ist einer der Hauptdarsteller. Er wollte mich dazu ermutigen, die Reihe zu beenden.«

»Und wirst du es tun?«, fragte Kara Hudson, die neben Asha saß. »Das ist eine sehr romantische Geste.«

»Das ist es.« Maddie nickte zustimmend vom anderen Ende des Tisches herüber.

»Seit Kurzem benimmt sich Travis ganz anders. Er hat mich tatsächlich auf die Wange geküsst, als ich ihm gestern einen Abschiedskuss gegeben habe. Und er lächelt. Er hat nicht mehr diesen zynischen, ekligen Gesichtsausdruck, sondern er lächelt tatsächlich. Ich habe mir gedacht, jemand muss ihn flachgelegt haben.« Asha warf Ally einen durchtriebenen Blick zu. »Liege ich richtig?«

»Oh mein Gott!«, kreischte Mia. »Du und Travis seid zusammen ins Bett gestiegen? Ich hätte es eigentlich wissen sollen, weil er sich so gestresst hat, die Halskette zu bekommen. Aber ich dachte, du wärst verlobt?«

Ally hatte bisher noch keine Möglichkeit gehabt, auch nur einer der anderen Frauen zu erzählen, dass sie ihre Verlobung gelöst hatte. Nur Asha wusste Bescheid. Jetzt berichtete sie allen, was vorgefallen war, erwähnte jedoch Travis mit keinem Wort. Vielleicht lag es daran, dass die Beziehung noch so frisch war, dass sie noch nicht erklären konnte, was sie einander bedeuteten.

»Schlange!«

»Arschloch!«

»Schleimiger Hurensohn!«

»Dämlack!«

Jede der Frauen fand ein Schimpfwort für Rick, nachdem Ally ihnen alles berichtet hatte.

»Also bist du frei und Travis hat zugeschlagen. Raffinierter Mann, mein Bruder«, bemerkte Mia mit einem Lächeln und nahm einen großen Bissen von ihrem Clubsandwich.

Ally schüttelte den Kopf. »Nun ja, zugeschlagen hat er nicht unbedingt.«

»Wie lange hat er gebraucht, um dich ins Bett zu bekommen?«, erkundigte sich Asha amüsiert. »Er ist schon seit Jahren scharf auf dich.«

»Wer hat gesagt, dass ich mit ihm geschlafen habe?«, erwiderte Ally mit gespielter Entrüstung. »Vielleicht werden wir auch nur gute Freunde.«

»Schwachsinn«, wandte Kara ein und stopfte sich ein Würstchen in den Mund. »Du hast es nicht geleugnet, das heißt, du hast es ihm definitiv besorgt.«

»Travis ist heiß, aber er ist immer so düster und grüblerisch. Ich wette, dass macht ihn gut im Bett?«, vermutete Maddie nachdenklich.

»Stopp!« Mia hielt die Hand in die Höhe. »Hier ist für mich die Grenze. Travis ist mein Bruder. Ich will auf keinen Fall diskutieren, ob er gut im Bett ist oder nicht.«

Alle Frauen brachen in tosendes Gelächter aus und Ally lächelte.

Mia senkte ihre Hand und lehnte sich leicht über den Tisch. Dann flüsterte sie betont laut: »Aber *hast* du nun mit ihm gevögelt?«

Es war wirklich peinlich, von der Schwester des Mannes, der mit jeder seiner Berührungen ihre Welt ins Wanken brachte, über ihr Sexleben ausgefragt zu werden, daher nickte sie nur widerstrebend.

»Oh, Gott sei Dank!«, sagte Mia und setzte sich wieder gerade hin, um sich erneut ihrem Teller zuzuwenden. »Kein Wunder, dass er lächelt.«

»Es ist nichts wirklich Ernstes«, erklärte Ally nervös. »Ich meine, wir verabreden uns und sind dabei, uns kennenzulernen.«

»Fleischeslust«, fügte Asha mit einem Grinsen hinzu.

Ally stieß ihre Freundin leicht in die Seite. »Es ist nichts Ernstes.«

Mia zog die Brauen zusammen und in ihren Augen tanzten schelmische Funken. »Dann kennst du Travis aber schlecht! Schon als Kind bekam er immer das, was er wollte. Er kann äußerst hartnäckig sein, wenn er etwas wirklich begehrt. Innerhalb eines Monats wird er dir einen Ring an den Finger gesteckt haben.«

»Ich glaube nicht, dass sein Interesse für mich in diese Richtung geht. Da bin ich mir sicher«, wehrte Ally peinlich berührt ab.

»Doch. Es wird so kommen, wie Mia behauptet«, stimmte Asha nachdrücklich zu.

»Hast du ihn liebgewonnen, Ally?«, erkundigte sich Mia besorgt.

»Doch. In der Tat. Wahrscheinlich mehr, als ich es in diesem Stadium unserer Beziehung sollte«, gab Ally zu. Ihr war bewusst, dass sie sich bereits viel zu sehr und viel zu schnell auf ihn eingelassen hatte. »Ich habe ein wenig Angst. Ich habe gerade erst eine schlimme Beziehung hinter mir.«

»Travis ist nicht so, Ally«, wandte Mia sanft ein. »Wenn er jemanden liebgewonnen hat, geht das tief. Seine Zuneigung lässt sich vielleicht nicht so einfach gewinnen, doch wenn du sie erst einmal besitzt, wird er dich niemals betrügen. Er hat dir das Einhorn unbedingt schenken wollen, weil er nicht gut darin ist, Zuneigung entgegenzunehmen oder auszudrücken. Ehrlich, tatsächlich habe ich noch niemals gesehen, dass er sich auf diese Art um eine Frau bemüht, und ich weiß genau, wann es um ihn geschehen ist, und mit dir hat es ihn heftig erwischt. Bitte tu ihm nicht weh! Niemand verdient es mehr als Travis, geliebt zu werden. Und wenn er die richtige Frau gefunden hat, wird er sie wie besessen und für immer lieben. So ist er nun einmal gestrickt.«

Allys Herz zog sich schmerzhaft zusammen. Sie würde alles dafür geben, diese Frau zu sein. Seitdem Travis und sie sich zum ersten Mal geliebt hatten, war erst eine Woche vergangen und seine Zuneigung veränderte sie bereits. Schon jetzt hörte sie nur noch seine Stimme in ihrem Kopf anstatt all der, die ihr die negative Sichtweise über sich selbst eingeredet hatten. »Ich wünschte, ich könnte ihm etwas geben«, überlegte sie leise und dachte an seine unermüdliche Fürsorge und sein Vertrauen in sie.

»Ich denke, du hast ihm bereits etwas gegeben«, versicherte Asha Ally. »Er ist glücklich.«

Mia nickte zustimmend und die Frauen wechselten zu eher allgemeineren Themen. Das Mittagessen bedeutete ein erfreuliches Zwischenspiel für Ally und sie freute sich, Maddie und Kara besser kennenzulernen. Offensichtlich liebten alle Frauen in der Runde ihre Alpha-Ehemänner abgöttisch, auch wenn sie sich gutmütig über deren Überängstlichkeit und herrisches Verhalten beklagten.

Als die Frauen sich erhoben, um sich voneinander zu verabschieden, hörte Ally, dass ihr Handy in ihrer Handtasche summte. Sie zog es heraus und lächelte, als sie die Nachricht von Travis las:

Ich muss diesen verdammten Schreibtisch loswerden!

Mehr als einmal hatte er sich darüber beschwert, wie sehr der Tisch ihn ablenkte, und ihr von den Bildern erzählt, die dieser bei ihm heraufbeschwor. Ihr Herz schlug Purzelbäume bei dem Gedanken, dass sie auf einen gestandenen Mann wie Travis Harrison tatsächlich ablenkend wirken konnte.

Sie sagte den Frauen auf Wiedersehen und versprach, ein regelmäßiges Mitglied ihres Lunchclubs zu werden. Sobald sie an ihrem Auto angekommen war, lehnte sie sich dagegen und schrieb:

Als Ihre Assistentin sehe ich es als meine Pflicht an, Ihnen einen neuen zu besorgen, Mr. Harrison.

Im nächsten Moment kam bereits die Antwort:

Einen Dreck wirst du tun. Niemand anderes wird diesen Schreibtisch benutzen. Ich glaube, ich bin ein Masochist. Wie ist dein Tag?

Sie hatte gewusst, dass er sich heftig weigern würde, den Tisch auszutauschen, trotzdem lachte sie laut auf, bevor sie schrieb:

Gut. Ich komme gerade vom Mittagessen mit den Mädels. Und wie geht es dir?

Er antwortete nur:

Ich vermisse dich.

Allys Herz schmolz dahin. Seufzend folgte sie den Worten auf dem Display mit dem Finger. Wenn Travis Dinge wie diese sagte oder tat, schrie ihr ganzes Ich nach ihm. Travis war nicht gerade der Typ Mann, der leichtfertig mit Gefühlsäußerungen um sich warf. Diese Worte waren ernst gemeint und drückten seine momentanen Emotionen aus, daher bedeuteten sie ihr viel. Sie wusste, dass es ihm nicht leicht fiel, Gefühle zu äußern.

Sie schrieb zurück:

Ich vermisse dich auch. Ich werde dir etwas zum Abendessen kochen.

Seine Antwort kam schnell:

Ich würde es vorziehen, wenn ich dich zum Abendbrot verspeisen könnte.

Bei dem Gedanken an Sex mit Travis konnte Ally kaum ein Stöhnen unterdrücken. Sie musste sich Luft zufächeln und das bestimmt nicht wegen der Feuchtigkeit und der Hitze Floridas. Es gab nichts Heißeres als Travis forderndes, herrisches Alphamännchen-Verhalten im Schlafzimmer und die Art, wie er ihren Körper meisterte. Kichernd antwortete sie ihm:

Ich biete dir an, für dich zu kochen, und du denkst nur an Sex?

Diesmal musste sie ein paar Minuten auf die Antwort warten:

Ich will eine ganze Menge mehr als nur Sex. Normalerweise kochen Frauen nicht für mich. Ich danke dir, Ally! Wir sehen uns gegen sechs Uhr.

Stirnrunzelnd betrachtete sie seine Antwort, da sie sich fragte, was genau er meinte. Frauen kochten nicht für ihn? Nein... wahrscheinlich taten sie das nicht. Er machte meist alles allein und falls er eine Verabredung hatte, erwarteten die Frauen gewiss nur das Allerfeinste von Travis Harrison. Dachte er tatsächlich, sie hätte ihm einen Vorwurf gemacht? Und dass sie nur mit ihm würde spielen wollen?

Sie verschwendete jedoch keinen Gedanken mehr daran, ob er sie nur als Sexspielzeug benutzte. Seine Antwort klang recht reumütig. Und zum allerersten Mal bemerkte sie, dass »Dankeschön« tatsächlich zu seinem Wortschatz gehörte. Es berührte sie, dass er ihr für etwas so Alltägliches dankte. Sie wollte nicht, dass es ihm leid tat, mit ihr herumgealbert zu haben. In Wahrheit liebte sie es, ihn fröhlich und spielerisch zu sehen, und seine schmutzigen Wortspiele machten sie immer an. Es war äußerst zweifelhaft, ob jemand anderes diese Seite an ihm je zu Gesicht bekam. Sie erwiderte:

Sechs Uhr passt gut. Und falls du früh genug bei mir bist, werde ich deine Vorspeise sein. Aber ich werde dich auch mit Nahrung versorgen. Du wirst die Energie brauchen.

Sie hielt den Atem an und hoffte, eine witzige Antwort von ihm zu erhalten. Sie wollte auf keinen Fall Travis spielerische Laune brechen, indem er ihre Bemerkung ernst nahm. War er doch bereits viel zu ernsthaft und seriös und sie hätte seine fröhliche Seite gern öfter erlebt.

Er schrieb:

Wenn ich nicht eine Besprechung hätte, würde ich auf der Stelle in mein Auto springen.

Ally lachte erleichtert auf und schrieb zurück:

Keine Eile. Ich muss kochen. Doch es ist warm heute. Ich glaube, ich sollte vielleicht nackt kochen. Denk daran, während du in deiner Besprechung bist. Ich hoffe, sie verläuft gut.

Sofort kam seine Antwort:

Dafür wirst du bezahlen, Frau!

Lächelnd erwiderte sie:

Ich werde dich beim Wort nehmen, mein Hübscher! Bis später!

Ally schob ihr Handy in die Handtasche zurück und öffnete die Tür ihres Wagens. Dann fuhr sie zum Lebensmittelladen, um einzukaufen, was sie benötigte, um Travis eine leckere Mahlzeit zuzubereiten. Es war ihr so leicht ums Herz wie schon seit ewigen Zeiten nicht mehr.

Sie gehört mir!

Travis umklammerte sein Handy und starrte auf Allys Nachrichten.

Sie vermisst mich!

Er dachte, er hätte alles vermasselt, indem er ihr den Eindruck vermittelt hatte, sie nur ficken zu wollen. Also ja… er wollte sie *unbedingt* ficken. Jede verdammte Minute des Tages. Travis wusste aber, dass sein körperliches Verlangen auf seiner Sehnsucht nach Zusammengehörigkeit mit ihr beruhte. Er fühlte sich wie ein Höhlenmensch: Das Bedürfnis, sie zu seiner einsamen Höhle zu tragen, wo sie ihm von niemandem mehr weggenommen werden konnte, war beinahe unerträglich.

Er lehnte sich in seinem Stuhl zurück, schloss die Augen und ließ die Bilder der letzten Woche mit Ally vor seinem inneren Auge Revue passieren. Einige Male war er nun schon zum Ziel ihres süßen, warmen Lächelns geworden und jedes einzelne war ihm wie ein Felsbrocken in den Magen geschlagen. Oh, es war jedoch keinesfalls so, als ob sie nicht mehr miteinander diskutieren würden – wie anlässlich des Streites über die Kleidungsstücke, die er für sie gekauft hatte. Er hatte die Diskussion auf Eis gelegt, indem er die Kleider einfach nach oben gebracht und verstaut hatte, während sie systematisch Gründe aufgelistet hatte, warum sie die Garderobe nicht annehmen konnte. Er hatte die Auseinandersetzung schließlich gewonnen, als er sie atemlos geküsst und ihr erklärt hatte, dass er ihr die Kleider wahrscheinlich letzten Endes sowieso vom Leib reißen würde. Verdammt, diese Frau war dickköpfig! Travis hätte ihr gern die ganze Welt zu Füßen gelegt, doch sie ließ es nicht zu.

Wenn sie alles über mich wüsste, würde sie dann immer noch mit mir zusammen sein wollen?

Sie würde wahrscheinlich wie der Teufel davonlaufen und er könnte ihr das noch nicht einmal zum Vorwurf machen. Er hatte Ally bereits eine Menge von sich erzählt, Dinge, die er noch mit keiner Menschenseele geteilt hatte. Aber es gab ein paar Sachen, die er ihr einfach nicht mitteilen konnte. Er fürchtete sich zu sehr davor, dass sie ihn entsetzt ansehen und davonlaufen würde. Und das würde ihn vollkommen zerstören.

Ich muss einfach die gemeinsame Zeit mit ihr genießen und nicht an die Zukunft denken.

Das Problem bestand darin, dass er nicht der Typ war, der nur für den Moment lebte, und er brauchte Ally zu sehr, um auch nur die Möglichkeit zu erwägen, dass sie ihn verlassen könnte.

Er öffnete die Augen und starrte an die Decke. Ally machte ihn außerordentlich glücklich, aber auch auf eine so urtümlich wilde Art besitzergreifend, von der er niemals gedacht hätte, dass er sie entwickeln könnte. Glücklicherweise schien es ihr nichts auszumachen, dass er sie immer hart, schnell und grob nahm. Im Gegenteil, es schien sie zu erregen. Doch er wollte mehr als das. Er wollte ihre vollständige Unterwerfung und Hingabe, er musste sicher sein, dass sie ihm vollkommen gehörte, und diese verrückte Besessenheit bekam er einfach nicht unter Kontrolle. Wusste sie eigentlich, dass er ihr total verfallen war und jede einzelne Minute des Tages an sie dachte und dass seine Gefühle für sie bis in alle Ewigkeit bestehen bleiben würden?

Ich sollte vielleicht nackt kochen.

Oh ja! Sie wusste es und sie tat alles, um ihn verrückt nach ihr zu machen. Er liebte es und gleichzeitig hasste er es. Es war beinahe so, als ob sie ihn sich hörig machen und den Höhlenmenschen vollkommen aus ihm herauslocken wollte.

»Mein Herz, du hast keine Ahnung, wie fordernd ich dir gegenüber tatsächlich sein kann«, flüsterte er heiser und wünschte sich, ihre

Begierde nach ihm in ebensolche verzweifelten Höhen treiben zu können, wie sie es andersherum schaffte.

Zwar wusste Travis, dass er Ally jedes Mal, wenn sie miteinander intim waren, vollkommen befriedigte – dafür sorgte er gewissenhaft – doch er wollte, dass sie sich vollständig gehen ließ und sich ihm und der glühenden Leidenschaft, die sie beide jedes Mal, wenn sie zusammen waren, beinahe verzehrte, vollkommen hingab. Sie reagierte so verdammt sensibel auf ihn und war in ihrer Erregung so wunderschön anzusehen. Doch er spürte, dass sie immer noch einen Teil von sich zurückhielt. Und er war so begierig auf ihre vollkommene Hingabe.

Als Travis einen Blick auf die Uhr warf, fluchte er, denn es war beinahe Zeit für seine Besprechung.

»Großartig«, flüsterte er unwirsch. »Ich werde mich während der ganzen Sitzung fragen, ob Ally wirklich nackt kocht, und mein Schwanz wird so angeschwollen sein, dass ich mich nicht werde konzentrieren können.«

Widerstrebend erhob er sich und richtete seine Krawatte. Er hatte Ally gewarnt, dass sie für ihre Neckereien würde bezahlen müssen. Das Problem bestand jedoch darin, dass er jedes Mal, wenn sie ihn berührte, vollkommen die Kontrolle verlor. Lächelnd verließ er sein Büro, um zu der Besprechung zu gehen. Er hatte bereits eine Lösung gefunden, um dieses Problem zu beheben.

Kapitel 12

M it noch feuchter Haut und vollkommen nackt betrat Ally ihr Schlafzimmer, nachdem sie geduscht hatte. Erschrocken schrie sie auf, als hinter ihr die Schlafzimmertür laut ins Schloss fiel. Erleichtert sah sie, dass Travis mitten im Schlafzimmer stand, noch in sein Bürooutfit gekleidet.

Sie schnappte einige Male nach Luft, um sich von dem Schrecken über sein Auftauchen aus dem Nichts heraus zu erholen. Ihr Gesicht überzog sich mit glühender Röte, als er sie mit wilden und hungrigen Augen von Kopf bis Fuß musterte.

»Du bist früh dran«, keuchte sie. Sie fühlte sich immer noch etwas unbehaglich, so komplett nackt vor Travis zu stehen. Es war noch nicht einmal fünf Uhr und sie hatte ihn so früh noch nicht erwartet. Zwar hatte sie ihm einen Haustürschlüssel gegeben, doch normalerweise klingelte er an der Tür.

»Ich habe einen solchen Appetit auf meine Vorspeise bekommen«, erklärte er mit rauer Stimme. »Ich konnte nicht länger warten. Wie günstig, dich genau in diesem Moment zu erwischen!«

Ally erbebte, als sie ihm in die Augen blickte. Heute Abend schien er irgendwie anders zu sein, beinahe gefährlich. Natürlich hatte sie keine Angst vor ihm, im Gegenteil, ihr Körper reagierte sofort auf seine urtümliche Wildheit und seinen besitzergreifenden Blick. »So? Ist es das?«, fragte sie gespielt unschuldig. Es schien, als ob sie umso heißer wurde, je verzweifelter Travis sie begehrte.

»Sehr günstig«, antwortete er lässig und entledigte sich seiner Anzugjacke. »Weißt du, was es bedeutet, in einer Besprechung zu sitzen und sich die ganze Zeit vorzustellen, wie du nackt herumläufst? Das war nicht gerade sehr produktiv. Und ich habe dich gewarnt, dass du für diese Tortur bezahlen wirst.«

Das hatte er in der Tat. Und es gab nichts, was sich Ally sehnlichster wünschte, als seine Rache zu erfahren. »Es tut mir leid«, gab sie vorgetäuscht reumütig zurück.

»Beweg dich nicht!«, ordnete Travis mit leiser und fordernder Stimme an. »Die Sitzung war sehr unbehaglich, Ally. Ich weiß zwar, dass ich dich normalerweise bis zur Bewusstlosigkeit ficke, doch genau das werde ich jetzt nicht tun.«

Enttäuschung machte sich in Ally breit, doch dann wurde sie neugierig. Misstrauisch beobachtete sie, wie er langsam seine schwarze Krawatte lockerte. »Dann lass mich schnell ein Kleid holen –«

»Nein!« Dann bewegte sich Travis auf sie zu, bis er genau vor ihr stand. »Ich denke, das kommt nicht in Frage. Du wirst jetzt bezahlen müssen. Da gibt es nur ein kleines Problem. Immer wenn du mich berührst, kann ich nicht mehr klar denken, und es endet damit, dass ich dich fest und schnell ficke. Magst du das?«

Ally blickte verwirrt zu ihm auf. »Du weißt, dass mir das gefällt«, antwortete sie leise.

»Aber auf diese Art bekomme ich nie die Möglichkeit, dich genau zu erkunden, um herauszufinden, was du gern hast.« Schnell stellte er sich hinter sie und bevor Ally seine Absicht erkannte, hatte er bereits die Krawatte fest um ihre Taille geschlungen. »Der einzige Weg, den ich gefunden habe, der verhindert, dass ich die Kontrolle verliere, besteht darin, dich davon abzuhalten, mich zu berühren«, erklärte er sanft.

Ally zerrte an ihren Händen. Sie waren hinter ihrem Rücken zusammengebunden, nicht fest genug, um ihr wehzutun, doch so straff, dass sie sie nicht bewegen konnte. »Travis, was hast du vor?«

»Zuerst lasse ich dich bezahlen. Und dann werde ich herausfinden, was dir wirklich gefällt. Ich werde dich erkunden. Herausfinden, was dich befriedigt.«

Plötzlich konnte Ally nichts mehr sehen und für einen kurzen Augenblick verspürte sie Panik. Sie fühlte, dass Travis etwas an ihrem Hinterkopf festband. »Ich kann nichts mehr sehen.« Die Hilflosigkeit war irritierend, aber gleichzeitig auch erregend.

Travis schlang ihr seine Arme um die Taille und zog sie an sich. »Vertraust du mir, Ally?« Seine Hände glitten über ihren Bauch und umfingen dann ihre Brüste. »Du brauchst nicht zu sehen. Du musst nur fühlen!«

Entspannt lehnte sie sich an seinen Körper. Sie spürte seine Kleidung auf ihrer entblößten Haut und wünschte ihn sich auf der Stelle nackt. »Ich vertraue dir.«

Er kniff in ihre Brüste und ließ ihre ohnehin schon harten Brustwarzen zu empfindlichen diamantharten Spitzen werden. Sein Mund erkundete ihren Nacken, knabberte an ihrer Haut und streichelte sie mit seiner Zunge. Ihre Muschi wurde von einer Welle der Feuchtigkeit überflutet und sie wand sich unter hilflosem Stöhnen gequält hin und her. Sie war vollkommen Travis Gnade ausgeliefert und dieser Umstand erregte sie so sehr, wie sie es sich niemals hätte vorstellen können.

»Weißt du, als die Besprechung endlich beendet war, musste ich mich selbst befriedigen, weil ich mir überlegt habe, wie ich mich an dir rächen könnte!«, erzählte er ihr heiser flüsternd und sein warmer Atem liebkoste ihr Ohr.

Ally erbebte, als sie sich vorstellte, wie Travis sich selbst streichelte, während er daran dachte, wie er sie sexuell erregen könnte. »Ich wünschte, ich hätte dir dabei zusehen können«, gestand sie mit angehaltenem Atem. Ihre Blindheit ließ sie kühner werden.

Travis löste seine Arme von ihrer Taille, legte ihr eine Hand in den Nacken und beugte sie vornüber. »Ich habe mir überlegt, das hier zu tun.« Er zog ihre gefesselten Hände zur Seite und gab ihr einen Klaps auf den Hintern.

Klatsch!

Als seine Hand auf ihr nacktes Fleisch traf, zuckte sie zusammen. Sie hatte erwartet, dass er von hinten in sie eindringen würde, und war mehr als bereit gewesen. Doch der brennende Schmerz, den seine Hand auf ihrem nackten Fleisch hinterlassen hatte, sandte einen elektrischen Schlag durch ihren ganzen Körper.

Klatsch!

Ein zweiter Klaps landete auf ihrem entblößten Po, bevor Ally in ihrem erotischen Taumel realisiert hatte, dass er ihr tatsächlich den Hintern versohlte.

»Wirst du von nun an nett zu mir sein?«, fragte Travis mit beherrschter Stimme.

Himmel und Hölle! Ihre Pobacken brannten, aber er schlug nicht fest genug zu, um ihr wirklich wehzutun. Es war eher ein erotischer Reiz. Seine Dominanz und Kontrolle waren erregend und verführerisch. »Nein«, erwiderte sie keck, da sie ihn weiter herausfordern wollte.

Klatsch. Klatsch. Klatsch.

Jedes Mal, wenn seine Handfläche auf ihre Pobacken traf, entwich ihr ein keuchendes, bedürftiges Stöhnen. Heiliger Jesus, Travis hilflos ausgeliefert zu sein, während er die totale Kontrolle über ihren Körper hatte, ließ sie beinahe ihren Höhepunkt erreichen, dabei hatte er sie bis jetzt kaum berührt. »Bitte!«, krächzte sie, verzweifelt darum bittend, dass er sie endlich nahm.

Er streichelte ihren Hintern und fuhr ihr dann mit der Hand zwischen die Schenkel. »Ich glaube, es gefällt dir, unartig zu sein. Mein Gott! Bist du nass! Sag mir, was dir gefällt, Ally! Was macht dich so richtig an?«

Alles und jenes, was Travis tat. »Du. Alles, was du machst.« Jetzt reizte er ihre Klitoris mit dem Finger und glitt leicht über sie hinweg, da sie so erregt und feucht war. »Alles ist gut. Du bist der erste Mann, der mich jemals zum Orgasmus gebracht hat. Der erste Mann, der jemals seinen Mund auf meiner Muschi hatte. Alles, was du tust, macht mich verrückt.«

Er legte ihr einen Arm um die Schultern, um sie zu stützen. »Ist das wirklich wahr?« Er klang zornig und überrascht.

»Ja. Mein Ex war mein erster und einziger Mann vor dir und er hat mich niemals geleckt und mich niemals befriedigt.« Vielleicht lag es daran, dass sie sein Gesicht nicht sehen konnte oder dass sie am ganzen Körper vor Verlangen zitterte, aber sie fühlte sich, als ob sie Travis alles, wirklich alles erzählen könnte.

»Es gefällt mir, dass ich der Erste bin.« Seine Finger verstärkten den Druck auf die kleine Nervenknospe, die er reizte, während seine andere Hand ihren Rücken und die Kurve ihrer Pobacken hinunterglitt. »Gefällt es dir, hilflos zu sein und mir zu vertrauen, dass ich dir nur Vergnügen bereite?«

»Ja«, antwortete sie mit einem kehligen Stöhnen.

Nun glitt seine Hand von ihrem Hintern zwischen ihre Beine, befeuchtete die Finger in ihrer durchnässten Muschi, wanderte vorsichtig zwischen ihre Pobacken und verschmierte dort die Flüssigkeit aus ihrer Muschi, bevor sein Zeigefinger in ihren Anus eindrang.

Allys ganzer Körper spannte sich an. Sie war hin und her gerissen zwischen der Lust, die er ihr durch seine Spielereien an ihrer Klitoris schenkte, und der Furcht vor einer verbotenen Berührung, die sie niemals zuvor erlebt hatte.

»Entspann dich, Liebes! Ich werde dir nicht wehtun. Ich erkunde lediglich deinen Körper«, erklärte ihr Travis beruhigend, während er seinen Finger sanft herauszog und wieder hineingleiten ließ. »Tut es weh?«

Nein. Es tat nicht weh und Ally entspannte sich. Sie begann, das sanfte Hinein- und Herausgleiten seines Fingers zu genießen.

Beinahe wimmerte sie vor Enttäuschung, als er seine Hand von ihrer Muschi nahm. Doch im nächsten Moment schon übernahm sein Mund den Platz seiner Finger und Ally wusste, er musste sich hingekniet haben.

In ihrem Kopf begann sich alles zu drehen, als sein Finger weiterhin in ihren Anus hinein- und herausglitt und er gleichzeitig mit Mund und Zunge ihre Muschi verschlang.

»Oh Gott! Travis! Bitte! Ich glaube nicht, dass ich noch mehr aushalten kann.« Sie keuchte und schnappte krampfhaft nach Luft, während sich ihr Orgasmus aufbaute. Travis heiße, plündernde Zunge brachte sie zum Wahnsinn. Die spielerische Fesselung verschärfte ihre Erregung und alle Hemmungen, die sie je gehabt hatte, waren verschwunden. Es gab nur noch die befriedigende Verzückung, die wie ein Wasserfall über ihren Körper rauschte und an ihr rüttelte, bis sie keinen einzigen zusammenhängenden Gedanken mehr zustande brachte.

Der Orgasmus schüttelte ihren Körper in dem Moment, als Travis zwei seiner Finger in ihren feuchten, leeren Tunnel führte. Sie war so angefüllt mit seiner Präsenz, dass sie explodierte. Die Wände ihrer Muschi zogen sich um seine Finger herum zusammen. Sie warf den Kopf in den Nacken und stöhnte laut: »Travis, Travis, Travis!«

Er war da, um sie aufzufangen, bevor sie auf dem Boden aufschlagen konnte, denn ihre Beine waren zu schwach, um stehen zu bleiben. Sie zitterte am ganzen Körper in den Nachwehen ihres Orgasmus und er trug sie zum Bett und legte sie darauf. Während sie keuchend nach Luft schnappte, hörte sie seine Kleider rascheln.

Sie seufzte laut auf, als sie spürte, wie sein nackter Körper sich auf sie legte. Das Gefühl seiner heißen Haut ließ sie schwach stöhnen. Dann spürte sie, dass sich die Fesseln an ihren Händen lösten, doch nur, um gleich darauf über ihrem Kopf wieder zusammengebunden und offensichtlich am Kopfende befestigt zu werden. »Bitte! Ich muss dich berühren, Travis!« Sie sehnte sich danach, ihm ihre Arme um den heißen Körper zu schlingen und sein ganzes Sein in sich aufzunehmen.

»Diesmal nicht. Du siehst wunderschön aus, wie du so daliegst, Ally. Ich will, dass du einfach nur fühlst. Ich möchte, dass das hier noch andauert«, knurrte er. »Du bist vielleicht diejenige, die gefesselt ist, doch ich bin ebenso hilflos wie du. Ich will, dass du mich so sehr brauchst, wie ich dich.«

Allys Herz raste vor Aufregung. Konnte er denn einfach nicht verstehen, dass sie ihn ebenso begehrte, wie er sie? »Das tue ich doch.«

»Sag mir, was du willst!«, forderte er und legte sich ihre Beine um seine Taille.

»Ich will, dass du mich fickst. Bitte! Ich brauche dich!«

Travis entließ ein tiefes, befriedigtes Knurren und reizte ihre Klitoris mit dem seidigen Kopf seines Schwanzes. Er rollte ihre Brustwarzen zwischen seinen Fingern und spielte mit ihnen. »Du gehörst mir, Ally. Sag mir, dass du mir gehörst!«

»Ich gehöre dir ganz und gar, Travis. Und du gehörst mir.« Ally spürte die gleichen besitzergreifenden Instinkte in sich aufsteigen, das Bedürfnis, dass er die gleiche Zugehörigkeit zu ihr empfand wie sie zu ihm. »Ich will, dass du nur mir gehörst. Und niemals darfst du eine andere Frau berühren«, rief sie wild und hob ihre Hüften an, um ihn mit ihrem Körper anzubetteln, er möge sie nehmen. »Und jetzt fick mich!«

»Mein Gott! Ich liebe es, wenn du das sagst«, entgegnete er mit rasselnder Stimme.

Ally hatte keine Chance mehr, ihn zu fragen, welche ihrer Aussagen ihm gefielen. Er spießte sie schnell und tief auf; seine Männlichkeit versank tief in ihr und füllte sie vollkommen aus. »Ja!«, zischte sie. »Fick mich, Travis! Ich glaube, ich werde sterben, wenn du es nicht tust.«

Sie fuhr fort, ihn mit Worten anzuheizen, und sagte alles, was ihr in den Sinn kam, nur um ihm verständlich zu machen, dass sie die gleiche, wilde, fleischliche Begierde verspürte wie er.

Travis umklammerte ihre Hüften und begann, mit harten, tiefen Stößen in sie einzudringen; jeder Stoß seiner Inbesitznahme versetzte sie in die reinste Ekstase.

Ally war wie vom Wahnsinn besessen; ihre Verzweiflung, Travis noch intensiver spüren zu wollen, machte sie verrückt. Sie wickelte ihre gefesselten Hände um die Krawattenenden und begann, daran zu zerren, bis die billigen Sperrholzlatten des Kopfendes ihres Bettes nachgaben. Zwar waren ihre Hände immer noch zusammengebunden, doch nun konnte sie sich aufrichten und sie um Travis Nacken schlingen. Grob zog sie ihn auf sich herunter und suchte gierig mit ihren Lippen nach seinem Mund. »Küss mich!«, bettelte sie; ihre Geduld war am Ende.

»Scheiß drauf! Ich kann das nicht länger aushalten. Berühre mich!«, rief Travis gereizt aus, während seine Lippen gewaltsam auf ihre trafen und sein Schwanz begann, heftig in sie hinein zu hämmern.

Ally genoss das Gefühl seines Körpers auf ihrem und seine fordernde Zunge, die ihren Mund eroberte. Das war es, was sie am meisten brauchte, diese fordernde, glühende Leidenschaft, die sie stets zum Orgasmus brachte. Sie verstärkte die Umklammerung ihrer Beine und forderte mehr, indem sie jedem von Travis Stößen mit einem eigenen ihrer Hüften entgegenkam.

Dann explodierte sie und der Orgasmus überrollte sie. Sie riss ihren Mund von seinem und schrie laut seinen Namen, während sich ihre Fingernägel in seine nackten Schultern gruben und ihr ganzer Körper pulsierte.

»Oh! Fuck! Ja! Hinterlass deine Spuren auf mir!«, stöhnte Travis wollüstig, als der warme Saft seiner Erlösung tief in sie hinein flutete.

Dann riss er ihr die Augenbinde vom Kopf, warf sie achtlos zu Boden und beobachtete, wie der abebbende Orgasmus sie zitternd zurückließ.

Nun legte er sich neben sie und löste flink die Fesseln an ihren Händen. Ally schlang die Arme um ihn und schmiegte sich in die Wärme seines Körpers. So erotisch es auch gewesen war, gefesselt und blind zu sein, so sehr hatte sie es doch vermisst, ihn berühren zu können.

Ihre schweißnassen Körper ineinander verschlungen warteten sie darauf, dass sich ihr Atem wieder beruhigte. Als Ally sich schließlich wieder bewegen konnte, begutachtete sie den Schaden am Kopfende ihres Bettes. »Ich habe es zerbrochen«, stellte sie beschämt fest.

Travis blickte sie an und auf seinem Gesicht breitete sich ein zufriedenes Grinsen aus. »Ich werde dir ein neues kaufen. Das hat meinem Ego gutgetan. Ich nehme mal an, das ist ein weiteres ›erstes Mal‹?«

»Definitiv«, bestätigte sie seufzend. »Ich finde, jede Frau sollte es mindestens einmal im Leben so gut besorgt bekommen, dass sie ein Bett zerbricht.«

Travis gab ihr einen zärtlichen Kuss auf die Stirn. »Mein Liebes, du kannst so viele Kopfenden zerstören, wie du willst. Ich werde mich nicht darüber beschweren.«

Und dann, zu Allys großer Überraschung, brach Travis in ein herzliches Lachen aus. Es klang so ansteckend und außergewöhnlich, dass sie mit einstimmen musste und beide aus Leibeskräften jauchzten, bis sie vollkommen atemlos waren.

Als sie es schließlich doch noch schafften, in die Küche hinunterzugehen, brachte Ally nur ein recht jämmerliches Abendessen zustande, doch Travis schwor, es wäre die beste Mahlzeit, die er jemals zu sich genommen hatte. Ally wusste, dass er log, doch es war die süßeste Lüge, die ihr je zu Ohren gekommen war.

Später in der Nacht wurde Ally aus ihrem Erschöpfungsschlaf gerissen, als Travis sich plötzlich mit einer so ruckartigen Bewegung im Bett aufsetzte, dass ihr Körper von ihm heruntergeschüttelt wurde und ihr Kopf von seiner Schulter rutschte und aufs Kopfkissen fiel. Sie zwang sich dazu, sich ebenfalls aufzusetzen, und konnte seine stoßartigen Atemzüge hören. Das Mondlicht reichte gerade aus, um sein Gesicht erkennen zu können.

»Travis?«, fragte sie leise, weil sie wissen wollte, ob alles mit ihm in Ordnung war. »Was ist geschehen?« Besorgt musterte sie sein Gesicht und strich ihm die feuchten Haare aus der Stirn.

Er stöhnte und wischte sich mit den Handflächen über das Gesicht. »Irgendetwas stimmt nicht mit Kade.« Dann sprang er aus dem Bett und kleidete sich hastig an. Er knöpfte sich bereits sein zerknittertes Hemd zu, als er hinzufügte: »Ich muss gehen!« Er zog sein Handy aus der Hosentasche und ging quer durchs Zimmer, um eine kleine Leselampe einzuschalten. Nachdem er auf eine Taste seines Telefons gedrückt hatte, bellte er beinahe unmittelbar darauf ins Handy: »Was zur Hölle ist geschehen?«

Ally wusste, dass er mit Kade sprach. Sie warf einen Blick auf die Uhr. Es war fast zwei Uhr morgens, doch Kade war offensichtlich direkt am Telefon gewesen.

»Warum hast du mich nicht angerufen?«, warf Travis Kade vor und fuhr sich mit einer Hand durch sein ohnehin schon zerzaustes Haar. »Ich mache mich auf den Weg!« Dann entstand eine Pause, bevor er hinzufügte: »Das spielt keine Rolle. Ich komme.« Dann beendete er das Gespräch und steckte das Handy in seine Hosentasche zurück.

»Was ist geschehen?« Ally konnte jetzt in dem Licht der Lampe Travis Gesichtsausdruck besser erkennen und seine gequälte Miene rührte ihr Herz.

»Asha ist im Laufe des Tages in ihrem Haus die Treppe heruntergefallen. Kade sagt, sie ist untersucht worden und dem Baby und ihr geht es gut. Aber sie behalten sie im Krankenhaus, um sie beobachten zu können.« Seine Stimme klang abgehackt und gebrochen. »Ich werde ins Krankenhaus fahren und dort bleiben für den Fall, dass sie etwas brauchen.«

»Ich komme mit dir.« Ally sprang aus dem Bett; ihre Sorge um Travis, Kade und Asha hatte ihr Feuer unter dem Hintern gemacht und ihr eingeheizt.

»Nein. Nicht!« Travis Ausdruck war unmissverständlich. »Es geht ihr gut. Ich muss nur dorthin, um mich um Kade zu kümmern.«

»Woher hast du es gewusst?«, fragte Ally neugierig. Travis wollte für Kade da sein, aber Ally wollte für Travis da sein. Er sah verheerend aus.

»Ich wünschte, ich hätte es rechtzeitig gewusst«, grämte sich Travis. »Es begann mit meinen Eltern…« Ihm versagte die Stimme und er zögerte.

Ally ging zu ihm hinüber und legte ihm beruhigend eine Hand auf den Arm. »Was war mit deinen Eltern?«

Travis Augen verdunkelten sich und wirkten kühl, während er mit eisiger Stimme antwortete: »Ich habe sie getötet.« Dann schüttelte er ihre Hand von seinem Arm, schnappte sich seine Anzugjacke und stürmte ohne ein weiteres Wort aus dem Haus.

Ally blieb schockiert einen Moment wie angewurzelt stehen, am ganzen Körper zitternd, während sie hörte, wie die Haustür ins Schloss fiel.

Doch als der Motor seines Ferraris aufheulte, rannte sie aus dem Schlafzimmer und die Treppe hinunter zur Haustür. Als sie diese hastig aufriss, sah sie gerade noch die Rücklichter die Ausfahrt hinabgleiten.

Mechanisch schloss sie die Haustür, verriegelte sie und stieg die Treppe wieder herauf. Im Schlafzimmer kroch sie zwischen die zerknautschten Laken, die immer noch nach Sex und… Travis rochen.

Ihr Verstand konnte noch nicht ganz verarbeiten, was gerade geschehen war, und ihr Herz schmerzte von der Qual, die sie auf Travis Gesicht gesehen hatte. Schließlich vergrub sie ihr Gesicht in Travis Kissen und weinte.

In dieser Nacht fand Ally nicht viel Schlaf, denn sie wünschte sich verzweifelt, bei Travis sein zu können. Sie wusste jedoch, dass er Zeit brauchte und dass das Krankenhaus gewiss nicht der richtige Ort für eine Auseinandersetzung war. Als sie am nächsten Tag endlich etwas von Asha hörte, war es diese selbst, die sie anrief. Asha beklagte sich über Kades überängstliches Verhalten und die Tatsache, dass er jetzt das Schlafzimmer in das untere Stockwerk verlegen wollte, damit sie nicht mehr die Treppe heraufsteigen musste. Und jedes Mal, wenn sie die Treppe herauf- oder herunterging, wäre Kade sofort hinter ihr, um sie vor einem eventuellen Sturz zu bewahren.

Ally musste lächeln, als Asha auf diese Weise offensichtlich verärgert mit ihren Klagen fortfuhr. Außer einigen schmerzenden Stellen am Körper hatte Asha nichts davongetragen, doch Kade folgte ihr auf Schritt und Tritt.

»Kade liebt dich abgöttisch und ich glaube, du hast ihn zu Tode erschreckt. Du bist schwanger, Asha. Lass ihm Zeit!«, erklärte Ally Asha geduldig.

»Ich weiß.« Asha schickte einen Seufzer durch die Leitung. »Vielleicht wird er sich mit der Zeit etwas beruhigen, wenn er oft genug gesehen hat, dass ich die Treppe sicher hinauf- und hinuntergehen kann.«

Ally lachte, denn sie wusste, dass Asha Kade über alles liebte und ihre Klagen mehr der Sorge über Kade entsprangen als ihrer eigenen Unzufriedenheit.

Nachdem sie das Gespräch mit Asha beendet hatte, las Ally eines ihrer Bücher über erwachsene Kinder von Alkoholikern bis zum Ende durch. Sie bemerkte staunend, dass sie jede einzelne der negativen Verhaltensweisen an den Tag legte, die Kinder bei Eltern, die Alkoholiker waren, im Laufe des Heranwachsens entwickelten. Sie hatte alles Mögliche über dieses Thema gelesen, um ihr eigenes Verhalten zu analysieren und zu lernen, wie sie sich von ihrem negativen Selbstbild befreien konnte.

»Und dann bin ich in die Welt hinausgegangen und habe mir den schlechtesten Mann ausgesucht, den ich als Partner hätte wählen können«, murmelte sie unglücklich vor sich hin.

Merkwürdigerweise hatte sie das Gefühl, schon damit begonnen zu haben, einige ihrer schlechten Verhaltensmuster abzulegen und den negativen Stimmen in ihrem Kopf keinen Glauben mehr zu schenken. Und an dem Rest würde sie arbeiten. Vielleicht war es auch gar nicht so abwegig, da Travis so hartnäckig versucht hatte, diesen Prozess mit allen Mitteln in Gang zu setzen, und ihr geholfen hatte, sich von ihrer gewöhnlich negativen Selbsteinschätzung zu distanzieren.

Ally wünschte sich sehnlichst, Travis hätte sie ebenfalls angerufen, aber vielleicht war er ja auch zu Hause, um sich seinen dringend benötigten Schlaf zu holen. Doch eigentlich bezweifelte sie das. Am wahrscheinlichsten war, dass er sich versteckte und vor ihr davonlief. Heute war ihr letzter Urlaubstag, daher würde sie ihn auf jeden Fall morgen im Büro sehen.

Mit diesem beruhigenden Gedanken setzte sie sich an ihren Computer und begann zu schreiben.

Kapitel 13

Offensichtlich war Travis im oberen Stockwerk angekommen. Wie gewöhnlich senkte sich eisige Stille über die Angestellten, während er sich auf den Weg in sein Büro machte.

Ally begann mit ihrem typischen Countdown:

»Fünf…

Vier…

Drei…

Zwei…

Eins.«

Auf die Sekunde genau schritt Travis durch die Tür, sagte aber kein Wort. Er schoss ihr einen Blick aus dem Augenwinkel zu, runzelte die Stirn und setzte seinen Weg in sein Privatbüro fort, ohne auch nur irgendetwas zu ihr zu sagen.

Irgendwie hatte Ally schon mit dieser Reaktion gerechnet. Sie stand auf und zog ihr cremefarbenes Kaschmirkleid zurecht. Wie sie es liebte, dieses weiche Material zu berühren! Das Kleid stellte die perfekte Bürogarderobe dar und besaß einen dekorativen Gürtel, der auf der Taille saß und sich bequem an ihre Hüften schmiegte. Es war jedoch ein bisschen kürzer, als sie es normalerweise trug. Der

Saum reichte nur bis zum Knie und der weiche Stoff umspielte jede ihrer Kurven. Die dazu passenden Stöckelschuhe waren flach, aber elegant. Sie liebte dieses Outfit. Sie unterdrückte ein Schaudern, wenn sie daran dachte, was das Ensemble gekostet haben mochte.

Kopfschüttelnd ging sie in die Küche und schenkte einen Becher Kaffee ein. Niemals würde Travis zulassen, dass sie irgendeines der Kleidungsstücke, die er ihr gekauft hatte, zurückgeben würde, also konnte sie sie ebenso gut tragen.

Ohne anzuklopfen öffnete Ally die Tür zu Travis Büro und schloss sie leise hinter sich. Dann stellte sie den Kaffeebecher auf Travis Schreibtisch. »Ihr Kaffee, Mr. Harrison.«

Während seine Augen keinen einzigen Blick vom Bildschirm seines Computers abließen, brummte er nur: »Gut.«

Sie hatte richtig vermutet. Travis versuchte, sich zu verstecken, jedoch recht erfolglos. Beide waren sich der Gegenwart des anderen nur allzu bewusst und die Spannung schwängerte die Luft mit Elektrizität. Es war an der Zeit, drastischere Maßnahmen zu ergreifen.

»Du hast etwas bei mir zu Hause vergessen«, bemerkte sie mit tiefer, wollüstiger Stimme.

Diesmal schaute er auf und seine Augen verdunkelten sich, als er seine schwarze Krawatte von ihren Fingern herabbaumeln sah. Er beugte sich vor und streckte stirnrunzelnd die Hand danach aus, doch Ally hielt sie außerhalb seiner Reichweite. Sie ging um den Schreibtisch herum und stellte sich hinter seinen Stuhl.

»Ich denke, so leicht bekommst du sie nicht zurück, Travis.« Dann zog sie seine Schultern gegen die Stuhllehne zurück, schlang die Krawatte um seinen Oberkörper herum, band ihn an der Rückenlehne fest und machte einen festen Knoten, sodass auch seine Arme auf Ellbogenhöhe an den Stuhl gefesselt waren.

Er hätte sich leicht wehren können, doch er ließ alles verblüfft mit sich geschehen. Sie ging um ihn herum und sagte in säuselndem Tonfall: »Ich finde, da ich dir neulich als Vorspeise gedient habe, kannst du dich revanchieren, indem du mir ein Frühstück bescherst.« Bevor er etwas erwidern konnte, beugte sie sich vor, vergrub ihre

Finger in seinem Haar und gab ihm einen geschäftsmäßigen Kuss, der die Vereinbarung besiegeln sollte. Er reagierte sofort und lieferte ihrer Zunge ein Duell, als sie ihn fest, aber träge küsste. Plötzlich zog sie ihre Hände aus seinem Haar und begann, sein makelloses Hemd aufzuknöpfen, zerrte es aus dem Taillenbund seiner Hose und öffnete jeden Knopf, den sie erreichen konnte, während sie erst an seinen Lippen knabberte und dann mit ihrer Zunge beschwichtigend darüber leckte. Nachdem sie alle Knöpfe bis auf die oberen, die sich hinter dem Knoten seiner Krawatte verbargen, gelöst hatte, entzog sie ihm ihren Mund und richtete sich auf. Dann stellte sie einen ihrer mit Stöckelschuhen bekleideten Füße zwischen seinen Beinen auf dem Stuhl ab und gab diesem einen genau dosierten Stoß, sodass er gerade weit genug zurückrollte, um ihr Platz zu machen, sich hinzuknien.

Es hatte sie immer gestört, dass Travis ihr niemals erlaubt hatte, ihn auf diese Art zu berühren, da er Angst hatte, die Kontrolle über sich zu verlieren, bevor er sie befriedigt hatte. Wusste er denn nicht, dass ihr Bedürfnis, ihn zu berühren, ebenso groß war wie umgekehrt seines?

»Ally, was zum Teufel tust du da?« Travis Stimme klang heiser und in höchstem Maße erregt.

»Ich… erforsche deinen Körper«, erklärte sie ihm mit seinen eigenen Worten. »Ich will herausfinden, was dir gefällt.« Sie teilte sein Hemd über der Brust und folgte mit ihrer Zunge den Konturen des majestätischen Phoenix auf seiner Brust. Er hatte ihr erzählt, warum und wie er diesen hatte tätowieren lassen, dass er Travis Schwur symbolisierte, die Kontroversen nach dem Tod seiner Eltern durchzustehen. »Du bist so kräftig, Travis!«

Gierig biss sie in eine seiner Brustwarzen und liebkoste sie dann mit ihrer Zunge. Sein Körper spannte sich an, doch blieb er bewegungslos und wehrte sich nicht. Sie wiederholte die Neckerei an der anderen Brustwarze und fuhr ihm dann mit der Zunge den muskulösen Bauch hinab. Sie begann zu stöhnen, als sie seine heiße Haut unter ihren Fingerspitzen spürte, die dem Pfad ihrer Zunge folgten. Geschickt öffneten ihre Finger seinen Gürtel und den

Hosenknopf und zogen hastig den Reißverschluss herunter. Dann zerrte sie ungeduldig an seinem schwarzen Boxerslip und entblößte seinen Schwanz, der aussah, als würde er ängstlich zucken, und ihr voll erigiert entgegensprang. Gierig umschlang sie mit ihren Fingern seine angeschwollene Männlichkeit und seufzte, als sie Travis ins Gesicht blickte. Er hatte den Kopf in den Nacken geworfen und seine ausgeprägten Nackenmuskeln traten in dicken Strängen hervor. »Gott, du bist der heißeste Mann, den ich je gesehen habe. Und du gehörst mir, Travis!« Jetzt drückte sie sanft seinen Schwanz. »Der hier gehört mir.« Sie hatte schnell herausgefunden, dass es ihm gefiel, wenn sie ihn für sich beanspruchte.

»Mein Gott, Ally! Wenn du nicht damit aufhörst, explodiere ich«, sagte Travis mit rasselnder Stimme. Sein Kopf schnellte in die Höhe, um sie anzublicken.

Ihre Augen maßen gegenseitig ihre Willenskraft, doch diesmal war Ally fest entschlossen zu gewinnen. »Darum geht es doch, du großer Junge!« Sie leckte sich hungrig die Lippen. »Ich will mein Frühstück. Und ich will dich lecken, bis du den Verstand verlierst.«

»Das ist schon geschehen«, kam dunkel die Antwort.

»Noch lange nicht. Doch keine Angst. Es wird bald dazu kommen. Das hier habe ich mir gewünscht, seitdem du mich zum ersten Mal geküsst hast. Es ist eine meiner Fantasien. Und die werde ich jetzt in die Tat umsetzen, denn jetzt habe ich die Macht über dich!« Sie wusste, das entsprach nicht so ganz der Wahrheit, denn er hätte sich leicht zur Wehr setzen können, doch das spielte keine Rolle, es war ja nur ein Spiel.

»Auch meine Fantasie«, knurrte Travis.

Ally wollte ihn fragen, warum er es sie nie hatte tun lassen, doch sie kannte die Antwort bereits. Travis war vollkommen uneigennützig, wenn es darum ging, ihr Vergnügen zu bereiten. Er verstand jedoch nicht, dass es ihr Spaß machte, ihn in die gleiche Verzückung zu versetzen.

Ally senkte ihren Mund auf ihn herab, wirbelte mit ihrer Zunge über den empfindlichen Kopf seines Schwanzes und leckte genüsslich einen Tropfen salziger Feuchtigkeit von dessen Spitze.

»Du wirst mich noch umbringen«, stöhnte Travis und ließ so heftig seine Hände durch ihr Haar gleiten, dass ihre Haarspange zu Boden fiel.

Jetzt ließ Ally seinen harten, hoch aufgerichteten Schwanz aus ihrem Mund herausschnellen und fragte unschuldig: »Gefällt dir das?« Sie hatte lediglich entsprechend nachgeahmt, was er mit ihr ein paar Nächte zuvor getan hatte.

»Verdammt! Ja! Ich verstehe das alles nur nicht«, keuchte er.

»Das brauchst du auch nicht. Du sollst einfach nur… fühlen!« Dann schloss Ally wieder ihre Lippen um seine Schwanzspitze und saugte ihn tief in ihren Mund hinein, während sie ihre Kehle entspannte. Travis war kräftig gebaut und sie nahm ihn so weit in sich auf, wie es ihr möglich war. Während sie seinen Schaft hinein- und herausgleiten ließ, presste sie fest ihre Lippen um ihn herum zusammen.

»Gott! Ich sterbe!«, stöhnte Travis und verkrallte seine Hände in ihren Haaren, während er heftig mit seinen Hüften pumpte.

Ally genoss jedes einzelne Geräusch, das Travis entfuhr, als sie sanft seine Hoden betastete und versuchte, seinen Schwanz noch tiefer in ihren Mund hineinzusaugen. Als Travis noch fordernder seine Hüften nach vorn stieß, um der Bewegung ihres Mundes entgegenzukommen, erhöhte sie die Geschwindigkeit.

Ohne mit ihren erotischen Spielereien aufzuhören, richtete Ally ihren Blick nach oben auf Travis Gesicht und sah, dass er sie beobachtete, als ob ihn der Anblick, wie sie ihm einen blies, vollkommen fesselte.

»Fuck! Fuck! Fuck! Ich komme, Ally!«, schrie Travis mit kehliger Stimme.

Und so war es. Sein Schwanz spie den warmen Saft der Erlösung tief in ihre Kehle und sein Körper bäumte sich auf, während er immer und immer wieder ihren Namen stöhnte. Ally behielt ihn weiterhin in ihrem Mund und kostete jeden einzelnen Tropfen seiner Verzückung. Ihre Zunge spielte zärtlich und sanft mit der Spitze seines Schwanzes, bis Travis auf seinem Stuhl in sich zusammensackte und offensichtlich gesättigt war.

Behutsam barg sie seine Männlichkeit wieder in seinem Slip und ordnete seine Kleidung. Seine Augen waren immer noch geschlossen, als sie um den Stuhl herumging und den Knoten der Krawatte löste.

»Warum?«, erkundigte sich Travis verwirrt.

»Weil ich es so wollte«, antwortete sie sanft, aber bestimmt. Dann bückte sie sich, um ihre Haarspange vom Boden aufzuheben.

»Mein Gott! Was trägst du da?«, brach es aus Travis hervor.

Ally lächelte ihn an. »Eines der Kleider, die du mir gekauft hast. Mir fehlte die passende Unterwäsche, also habe ich sie mir besorgt.« Sie wusste, dass er einen Blick auf ihren sexy Slip und den Strumpfgürtel erhascht hatte. Sie hatte sich mit Bedacht gebückt. Schnell hob sie den Saum ihres Kleides und gewährte ihm einen kurzen Blick auf das weiße Ensemble darunter. »Ist es nicht süß?« Es war äußerst schlicht, weiß mit kleinen rosa Schleifchen.

Travis starrte sie verwirrt an, als sie den Saum wieder herabgleiten ließ und in einem kleinen dekorativen Wandspiegel ihr Haar richtete.

Während sie elegant zur Tür glitt, schleuderte sie die Krawatte quer durch den Raum und Travis fing sie reflexartig in der Luft auf.

»Bewahre sie für das nächste Mal auf, wenn mir der Sinn danach steht, unanständige Dinge zu tun!« Dann entriegelte sie die Tür und öffnete sie, während sie sich noch einmal zu ihm herumdrehte: »Genießen Sie ihren Kaffee, Mr. Harrison! Doch nur zur Erinnerung: Das wird nicht zur Gewohnheit werden. Heute gab es einen besonderen Anlass.«

Hoheitsvoll verließ sie das Büro und schloss leise die Tür hinter sich. Ihr Herz hämmerte noch wie wild und ihre Knie waren weich, da ihr bewusst war, dass sie mit ihrer Aktion ein Risiko eingegangen war. Sie hatte sich jedoch bereits zu der Einstellung entschlossen, dass das Leben ohne gewisse Risiken nicht lebenswert war. Denn mit dem Risiko ging die Hoffnung einher. Und solange nicht all ihr Glaube an Travis zerstört wäre und es keine Chance mehr für sie beide gäbe, würde sie all ihre Hoffnungen auf Travis am Leben erhalten. Er war es wert. Er hatte schon zu lange in der Finsternis gelebt und musste seine Dämonen vertreiben, wenn er diesen nicht erlauben wollte, sein Leben zu zerstören. Er war da gewesen, als sie jemanden gebraucht hatte, der an sie glaubte, und jetzt wollte sie das Gleiche für ihn tun. Denn in Wahrheit vertraute sie ihm mehr, als irgendjemand anderem auf der Welt. Nun musste er nur noch sich selbst vertrauen.

In zuversichtlicher Stimmung ging in die Toilette und machte sich frisch. Dann kehrte sie an ihren Schreibtisch zurück.

Noch lange starrte sie auf die Tür von Travis Büro, bevor sie sich wieder an ihre Arbeit begab.

Travis saß lange Zeit bewegungslos auf seinem Stuhl und starrte benommen auf die Tür, durch die Ally entschwunden war.

Sein Kaffee war bereits abgekühlt, doch er kippte ihn in einem Zug hinunter, während er versuchte herauszufinden, ob das, was gerade geschehen war, wirklich real oder nur seiner lebhaften Fantasie entsprungen war, hervorgerufen durch seine starke Sehnsucht nach Ally.

Warum läuft sie nicht davon?

Den ersten Schock hatte er erlitten, als er heute entdeckt hatte, dass Ally tatsächlich an ihrem Schreibtisch saß. Das hatte er nicht erwartet. Nicht nach dem, was er ihr in der Nacht erzählt hatte, als er ins Krankenhaus gefahren war. War sie so müde gewesen, dass sie nicht richtig aufgenommen hatte, was er von sich gegeben hatte?

Er hätte sie leicht aufhalten können, doch er hatte es nicht gewollt, war er doch nicht einmal in der Lage gewesen zu realisieren, dass er in dem Moment keine surreale Fantasie erlebte. Er betastete die Krawatte auf seinem Schreibtisch – der Beweis, dass sie wirklich hier gewesen war. Ein Teil von ihm wünschte sich, einfach weiterzumachen und abzuwarten, was passieren würde, um sich nicht mit der Wirklichkeit auseinandersetzen zu müssen. Verdammt! Die Realität konnte einen fertigmachen! Viel lieber hätte er weiter in seinen Träumen gelebt. Doch wenn er sich der Wirklichkeit nicht stellte und herausfand, was in Allys kompliziertem Gehirn vor sich ging, würde seine Beziehung zu ihr keine Fortschritte machen.

Kurzentschlossen drückte er auf den Knopf der Gegensprechanlage. »Alison, ich brauche dich!« Als er seinen Finger von dem Knopf löste, gestand er sich ein, dass wahrere Worte niemals gesprochen worden waren.

Er wartete, bis sie in sein Büro trat. Sein Schwanz wurde schon wieder hart, als er ihr auf den ersten Blick harmlos wirkendes Kleid sah, das sich aber bei näherem Hinsehen als erotisches Foltergerät entpuppte. Es brachte die Kurven ihres Körpers zur Geltung und war viel… zu kurz. War das wirklich eines der Kleider, die er für sie ausgesucht hatte? Er hasste es! Nein… eigentlich liebte er es. Aber kein anderer Mann sollte die herrlichen Kurven ihres Körpers so gut erkennen können. Und ganz gewiss sollte niemand anderes sehen, was sie darunter trug. Etwas Weißes, um Gottes willen! Doch Travis hatte gerade entschieden, dass weiße Unterwäsche mit kleinen rosa Schleifchen das Heißeste war, was er jemals gesehen hatte. Vielleicht sprach es den Höhlenmenschen in ihm an und vielleicht weckte die jungfräulich reine Farbe in ihm den Wunsch, Ally an sich zu reißen und ihr so schnell wie möglich die Unschuld zu rauben.

Ally setzte sich mit einer Tasse Kaffee in der Hand ruhig auf den Stuhl vor seinem Schreibtisch. Sie hatte sich die Haare gerichtet und jeder Zentimeter an ihr wirkte förmlich und korrekt – die perfekte Assistentin. Verdammt… selbst *das* machte ihn verrückt.

»Sie brauchen mich, Mr. Harrison?«, fragte sie höflich.

Ja. Er brauchte sie in der Tat. Niemand hätte je vermutet, dass die Frau, die vor ihm saß, noch vor ein paar Minuten eine Sexgöttin gewesen war, die sich auf ihre Knie niedergelassen und an seinem Schwanz gesaugt hatte, bis ihm beinahe der Kopf weggeflogen wäre. Er räusperte sich und fragte: »Was ist hier heute Morgen passiert, Alison?«

»Habe ich dir nicht schon gesagt, dass ich den Namen Alison hasse? Meine Mutter hat mich immer so genannt und ich mag es überhaupt nicht, wenn die Leute diesen Namen für mich benutzen. Ich möchte lieber Ally genannt werden«, antwortete sie in ruhigem, sachlichem

Tonfall. »Und was heute Morgen geschehen ist? Ich glaube, du bist ins Büro hineingestapft, ohne ein Wort zu sagen. Dann habe ich dir einen Kaffee gebracht… was ich fast nie tue. Danach habe ich meinen dickköpfigen Milliardärschef an seinen Stuhl gefesselt und ihm einen geblasen, bis er einen Orgasmus bekam. Ich glaube, ich habe mir damit einen langgehegten Wunsch erfüllt und meine Fantasien, dich auf die Art zu berühren, die mir gefällt, in die Tat umgesetzt. Entspricht das den Tatsachen?«, fragte sie ihn keck. »Oh, und dann habe ich ihm seine Krawatte zurückgegeben, die er in meinem Haus zurückgelassen hat, nachdem er sie dazu benutzt hatte, mich mehrmals hintereinander zum Höhepunkt zu bringen«, fügte sie lässig hinzu und nahm einen Schluck von ihrem Kaffee, während sie fragend eine Augenbraue in die Höhe zog.

Travis verschluckte sich beinahe an seinem Kaffee. »Was zum Teufel ist nur in dich gefahren?«, erkundigte er sich, während er sich unbehaglich auf seinem Stuhl hin und her wand. Er konnte es nicht fassen, dass er gerade Ally ohne Scheu von den Ereignissen dieses Morgens hatte reden hören.

»Nichts ist in mich gefahren. Ich habe dir endlich einen ›Blow Job‹ verpasst. Doch leider hast du es nicht in mich hinein geschafft.«

Gütiger Himmel! Sie versuchte tatsächlich, ihn verrückt zu machen. Er war sich sicher, dass das ihre Absicht war. »Ich werde dich nie wieder bei deinem vollen Namen nennen, wenn es dir so zuwider ist. Du hättest es mir sagen sollen.« Er machte eine Pause, bevor er fragte: »Hast du genau gehört, was ich dir erzählt habe, bevor ich zu Kade ins Krankenhaus gefahren bin? Hast du wirklich verstanden, was ich gesagt habe?«

»Ich habe es gehört«, bestätigte sie.

»Und warum bist du dann noch hier?«

»Warum sollte ich nicht hier sein? Ich arbeite hier.« Ruhig stellte sie ihre Tasse auf dem Schreibtisch ab und legte ihre Hände auf die glatte, hölzerne Oberfläche, während sie ihm einen sturen Blick zuwarf. »Ich nehme an, an jenem Abend wolltest du mir erklären, dass du damals im Traum eine Vorahnung bezüglich des Todes deiner Eltern gehabt hast, den du dann aber ignoriert hast, weil du ihn für einen normalen Albtraum gehalten hast. Da du nichts unternommen hast, quälst du dich nun mit Schuldgefühlen. Aber du hast deine Eltern nicht getötet, Travis! Dein Vater hat deine Mutter umgebracht und danach Selbstmord begangen. Er war hochgradig geistesgestört. Es ist an der Zeit, dass du aufhörst, dich zu quälen, nur, weil du nicht wusstest, dass dein Traum Wirklichkeit werden würde. Es war nicht deine Schuld.«

Travis starrte Ally an. Ihre Schärfe verblüffte ihn. Ihr Blick war wild und grimmig und wirkte außerordentlich beschützend. Und dieser starke Beschützerinstinkt war nur auf ihn allein gerichtet. »Es war das erste Mal, dass ich eine Vorahnung hatte«, gab er zu. »Und jetzt hasse ich mich dafür, dass ich meine Mutter nicht gerettet habe. Wenn ich dem Traum nur mehr Bedeutung beigemessen hätte —«

»Du. Hast. Es. Nicht. Gewusst.« Ally betonte jedes einzelne Wort. »Was ist danach noch weiter geschehen?«

Travis blickte sie überrascht an. »Es passiert nicht sehr häufig. Und manchmal glaube ich es immer noch nicht, reagiere aber darauf, falls ich träume, dass irgendjemand stirbt oder verletzt wird. Vorahnungen werden von der etablierten Wissenschaft nicht akzeptiert. Man geht davon aus, dass Vorahnungen nicht unbedingt durch ein späteres Geschehen bestätigt werden. Es gibt keinen Beweis, dass sie überhaupt möglich sind.«

»Aber es gibt auch keinen Beweis dafür, dass sie nicht möglich sind«, gab Ally zurück.

»Glaubst du denn daran?«

Ally lehnte sich langsam in ihrem Stuhl zurück. »Einmal hast du zu mir gesagt, ich wäre nach außen hin äußerst pragmatisch, doch in meinem Inneren eine Träumerin. Ich schreibe Fantasygeschichten, weil ich glaube, dass alles möglich ist und dass es noch so viele Dinge auf dieser Welt gibt, die wir uns nicht erklären können. Also bemühe ich mich ernsthaft, nichts als unmöglich abzulehnen. Ich glaube an viele Dinge. Erscheinungen wie Vorahnungen kann man nicht beweisen.« Sie seufzte und warf ihm einen ernsten Blick zu. »Aber ich versichere dir, dass ich vollkommen an dich glaube. Erzähl mir mehr darüber, Travis! Bitte!«

Allys verstehender, mitfühlender Blick brach Travis Widerstand. Das Gesicht in seinen Händen verborgen, begann er zu sprechen: »Wie ich schon sagte, es geschieht sehr selten. Du hast Recht bezüglich meiner Eltern. Rückblickend fällt es mir schwer, nicht zu bereuen, dass ich meinem Traum nicht mehr Aufmerksamkeit geschenkt habe. Doch ich hielt ihn für einen Albtraum und wusste es nicht besser. Dann begann ich, wiederholt von Mia zu träumen. Das erste Mal träumte ich, dass sie missbraucht wurde. Damals ging sie noch zur Schule und ich flog dorthin, um mich zu vergewissern, dass es ihr gutging. Doch meine Träume entsprachen der Wahrheit. Sie war mit einem gewalttätigen Mann zusammen, demselben Mistkerl, der sie angegriffen hatte, nachdem er aus dem Gefängnis entlassen worden war, in das ich ihn wegen der Misshandlung von Mia hatte stecken lassen. Als er sie das zweite Mal bedrohte, war Mia schon mit Max verheiratet und ich träumte, dass Mia weglaufen würde, von Max und Kade gefunden wurde und dann alle drei von ihrem Ex getötet wurden.«

»Also hast du sie deshalb versteckt und es vor Kade und Max verschwiegen? Und als sie noch zur Schule ging, hast du sie vor ihrem gewalttätigen Freund beschützt. Deine Träume haben sie also zwei Mal gerettet«, stellte Ally atemlos fest. »Das ist unglaublich.«

»Von Kades Unfall habe ich vorher nichts gewusst. Ich wünschte, ich hätte eine Vorahnung gehabt. Doch als ich in jener Nacht aufwachte, hatte ich nur davon geträumt, dass er sich in schlechter mentaler Verfassung in dem Warteraum eines Krankenhauses befand. Ich wusste, dass etwas nicht stimmte, doch ich wusste nicht, was genau geschehen war. Leider war jener Traum keine Warnung. Die Träume kommen und gehen nach ihrem Willen, manchmal erscheinen sie mir nicht früh genug, um ein Geschehnis abzuwenden. Von Asha hatte ich einen sehr vagen Traum. Ich wusste nur, dass ihr Exmann versuchte, sie umzubringen. Daher hatte ich Tate gebeten, in ihrer Nähe zu bleiben, während er auf die Heilung seines Beines wartete. In der Nacht, bevor sie von ihrem Exmann angegriffen wurde, hatte ich denselben nebulösen Traum.«

»Und Tate hat ihr das Leben gerettet«, fügte Ally hinzu, die die Geschichte schon von Asha gehört hatte.

»Ja«, gab Travis zu.

»Also weiß deine Familie Bescheid?«

»Nein«, erwiderte Travis gereizt. »Was soll ich ihnen denn erzählen, Ally? Sie werden mich für genauso verrückt wie meinen Vater halten.«

»Nein, das werden sie nicht!«, widersprach Ally erbost. »Das würden sie niemals denken. Travis, du besitzt eine Gabe – eine Gabe, die Mias und Ashas Leben gerettet hat. Das ist nichts, wofür du dich schämen müsstest.«

Er schaute sie zweifelnd an. »Betreffs meiner Eltern ist meine Vorahnung beweisbar eingetroffen, Ally. Trotzdem ist die Fähigkeit zur Voraussicht kein Geschenk. Ich finde, sie ist ein verdammter Fluch. Sie tritt unvorhersehbar auf und ist nicht immer eine Hilfe –«

»Sie war doch bereits hilfreich. Ich verstehe, dass du frustriert bist, weil du die Fähigkeit nicht kontrollieren kannst. Doch hat sie deiner Schwester und deiner Schwägerin das Leben gerettet.«

»Sie macht mich anders. Sie unterscheidet mich von den anderen Menschen. Ich habe sie immer gehasst«, grollte Travis. »Doch ja, seitdem sie Mia und Asha gerettet hat, ziehe ich es vor, diese Fähigkeit zu besitzen und anders zu sein, als dass den beiden etwas zugestoßen wäre.«

»Es macht dich zu etwas Besonderem. Und du selbst lässt zu, dass es dich isoliert. Insbesondere von deiner Familie«, argumentierte Ally. »Ich sage nicht, du solltest es gleich in der ganzen Welt herumposaunen, doch die Menschen, die dich lieben, werden es verstehen. Ich glaube, sie werden es besser akzeptieren, als du denkst.«

Würden sie das wirklich? Travis dachte daran, dass er auch von Ally eine negative Reaktion erwartet und damit vollkommen falsch gelegen hatte. War es möglich, dass er aus Angst überreagierte, weil er glaubte, dass die Leute ihm unterstellen würden, er wäre so verrückt wie sein Vater? »Ich werde darüber nachdenken«, brummte er.

»Danke«, sagte Ally und ihr Gesicht erstrahlte in einem Lächeln.

Travis fühlte sich, als ob er gerade einen Schlag in die Magengrube erhalten hätte. Er wollte Ally gern sagen, wie viel es ihm bedeutete, dass sie ihn so akzeptierte, wie er war, doch er wusste nicht wie. »Ich bin froh, dass du mich nicht verlassen hast«, sagte er schließlich mit heiserer Stimme. Das war zwar nicht genau das, was er hatte sagen wollen, doch seine Worte waren ehrlich gemeint. Wirklich, er war mehr als froh. Seine ganze Welt hatte in Scherben gelegen, als er gedacht hatte, er würde sie nie wiedersehen und niemals mehr in den Genuss ihres süßen Lächelns kommen. Ihre »Ich übernehme die Initiative«-Haltung und ihre unanständige Wortwahl vom heutigen Morgen hatten ihn bis zum Wahnsinn gereizt und sie schien es tatsächlich zu mögen, ihn mit einem *Blow Job* zu befriedigen, was er liebte. Natürlich nur, solange der Schwanz, den sie lutschte, der seine war. Ally begann, ihre eigene Sexualität zu entdecken, und er empfand ihre aufkeimende Kühnheit als teuflisch erotisch. Die Tatsache, dass sie ihn nicht aufgrund seiner Fähigkeit des Voraussehens hatte abblitzen lassen, sondern sie sogar als Gabe betrachtete, hatte ihr Schicksal besiegelt. Sie gehörte für immer zu ihm. Sie hatte das bis jetzt nur noch nicht vollkommen erkannt.

»Du bist es wert, dass ich um dich kämpfe, Travis, auch wenn mich das manchmal bis an meine Grenzen fordert.«

Er hasste die Verletzlichkeit, die er in ihrer Stimme hören konnte. »Baby, zwischen uns gibt es keine Grenzen. Mit mir kannst du jederzeit jede Linie überschreiten. Insbesondere, wenn es sich so gestaltet wie heute Morgen«, krächzte er und versuchte, die Vorstellung zu unterdrücken, wie sie mit zügelloser Begeisterung seinen Schwanz lutschte.

»Ich will, dass du mir vertraust«, erklärte sie etwas hilflos.

»Das tue ich doch. Ich traue nur mir selbst nicht. Kannst du mir verzeihen?«

Ally gab vor, über seine Worte nachdenken zu müssen. Travis hielt gespannt die Luft an.

»Hmmm… ich denke schon. Aber vielleicht musst du zuerst eine kleine Wiedergutmachung leisten«, sagte sie schließlich mit einem berechnenden Lächeln.

»Drück dich etwas genauer aus!«, forderte er ungeduldig und schöpfte endlich Atem. Es gab keinen Wunsch, den er Ally nicht erfüllen würde.

Ally holte ein gebundenes Manuskript hervor, das neben ihr auf dem Stuhl gelegen hatte. »Lies das zweite Buch der Serie und sag mir ehrlich deine Meinung! Ich habe es während meines Urlaubs geschrieben.«

Travis hatte noch nicht einmal bemerkt, dass sie etwas mit in sein Büro gebracht hatte, vielleicht, weil er zu sehr von ihrem Schwanz-folternden Kleid abgelenkt worden war. Eifrig nahm er die Papiere an sich. Es freute ihn wahnsinnig, dass sie das Schreiben wieder aufgenommen hatte. »Das ist keine Wiedergutmachung, Liebes. Es ist mir ein Vergnügen.«

»Darf ich dich dann noch um etwas anderes bitten?«, fragte sie zögernd.

»Sag es mir!«

»Wirst du mir in Zukunft erlauben, dich so zu berühren wie heute Morgen?«

Travis stöhnte beinahe laut auf. Ally würde ihn noch umbringen, wenn auch auf angenehme Art. Er war bereit, ihr alles zu geben, was sie wollte, und sie forderte einzig und allein, ihn mehr berühren zu dürfen? Er besaß Milliarden und hätte ihr jeden beliebigen Traum erfüllen können, doch alles, was sie zu wollen schien, war… ihn. »Falls du das tust, solltest du immer bereit zu einem Quickie sein«, warnte er sie.

»Kein Problem«, erwiderte sie mit einem hintergründigen Lächeln. »Du erholst dich immer ziemlich schnell.«

Nun… *das* entsprach der Wahrheit, wenn es Ally betraf. Er hatte bereits fünf Minuten, nachdem er sie gefickt hatte, die nächste Erektion. »Ich werde es versuchen«, knurrte er.

Ihr Gesicht leuchtete so freudig auf, dass Travis beschloss, sie alles mit ihm machen zu lassen, was ihr in den Sinn kam, solange sie ihn für den Rest seines Lebens mit diesem besonderen Strahlen beglückte. Auf diese Art würde er wahrscheinlich den Tod finden, doch würde er als glücklicher Mann sterben.

Kapitel 14

Der Flug nach Colorado am nächsten Tag verlief recht ereignislos, doch für Ally war es ein Erlebnis. Sie hatte Travis privaten Jet noch nie betreten und den Luxus des Flugzeugs empfand sie als unglaublich. Natürlich hatte Travis den größten Teil des Fluges damit verbringen wollen, ihr das Schlafzimmer vorzustellen, was sie gern mit ihm zusammen genossen hatte.

Genüsslich kuschelte sie sich in den ledernen Sitz des BMWs, den sie für ihn angemietet hatte. Eigentlich hatte er nach einem Ferrari gefragt, doch sie hatte keinen finden können. »Tut mir leid, dass du dich nun mit dem BMW zufriedengeben musst«, neckte sie ihn.

»Ich denke, dann werde ich mal den Durchschnittsmann spielen müssen«, antwortete er mit einem Grinsen.

Sie kicherte, da sie wusste, Travis Harrison würde niemals nur ein durchschnittlicher Mann sein. »Ja, nur ein wirklich gewöhnlicher Otto Normalverbraucher«, stimmte sie kopfnickend zu. »Mit zwei Wagen voller Sicherheitsbeamter, die uns nicht aus den Augen lassen, seitdem wir diesem Luxusjet entstiegen sind.«

»Tates Jungs«, erwiderte Travis, den es ärgerte, dass er ständig von Verkehrsampeln aufgehalten wurde, seitdem sie die Stadtgrenze von Denver hinter sich gelassen hatten. »Du wirst in vollkommener Sicherheit sein, wenn wir erst einmal in Rocky Springs angekommen sind.«

»Ich? Sie beschützen doch nicht mich, Travis!«

»Doch. Selbstverständlich. Du bist der einzige Grund dafür, dass ich Tate angewiesen habe, mehr als einen Mann zu schicken. Ich wollte während des Fluges mit dir allein sein, deshalb habe ich dein Sicherheitsteam am Flughafen in Florida zurückgelassen und Tate gebeten, ein paar seiner Jungs zum Flughafen hier zu schicken. Um meine eigene Sicherheit mache ich mir keine großen Sorgen. Ich sorge mich um deine.«

»Ich wurde noch nie zuvor von Sicherheitsbeamten beschützt.« Ratlos schaute sie ihn an.

»Liebes, dein wunderschöner Hintern wird bereits bewacht, seitdem dein Ex in deinem Haus aufgetaucht ist. Du hast nur nichts davon gewusst.«

»Warum tust du das?«

»Weil du meine Frau bist und ich, ob es mir nun gefällt oder nicht, eine hochgestellte Persönlichkeit bin. Ich will lediglich, dass du in Sicherheit bist.« Er warf ihr einen Blick zu, der sie aufforderte, nicht mit ihm zu diskutieren.

»Ich wusste nichts davon«, murmelte sie, unsicher, wie sie sich damit fühlte, ohne Unterbrechung beobachtet zu werden, doch andererseits angenehm berührt von seiner Fürsorge. »Ich bin mir sicher, dass das nicht nötig ist.«

»Es ist sehr wohl nötig«, erwiderte Travis barsch. »Darüber lasse ich nicht mit mir diskutieren, Ally! Ich will, dass du beschützt wirst.«

Sie beschloss, sich mit dem Schutz abzufinden, weil das einfach zu Travis Leben gehörte. Also antwortete sie schlicht: »Okay.« Dann betrachtete sie die Szenerie vor ihren Augen und bewunderte die noch schneebedeckten Berggipfel. »Oh, mein Gott! Sind das Dickhornschafe?«, fragte sie aufgeregt, als ihr Blick auf das steinige Gelände neben dem Highway fiel.

»Ja«, bestätigte Travis. »Hast du noch nie welche gesehen?«

»Niemals«, antwortete Ally begeistert. »Ich bin doch kaum einmal aus Florida herausgekommen.« Hastig wühlte sie in ihrer Handtasche nach ihrem Handy, um die Tiere zu fotografieren.

»Bemüh dich nicht«, klärte Travis sie auf. »Die Entfernung ist zu groß. Aber sei nicht traurig! Du wirst noch eine Menge Tiere in der freien Wildbahn zu Gesicht bekommen.«

»Weißt du, dass das einer der Punkte war, die mich wirklich gereizt haben, den Job bei dir anzunehmen? Ich wollte reisen, ferne Orte sehen. Ich war ziemlich enttäuscht, als ich bemerkte, dass du mich niemals mitnehmen würdest. Wahrscheinlich ist nie etwas daraus geworden, weil ich diesen zweiten Job angenommen habe.« Sie verstaute ihr Handy wieder in der Handtasche.

»Ich hätte dich liebend gern mitgenommen«, gestand Travis heiser. »Aber ich konnte es nicht, Ally. Es war nicht möglich. Schon damals wollte ich mit dir schlafen. Und dich so nahe bei mir zu haben, hätte mich umgebracht.«

»Es fällt mir schwer zu glauben, dass du schon so lange scharf auf mich bist. Travis, es gibt so viele andere Frauen, die –«

»Das spielt keine Rolle. Ich habe keine andere Frau angerührt, seitdem ich dich getroffen habe. Ich wollte keine einzige von ihnen«, gab er gereizt zu.

Ally starrte ihn verblüfft an. »Du hast vier Jahre lang keinen Sex gehabt?«

»Nein. Nur mit mir und meinen Fantasien, es mit der einzigen Frau zu machen, die ich begehrte. Doch das waren ziemlich heiße Fantasien«, sagte er scherzend in dem Versuch, die Unterhaltung aufzuheitern.

»Warum habe ich das nie bemerkt?«, murmelte Ally vor sich hin.

»Weil ich es nicht wollte. Du warst mit einem anderen Mann verlobt. Ich dachte, du führtest tatsächlich ein perfektes Leben. Doch wenn ich gewusst hätte, was für ein Dämlack dein Ex ist und dass er dich nicht glücklich gemacht hat, hätte ich damit begonnen, dich anzumachen«, erklärte er zornig. »Ich hätte alles getan, was in meiner Macht steht, um dich von ihm wegzuholen.«

F. A. Scott

Ally spürte, dass ihr die Tränen in die Augen stiegen; das Wissen, dass Travis sich all die Jahre nach ihr gesehnt hatte, ließ sie beinahe zusammenbrechen. Wusste sie doch, wie sehr sie sich jetzt nach ihm sehnte, und falls er nur einen Bruchteil ähnlicher Gefühle ihr gegenüber gehabt hatte, musste es äußerst schwer für ihn gewesen sein. »Ich war nicht glücklich. Rick und ich haben die letzten zwei Jahre nicht einmal den Versuch unternommen, Sex miteinander zu haben. Er fand immer irgendwelche Entschuldigungen, doch mir war bewusst –«

»Nicht, Ally! Denk nicht an ihn!«, bellte Travis.

»Ich höre seine Stimme nicht mehr in meinem Kopf, Travis. Und ich bin ihm dankbar, dass er mich so weit gebracht hat, ihn zu verlassen. Es tut auch nicht mehr weh«, erzählte sie ihm ehrlich.

»Und wessen Stimme hörst du stattdessen?«, fragte er mit einem emotionsgeladenen Tonfall.

»Meine eigene.« Ally musterte sein Profil. Er biss die Zähne aufeinander. Offensichtlich konnte er es immer noch nicht ertragen, über ihren Ex zu reden. »Und manchmal höre ich deine Stimme. Insbesondere unanständige Dinge.« Sie beobachtete, wie er sich in seinem Sitz entspannte und sein Gesicht weichere Züge annahm.

»Ich hätte den Hurensohn am liebsten umgebracht für das, was er getan hat. Er kann sich glücklich schätzen, dass er nur seinen Job und seine neue Frau verloren hat – wenn man sie überhaupt so nennen kann. Gott! Sie war kaum achtzehn Jahre alt«, brummte Travis.

»Woher weißt du das überhaupt?«, erkundigte sich Ally leicht verblüfft über die Tatsache, dass Travis etwas von der anderen Frau in Ricks Leben wusste.

»Weil ich dem Manager der Praxis die richtigen Informationen übermittelt habe, die ihn dazu veranlasst haben, Rick zu feuern. Und dann habe ich die Frau bestochen, ihn zu verlassen. Sie war sehr jung und hat sich davon einlullen lassen, dass ein gebildeter, erwachsener Mann an ihr interessiert war. Er hatte ihr eine Menge Schwachsinn über dich eingeredet und sie hat ihm geglaubt, da sie noch sehr jung und vertrauensselig war. Sie hatte keine Ahnung, was wirklich zwischen dir und dem Arschloch abgelaufen war. Es war ihr peinlich, Ally. Ich wollte verhindern, dass sie mit dem Hurensohn ihr Leben zerstört. Sie war zu jung. Ich habe ihr das Schulgeld fürs College bezahlt und im Gegenzug verlangt, dass sie ihm fernbleibt. Sie hat den Handel angenommen und mir später versichert, dass sie ihm niemals mehr irgendwo begegnet ist.«

Ally starrte Travis für einen Augenblick völlig betroffen an. Sie verspürte kaum Mitleid mit Rick, für den sie sich jahrelang zu Tode geschuftet hatte. Außerdem würde er einen anderen Job finden, der allerdings nicht so vornehm sein würde wie der, den er nach dem College ergattert hatte. Doch die Tatsache, dass Travis eine junge Frau davor bewahrt hatte, auf Ricks manipulatives Verhalten reinzufallen, rührte sie. »Ich wusste zwar, dass sie sehr jung war, allerdings wusste ich nicht, wie jung genau. Vielen Dank. Er hätte sie vernichtet.« Rick hatte sie selbst beinahe zerstört und sie war älter und reifer. Sie konnte sich vorstellen, dass eine jüngere und naivere Frau einen erheblich schwereren Schaden davontragen könnte.

»Du bist nicht sauer?«

»Nein. Rick wird einen anderen Job finden, aber vielleicht ein bisschen härter arbeiten müssen. Das tut mir nicht im Geringsten leid. Wahrscheinlich wird er dann auch zu beschäftigt sein, um kaum volljährigen Frauen hinterherzuschleichen. Aber, was du für dieses Mädchen getan hast, ist unglaublich. Du bist unglaublich«, sagte sie sanft. Sie wusste, dass das auch nicht die erste junge Frau gewesen war, die Travis gerettet hatte. Er hatte auch im Zusammenhang mit Asha zwei jungen, indischen Frauen geholfen, einem schlimmen Schicksal zu entgehen.

Travis zuckte mit den Schultern und sah beinahe verlegen aus. »Ich dachte, es wäre das einzig Richtige.«

»Das war es«, stimmte Ally zu, deren Herz sich bei Travis Anblick schmerzhaft zusammenzog. Er besaß so viel Anstand und verborgenes Mitgefühl. Und niemals erwartete er Wiedergutmachung oder Anerkennung für seine guten Werke. Im Gegenteil, er vermied es sogar, Aufmerksamkeit zu erregen. Travis Harrison tat das, was er gemäß seines Ehrgefühls für richtig hielt. »Du bist ein wunderbarer Mensch, Travis Harrison.«

»Ich bin ein Arschloch, Ally. Das weiß doch jeder. Doch wenn du so gut über mich denkst, freue ich mich über deine Wahnvorstellungen«, sagte er mit einem zynischen Grinsen. »Ich tue alles, um dich zu halten«, fügte er ernsthafter hinzu.

Ally verdrehte die Augen. »Du denkst also, ich mache mir Illusionen über dich?« Plötzlich wurde es ihr leicht ums Herz. »Oh, sieh doch! Wir sind gleich am Eisenhower-Tunnel«, rief sie aus, weil sie das Hinweisschild gesehen hatte.

Travis schüttelte lachend den Kopf. »Ich wusste bis jetzt nicht, dass dich ein Loch im Berg so aufregen kann.«

Ally warf ihm einen vorwurfsvollen Blick zu. »Du bist so zynisch, weil du schon die ganze Welt bereist hast. Der Tunnel ist unglaublich. Und an seinem höchsten Punkt durchquert er den Fels auf über dreitausendsechshundert Metern Höhe. Er ist einer der höchstgelegenen und längsten Autotunnel der Welt, Travis.«

»Du hast offensichtlich deine Hausaufgaben gemacht.«

»Natürlich habe ich das. Und ich habe es nicht als Hausaufgaben empfunden. Es war das reinste Vergnügen. Ich war noch nie in Colorado. Es ist wunderschön hier.«

»Wenn es anfängt zu schneien, wirst du vielleicht anders darüber denken«, erwiderte Travis.

»Ich habe noch niemals Schnee gesehen«, wandte Ally wehmütig ein.

»Das wirst du noch. Ab jetzt wirst du mich immer begleiten.« Diese Feststellung klang beinahe wie eine Warnung.

Ally erschauerte bei Travis herrischem Tonfall. Doch dann fuhren sie in den Eisenhower-Tunnel. »Das ist unglaublich. Wir fahren tatsächlich mitten durch einen Berg«, begeisterte sie sich. Ihr erschien es etwas unwirklich, sich in einem anderen Teil des Landes aufzuhalten, einem Gebiet, das sich so sehr von Florida unterschied. »Wie ist es in Rocky Springs? Wie groß ist die Ranch?«

Sie hatte Tate Colter bisher nur einige Male sehr flüchtig gesehen, wenn er auf seinen Reisen kurz in Travis Büro hereingeschaut hatte. Er war blond, groß und hinreißend. Doch das Einzige, woran sie sich deutlich erinnern konnte, waren seine unglaublich grauen Augen und wie freundlich er sie immer behandelt hatte.

»Ranches«, verbesserte Travis sie. »Die Stadt ist klein, doch die Colters besitzen über vierhundert Hektar Land außerhalb der Stadt. Alle Familienmitglieder haben ihre eigene Ranch. Dann gibt es noch eine Ranch für die Gäste, ein Wellnesszentrum und ein Skiresort. Sie haben auch heiße Quellen auf ihrem Land.«

»Wie viele Colters gibt es denn?« Ally hatte noch nicht einmal gewusst, dass Tate Geschwister hatte.

»Tates Vater ist schon tot. Doch seine Mutter bewohnt immer noch zusammen mit seiner Schwester das älteste Familiengehöft in der Nähe des Skiresorts. Und dann hat er noch drei Brüder.«

»Und alle sind äußerst wohlhabend, nehme ich an?«, vermutete Ally.

»Die Colters sind schon seit mehreren Generationen steinreich. Ihre Vorfahren gründeten während des Goldrausches die Stadt. Sie waren alle sehr einfallsreich und bauten einige sehr erfolgreiche Firmen auf. Also ja, sie sind allesamt unverschämt reich.« Er zögerte einen Moment, bevor er hinzufügte: »Doch sie sind alle auch großartige Menschen.«

Ally war nervös. Das war eine Welt, mit der sie außerhalb von Travis Büro niemals in Kontakt kam. »Ich hoffe, sie werden mich mögen«, bemerkte sie ängstlich. »Aber sie werden mich ja auch nur für deine Assistentin halten.«

»Das habe ich so aber nicht zu Tate gesagt. Außerdem bist du nicht nur meine Assistentin«, widersprach Travis gereizt. Mittlerweile hatten sie den Highway verlassen und fuhren durch ein anheimelndes Bergstädtchen.

»Was hast du ihm denn erzählt? Dass wir uns nur… ab und zu verabreden?«

»Ich habe ihm gesagt, dass ich meine Frau mitbringen werde«, antwortete er trocken. »Daraufhin hat er uns eines der Gästehäuser auf seinem Gelände zur Verfügung gestellt, sodass unsere Privatsphäre gewahrt bleibt. Ich glaube, Sutherland wird das andere bewohnen.«

Ally hatte nicht gewusst, dass Jason auch eingeladen war, doch im Moment beschäftigte sie mehr der Gedanke, was Travis seinen Freunden erzählt hatte. »Aber ich bin doch nicht wirklich deine Frau. Nicht offiziell.«

»Wenn du so etwas noch ein einziges Mal sagst, werde ich den Wagen am Straßenrand abstellen und dir zeigen, wie sehr du zu mir gehörst«, erwiderte Travis drohend. Sie verließen jetzt die Stadt und fuhren auf einer zweispurigen Straße, deren Kurven und Serpentinen sie mit Leichtigkeit nahmen. »Sieh dich vor, Ally! Das ist keine leere Drohung. Ich bin mehr als bereit, dir zu zeigen, was ich meine, gleich hier und jetzt.«

Oh Gott! Ally hatte nicht beabsichtigt, ihn so weit zu reizen. Ihr Körper sehnte sich schmerzhaft nach ihm und sie wollte ihn so verzweifelt in sich haben, dass ihr Höschen schon vollkommen durchnässt war. Doch die Straße bot im Moment nicht gerade eine sichere Möglichkeit, um an den Rand zu fahren. Und sie bezweifelte nicht, dass er seine Drohung auf der Stelle in die Tat umsetzen würde. »Das kannst du mir später zeigen!«, beschwichtigte sie ihn und schnappte nach Luft.

»Darauf kannst du wetten«, brummte er.

Ally schwieg; Vorstellungen von dem, was Travis später mit ihr anstellen würde, schwirrten durch ihre Gedanken. Sie lehnte den Kopf zurück und schloss die Augen: Travis kräftiger Körper auf ihrem, sein wilder, begehrlicher Blick, den er immer annahm, wenn er in sie eindrang.

»Woran denkst du?«, fragte Travis neugierig.

»An nichts Besonderes«, piepste sie schuldbewusst. »Ich habe an mein drittes Buch gedacht.« *Lügnerin. Lügnerin. Ich denke im Augenblick nicht im Entferntesten an eine Geschichte für junge Erwachsene.*

»Wann wird es fertig sein? Du hast mich schon wieder neugierig auf die Fortsetzung gemacht«, brummte er.

Erstaunt öffnete sie die Augen. »Du hast das zweite Buch schon gelesen?«

»Gestern. Und es war fantastisch. Du musst die Trilogie beenden oder ich werde wahnsinnig.«

»Das habe ich eigentlich auch vor. Ich glaube allerdings, dass du nicht unvoreingenommen bist. Der Verlag fand es schlecht«, erwiderte sie seufzend. Sie freute sich jedoch darüber, dass Travis die Geschichte wirklich gefiel.

»Es ist mir vollkommen egal, wie der Verlag deine Bücher beurteilt. Sie sind fantastisch«, widersprach Travis. »Ich bin ein Leser. Also ist meine Meinung weitaus wichtiger«, sagte er arrogant. »Du brauchst einen guten Agenten, der dein Werk einem größeren Verlagshaus vorstellt. Oder du publizierst es selbst. Ich kenne einen guten Geschäftsmann, der dir sehr gern dabei helfen würde.«

Ally wusste bereits, welchen guten Geschäftsmann Travis meinte. Sie lächelte. »Also würdest du Kade erlauben, mich zu unterstützen?«

Sie lachte auf, als sie Travis wie erwartet unfroh knurren hörte. Als sie aufhören konnte zu lachen, erklärte sie ernsthafter: »Allein die Tatsache, dass du an mich glaubst, genügt mir. Ich denke, dies ist eine Sache, die ich allein zuwege bringen muss.«

»Dickköpfige Frau«, klagte er traurig. Dann wies er mit dem Kopf nach rechts. »Da ist eine Elchherde.«

Ally bestaunte die Tiere, die sich überall auf dem Feld verteilt hatten. »Es sind viele.« Einige Elche grasten direkt neben der Straße und Travis verringerte die Geschwindigkeit, um keines der Tiere anzufahren.

Nachdem sie die Herde hinter sich gelassen hatten, fragte Ally neugierig: »Warum hast du so vehement darauf bestanden, dass ich dich nach Colorado begleite? Du bist offensichtlich gut mit den Leuten befreundet. Warum unterscheidet sich diese Wohltätigkeitsveranstaltung so sehr von den anderen?« Sie hatte darüber nun schon eine geraume Weile nachgedacht.

»Es handelt sich um eine Auktion und einen Ball«, erwiderte Travis grimmig.

»Und? Du besuchst auch sonst Versteigerungen«, gab sie zurück.

»Es ist keine der üblichen Auktionen. Tate fand, es wäre interessant, eine Versteigerung mit Milliardären durchzuführen, um höhere

Summen zu erzielen. Hurensohn! Er hat die richtigen Kontakte, um eine Menge steinreicher Leute um sich zu scharen.«

»Es werden also nur Milliardäre dort sein?«, fragte Ally verwirrt.

»Nein. Die Milliardäre selbst werden versteigert. Die Frauen sollen auf den Milliardär ihrer Wahl bieten, damit dieser ihr Partner auf dem Ball wird.« Travis erschauderte sichtbar. »Ich kann kaum glauben, dass Sutherland teilnimmt. Armer Kerl. Ich hoffe, er weiß, auf was er sich da einlässt. Tates eigene Brüder halten sich vorsichtshalber außerhalb der Stadt auf.«

»Also wirst auch du versteigert werden?«

»Zur Hölle, nein! Ich bin ausgeschlossen, da ich eine Frau habe. Es betrifft nur die Jungs, die keine Partnerin mitbringen.«

»Also hast du mich mitgenommen, um dich zu decken?«, fragte Ally und unterdrückte ein Lachen, da sie nun endlich den Grund zu kennen schien, warum er sie ursprünglich unbedingt hatte mitnehmen wollen.

Er zögerte einen Moment, bevor er antwortete: »Ja. Ich werde mich keinesfalls wie eine Antiquität oder ein zum Kauf angebotenes Pferd auf ein Auktionspodest stellen.«

Ally kicherte. »Gut. Du bist ein nicht zu bezahlender Zuchthengst. Das ist urkomisch! Und ich finde, die Idee ist sehr ausgefallen. Ich glaube, das wird eine Menge Spaß machen. Und die teilnehmenden Männer beweisen einen guten Sportsgeist. Wird Tate sich auch anbieten?«

»Ja. Irgendeine ahnungslose Frau wird sich während des ganzen Abends mit diesem widerspenstigen Kerl herumschlagen müssen«, knurrte Travis. »Tate hat überraschend viele Freiwillige aufgetrieben. Wir können eine hohe Summe erzielen.«

»Also werde ich die beliebtesten Junggesellen der Welt treffen?«, fragte Ally neckend.

»Nein. Du wirst dort ständig in meiner Begleitung sein«, erklärte ihr Travis ernst.

»Jason Sutherland wird einen Spitzenpreis erzielen, ebenso wie Tate. Ich kenne viele Frauen, die alles dafür geben würden, um einen Abend mit einem der beiden verbringen zu dürfen. Und ich kann mir vorstellen, dass es dort eine Menge Frauen geben wird, die sehr tief in ihre Tasche greifen können.«

»Gehörst du auch zu den Frauen, die danach gieren, einen Abend mit Jason oder Tate verbringen zu können?«, erkundigte sich Travis mit barscher, jedoch ein klein wenig verletzt klingender Stimme. Im selben Moment verließen sie den Highway und bogen auf eine gepflasterte Straße ein, an der auf einem Schild zu lesen war: »Willkommen im Rocky Springs Resort«.

Ally blickte Travis ungläubig an. War seine Frage etwa ernst gemeint? Für sie existierten andere Männer nicht einmal mehr. Jason war gewiss äußerst gutaussehend, genauso wie Tate. Doch gab es auf der ganzen Welt keinen zweiten Mann wie Travis. Sie konnte nicht glauben, dass er solch eine Frage überhaupt noch stellen konnte, dass er noch immer Zweifel hegte. Sie lief ihm hinterher wie eine ständig läufige Hündin. Es war erstaunlich, dass Travis noch irgendeine Art von Unsicherheit empfand, doch offensichtlich… war das der Fall.

Mir geht es ebenso.

»Nein. Natürlich nicht.« Sie streckte die Hand aus und streichelte sein raues Kinn. »Ich lebe doch mit dir bereits wie in einem Traum und kann mich glücklich schätzen, dass ich mehr als eine Nacht geschenkt bekomme.« Seufzend liebkoste sie die Haare in seinem Nacken. »Falls es überhaupt noch Zweifel geben kann, so betreffen sie die Frage, warum du mich willst. Du bist ein brillanter, unglaublich gutaussehender Mann, der anderen hilft, ohne auch nur die geringste Anerkennung zu erwarten. Ich bin nur eine durchschnittliche Frau und nichts Besonderes. Mein Hintern ist zu dick, ich bin zu kurvig und ich habe nichts an mir, was mich von einer Durchschnittsfrau unterscheidet. Trotzdem begehrst du mich. Manchmal habe ich Angst aufzuwachen und zu bemerken, dass unsere gemeinsame Zeit nur ein sehr langer, sehr heißer und feuchter Traum gewesen ist. Also nein… ich träume weder von irgendeinem anderen Mann noch habe ich Fantasien, die nicht dich betreffen.«

Travis nahm ihre Hand und führte sie an seine Lippen. Dann küsste er ehrfürchtig ihre Handflächen. »Mein Gott, Ally! Manchmal empfinde ich genau das Gleiche.«

F. A. Scott

Für einen Augenblick schien die Zeit stillzustehen, als ob es nur sie beide gäbe. Allys stockte der Atem; Travis war wunderschön, wenn er sich ihr so weit öffnete. Ihr Herz schlug Purzelbäume. Sie empfand die Verbindung zu ihm als so stark und so richtig, dass sie vor Freude, mit ihm zusammen zu sein, hätte weinen können. »Ich werde dir niemals mehr wehtun, Travis. Nicht wissentlich.« Zitternd stieß sie den Atem aus, den sie so lange angehalten hatte. »Und ich werde alles Nötige tun, um dich davon zu überzeugen. Auch wenn ich deine unanständige Krawatte hervorholen, dich fesseln und vergewaltigen muss, bis du vollkommen überzeugt bist.«

Travis grinste sie wollüstig an: »Ich fühle mich plötzlich so unsicher!«

Sie schoss einen ähnlich unanständigen Blick auf ihn ab. »Dann glaube ich, werden wir daran arbeiten müssen.«

Travis bog jetzt in die kreisförmige Auffahrt eines gewaltigen, wunderschönen Anwesens ein. »Du wirst noch eine Menge Arbeit mit mir haben.«

Obwohl Ally bei der Aussicht, so viele von Travis Kollegen zu treffen, etwas flau im Magen wurde, lächelte sie.

Kapitel 15

»Ich denke, Sie werden sich hier wohlfühlen. Travis ist schon einmal hier gewesen, daher weiß er, wo alles zu finden ist. Achten Sie darauf, dass Sie genügend Wasser trinken, und gehen Sie es heute Abend locker an. Wir befinden uns hier auf einer Höhe von über dreitausendsechshundert Metern und Sie leben normalerweise auf Meeresspiegelhöhe. Sie werden vielleicht eine Weile die Auswirkungen der Höhe zu spüren bekommen«, erklärte Tate Ally mit einem charismatischen Lächeln. »Ich freue mich, dass Sie hier sind, Ally. Ich hoffe, Sie werden hier eine gute Zeit verleben.«

Wenn man Travis fragte, war Tate Colter war wahrscheinlich sein bester Freund, solange man seinen Bruder Kade nicht mitzählte, doch Travis verspürte immer noch den Drang, ihn zusammenzuschlagen, wenn er Ally dieses bewundernde Lächeln schenkte. »Wir werden zurechtkommen. Du kannst uns jetzt allein lassen!«, erklärte Travis und schaute sich in dem Gästehaus um. Er war schon oft hier gewesen und es war ein hübscher Ort. Doch jetzt wünschte er sich sehnlichst, Tate möge verschwinden. Ein Rancharbeiter hatte bereits ihr Gepäck ins Haus gebracht, während sie mit Tate das Abendessen eingenommen und sich unterhalten hatten. Jetzt wollte Travis nur noch mit Ally allein sein.

»Schön zu wissen, dass du mich so sehr vermisst hast, Kumpel.«
Grinsend gab Tate Travis einen Klaps auf den Rücken.

Travis starrte Tate böse an, wohl wissend, dass Tate versuchte,
an seinem wunden Punkt zu rühren. Tate hatte nicht lange
gebraucht, um zu erkennen, dass Travis in Bezug auf Ally äußerst
besitzergreifend war, und hatte sofort damit begonnen, Ally
übertriebene Aufmerksamkeit zu schenken, nur um Travis zu reizen.
Hurensohn!

Ally wandte sich an Tate und reichte ihm die Hand. »Danke, dass
Sie mich eingeladen haben. Es ist wunderschön hier.«

»Es macht mich sehr glücklich, Sie hier zu haben«, erwiderte Tate
und betonte absichtlich das Wort »sehr«, während er Ally viel länger
als nötig die Hand schüttelte.

»Wenn du nicht auf der Stelle gehst, werde ich dich umbringen!«,
knurrte Travis.

»Okay, okay. Ich gehe.« Tate hatte offensichtlich bemerkt, dass er
zu weit gegangen war.

Travis schubste ihn kräftig in Richtung Tür, kein einfaches
Unterfangen, denn er und Tate waren ungefähr gleich groß. Doch
Travis hatte die Kraft des Zorns auf seiner Seite. Er öffnete die Tür
und schob Tate ungeduldig hinaus. Dann warf er die Tür hinter
ihm zu und drehte laut den Schlüssel herum. Er konnte noch Tates
brüllendes Lachen hören, als dieser sich vom Gästehaus entfernte.
»Mistkerl!«

»Travis. Er wollte dich doch nur reizen. Er ist nicht an mir
interessiert«, bemerkte Ally beschwichtigend hinter ihm. »Zeig mir
das Haus. Es ist hinreißend!«

»Ich weiß, was er im Schilde geführt hat. Ich schwöre dir, das
werde ich ihm mit gleicher Münze heimzahlen.« Jetzt konnte er es
kaum erwarten, dass Tate sich ernsthaft für eine Frau interessierte.

Das Gästehaus entpuppte sich als ein ausgedehntes einstöckiges
Farmhaus und alle Zimmer befanden sich auf einer Ebene. Travis
nahm Ally an die Hand und führte sie durch die verschiedenen
Räume, bis sie schließlich im Schlafzimmer anlangten. Er

öffnete die Tür, die in den Innenhof hinausging. »Dies ist mein Lieblingszimmer.«

Ally ging nach draußen und seufzte, ein Geräusch, das Travis ohnehin schon harten Schwanz zucken ließ, und er wünschte sich, dieses Seufzen zu hören, während er sich in ihr vergrub.

»Es ist entzückend. Und der Himmel ist hier so klar. Die Sterne sind so gut zu erkennen«, sagte sie wehmütig. »Oh, was ist das?« Sie wies auf ein kleines Wasserbecken mit einem Wasserfall, der über mehrere felsige Ebenen herunterplätscherte.

»Das ist eine heiße Quelle. Sie führt enorme Mengen an Wasser mit sich, was ihnen gestattet, sie an verschiedene Stellen auf dem Gelände umzuleiten. Das größte Wasserbecken befindet sich im Ski- und Wellnessresort.«

Ally schnüffelte laut. »Es riecht seltsam.«

»Der Geruch wird von den Mineralien verursacht. Dies ist eine natürliche heiße Quelle. Das Wasser enthält vierzehn oder fünfzehn verschiedene natürliche Mineralien.«

»Sie ist wunderschön. Ist das Wasser warm?«

»Ja«, sagte Travis beiläufig, ergriff den Saum seines Hemdes und zog es schnell über den Kopf. »Und entspannend.«

Travis stöhnte beinahe laut auf, als er Allys sehnsuchtsvollen Blick über seinen nackten Oberkörper wandern sah. »Ich werde uns etwas Wasser holen. Tate hat Recht, du musst viel Flüssigkeit zu dir nehmen.«

»Ich werde es holen«, erwiderte sie schnell und leckte sich die Lippen, als sie ihn dabei beobachtete, wie er den Knopf seiner Jeans öffnete. Langsam bewegte sie sich rückwärts ins Zimmer zurück, als ob sie ihren Blick nicht von ihm abwenden könnte. Dann machte sie sich eilig auf den Weg in die Küche.

Travis streifte sich inzwischen hastig Jeans und Slip von den Beinen und glitt in das Becken. Er stöhnte, als das warme, mineralische Wasser über seinen Körper spritzte. Travis ließ seinen Körper tief ins Wasser sinken und tauchte ebenfalls seinen Kopf unter. Eine Weile ließ er die beruhigende Wärme auf sich wirken, dann setzte er sich auf eine der unteren Wasserfallebenen und lehnte sich zurück, sodass das Wasser über ihn plätscherte und seine Muskeln entspannte.

Wie oft hatte er genau an diesem Platz gesessen und von Ally geträumt? Er hatte das Licht im Hof ausgeschaltet und nur die Schlafzimmerlampe angelassen. Er blickte in den Sternenhimmel und staunte über das Wunder, dass sie nun schließlich mit ihm hierhergekommen war. Unbewusst nahm er seinen harten, pulsierenden Schwanz in die Hand und streichelte ihn, während er immer noch in den Himmel starrte. Er fühlte sich einerseits beschwingt angesichts der Tatsache, wie sehr Ally sein Leben verändert hatte, doch andererseits erschreckte es ihn auch. *Ich muss den Tatsachen ins Auge sehen.* Er hatte nicht gerade viel Glück gehabt in seinem Leben und sein jetziges Glück berauschte ihn. Er hatte jedoch immer noch Angst, Ally zu verlieren. Und er wusste, jetzt würde er ihren Verlust nicht mehr überleben.

Plötzlich hörte er ein schwaches, begieriges Stöhnen neben dem Becken. Er blickte erschrocken auf und sah Ally mit zwei gigantischen Wasserflaschen neben sich stehen. Sie betrachtete ihn mit so viel Sehnsucht, dass sein Herzschlag sich wie ein Rennwagen nach dem Startsignal beschleunigte. Endlich bemerkte er, dass er seinen Schwanz streichelte und erstarrte.

»Hör nicht auf!«, bat ihn Ally leise. »Bitte! Du siehst so heiß aus.« Hastig stellte sie die Wasserflaschen neben dem Becken ab und zog sich mit einer langsamen, verführerischen Bewegung ihr dünnes, kurzärmeliges Kleid über den Kopf.

In diesem Augenblick hätte Travis ohnehin nicht aufhören können, sich zu streicheln. Er sah ihr dabei zu, wie sie sich langsam für ihn auszog. Jetzt löste sie den BH mit einer lasziven, sinnlichen Bewegung von ihrem Oberkörper. Travis Hand bewegte sich an dem Schaft seines Schwanzes hinauf und hinunter und er umfasste ihn immer fester, während er sie beobachtete und wusste, dass jede ihrer Bewegungen das Ziel verfolgte, ihn zu erregen. Und das gelang ihr mehr als gut. Schmerzhaft gut. Ihre unverfroren sinnlichen Bewegungen trieben ihn in den Wahnsinn. »Mein Gott, bist du schön!«, bewunderte er sie heiser, während sich ihre Blicke ineinander versenkten.

Ally umfasste ihre Brüste und reizte ihre Brustwarzen mit den Daumen, während sie ihn dabei beobachtete, wie er seine Hand an seinem Schwanz auf- und abgleiten ließ. »Gott, ja! Berühr dich selbst, Ally!« Ihr dabei zuzusehen, wie sie sich selbst Vergnügen bereitete, ließ ihn beinahe zusammenbrechen.

Er sah, wie sie in ihre Unterlippe biss, um ihre wollüstigen Stoßseufzer zurückzuhalten. Sie stand direkt vor dem Licht, das aus dem Schlafzimmer auf sie fiel, und sah wie eine Göttin aus.

Bedächtig bewegte sie ihre Hände an ihrem Körper hinab, öffnete den Knopf ihrer Jeans und den Reißverschluss. Langsam entblößte sie ihre Beine und befreite sich gleichzeitig von Hose und Slip. Schließlich stand sie kühn und wunderbar nackt vor ihm. Sie scheute sich nicht mehr, sich vollkommen vor ihm zu entblößen.

»Komm zu mir!«, befahl Travis, der es keine weitere Sekunde mehr ohne sie aushalten konnte.

Leise glitt sie ins Becken und das Wasser rann ihr über die Brüste. Als sie bei ihm ankam, legte sie ihm die Hände auf die Oberschenkel und ließ sie massierend auf seinen Muskeln auf- und abgleiten.

Travis löste seine Hand von seiner aufgerichteten Männlichkeit und streckte sie nach ihr aus. »Komm, reite mich, Ally! Beweise mir, dass du wirklich hier bei mir bist«, forderte er in bittendem, aber gleichzeitig befehlendem Tonfall.

Diesmal wollte er nichts übereilen. Der Augenblick erschien ihm zu magisch und er wollte Ally auf eine Weise genießen, wie er es sich immer schon gewünscht, es aber niemals geschafft hatte.

»Ich wollte dir eigentlich bis zum Schluss zusehen, bis du gekommen wärst. Du hast so überwältigend schön ausgesehen«, erklärte sie ihm atemlos.

Travis Herz setzte einen Schlag aus und seine Erregung wurde noch heftiger. Welche Frau sagte so etwas? Nur Ally. Er wünschte sich nun noch sehnlicher, ihr noch mehr Entzücken zu bereiten. »Du wirst mit mir zusammen kommen, Baby!«, erklärte er eindringlich, während er sie auf das Sims hob und sie auf seinen Schoß setzte. Sie saß nun mit gespreizten Beinen auf ihm und er rieb sich an ihrer schlüpfrigen Muschi, während sie ihre Hüften in seine Leisten stieß. Er schlang seine Arme um ihre Taille und presste seine Lippen auf ihren Nacken, knabberte und leckte mit der Zunge über ihre zarte Haut. Er ließ sich Zeit und genoss jede einzelne Berührung. Als er in eine ihrer Brustwarzen kniff und dann seine Aufmerksamkeit der anderen zuwandte, spürte er ihren Körper in seinen Armen erzittern. Dann hob er den Kopf und befahl: »Küss mich!« Mit seiner Hand in ihrem Nacken führte er ihren Mund zu seinem.

Langsam erforschte er mit der Zunge ihren Mund. Er liebte die Art, wie sie seiner Führung folgte. Sie wickelte ihre Zunge um seine und stellte eine Nähe zwischen ihnen her, die alle vorherigen Erfahrungen noch übertraf. Nun führte er eine Hand zu seinem Schwanz hinab und stöhnte in ihren Mund, als er ihre Falten teilte und seine Finger heiße, feuchte Begierde zwischen ihren Schenkeln fanden. Sanft führte er seinen Schaft in ihren engen Tunnel und half mit den Hüften nach, um in sie einzudringen. Sie bewegte sich hin und her und senkte sich tief auf seinen Schwanz hinab, bis er vollkommen in ihr vergraben war.

Sie stöhnte auf und vergrub ihre Hände in seinem Haar. Für einen Moment bewegte sich keiner von beiden. Travis schwelgte in dem Gefühl ihrer weichen Lippen auf seinen und der Wärme, mit der ihre inneren Muskeln seinen Schwanz umgaben. Heißes, mineralisches Wasser strömte über sie hinweg und sie verloren sich in dem berauschenden Gefühl ihrer vereinten Körper.

Dann begann Ally, langsam mit den Hüften zu kreisen, während sich ihre Finger in Travis Haaren festkrallten. Sie unterbrach den Kuss und rang nun hechelnd direkt an seinem Ohr nach Luft. Er umfasste ihre Hüften und hielt sie fest, während er seinen Unterleib nach oben stieß; er wollte Ally so vollkommen ausfüllen, dass sie für immer nach ihm süchtig werden würde. In diesem Augenblick erkannte Travis, dass er nicht mehr nur einfach Sex mit Ally hatte, nein, er »machte Liebe« mit der Frau, die so perfekt mit ihm verschmolz, dass er sich wünschte, für immer in dieser Stellung verharren zu können. In Wahrheit hatte er mit Ally immer schon

»Liebe gemacht« und immer war es so viel mehr als Sex gewesen. Sie war die Perfektion schlechthin. »Ally, liebe mich! Ich kann nicht fassen, dass du wirklich hier bist.«

»Ja!«, stöhnte sie und ließ ihre Hüften schneller rotieren. »Ich habe immer Liebe mit dir gemacht. Und ich will niemals damit aufhören.«

Travis drückte ihren Körper fest an sich. Er spürte, dass ihre Herzen im selben Rhythmus schlugen, und ihre beiden Körper erlebten jedes Mal, wenn sie sich vereinigten, die gleiche Erschütterung.

Sie kamen beide zur selben Zeit und beide stöhnten laut auf. Ihre Lippen waren miteinander verschmolzen und Travis spürte, wie ihre Muskeln seinen Schwanz molken, als er tief in ihr explodierte und seine Welt total und vollkommen durcheinandergerüttelt wurde.

Lange blieben sie so ineinander verschlungen und rangen keuchend nach Luft, während sie sich von der weltbewegenden Liebeserfahrung erholten, die sie gerade erlebt hatten. Schließlich ließ sich Travis ins Wasser gleiten und ließ sich auf der unteren Plattform nieder. Er hatte Ally mit sich genommen und setzte sie zwischen seine Beine. Sie ließ ihren Kopf an seiner Schulter ruhen und er schlang ihr die Arme um die Taille. »Es ist deine Bestimmung, zu mir zu gehören, Ally«, flüsterte er ihr heiser ins Ohr.

»Ich weiß«, erwiderte sie schlicht und blickte zu den Sternen auf. »Sieh doch, eine Sternschnuppe! Wünsch dir etwas, Travis!«

Er war noch nie der Typ gewesen, der etwas so Dummes getan hätte, als von einem Stern die Erfüllung eines Wunsches zu erwarten. Er war pragmatisch, ein Arschloch. Er glaubte nicht daran, dass ein an einen Stern gerichteter Wunsch in Erfüllung gehen würde. Doch jetzt kam ihm sofort ein Wunsch in den Sinn.

Ich wünschte, Ally würde sich in mich verlieben und für immer bei mir bleiben!

Okay… er war gewiss ein Realist, doch er konnte jede Hilfe gebrauchen, die er bekommen konnte.

»Hast du dir etwas gewünscht?«, erkundigte sie sich aufgeregt.

»Ich habe es getan. Aber du musst deinen Wunsch für dich behalten. Du darfst es mir aber erzählen, wenn er wahr geworden ist.«

»Ich habe mir etwas gewünscht«, bestätigte er ihr. »Du dir auch?«

»Ja«, antwortete sie leise.

Er fragte sich, was sie sich wohl gewünscht hatte, und hoffte inständig, dass er eines Tages in der Lage wäre, ihr zu erzählen, dass sein Wunsch erhört worden war.

»Hope wird heiraten.« Jason Sutherland kippte einen weiteren Schluck seines Getränks hinunter. Seine Stimme klang vollkommen verzweifelt. »Warum zum Teufel? Sie ist zu demselben Kerl zurückgegangen, mit dem sie in Aspen zusammen war. Ich wollte ihr Zeit lassen, ihre Seele zu heilen, und sie ist zu diesem Hurensohn zurückgekehrt. Er will doch nur ihr Geld. Kapiert sie das denn nicht? Mein Gott! Ich hätte sie heftiger bedrängen sollen, nach dem, was an den Feiertagen zwischen uns gelaufen ist.«

Travis empfand Mitleid für den armen Kerl. Er war zu Tates Haus hinaufgegangen, nachdem er Ally zu Bett gebracht hatte. Sie war müde gewesen und hatte unter leichten Kopfschmerzen gelitten, wahrscheinlich eine Auswirkung der Höhe. Er musste bald zu ihr zurückkehren und nach ihr sehen. Doch er und Tate bemühten sich gerade darum, den am Boden zerstörten Sutherland zu beruhigen.

Tate kannte Sutherland kaum, dennoch fragte er einfühlsam: »Also, was wirst du jetzt tun? Wenn du schon seit so langer Zeit in diese Frau vernarrt bist, glaubst du dann nicht, es wäre höchste Zeit, etwas zu unternehmen?«

»Die Angelegenheit ist kompliziert. Ihr Bruder Grady ist einer der Ostküsten-Sinclairs und einer meiner besten Freunde. Ich kenne Hope seit Jahren und keiner der Sinclair-Brüder weiß, dass ich total auf ihre Schwester stehe«, erwiderte er unglücklich. »Während der Feiertage haben wir eine verdammt unglaubliche Nacht miteinander verbracht… und dann hatten wir eine Auseinandersetzung. Ich habe wertvolle Zeit vergeudet, indem ich gewartet habe, bis sie zu mehr bereit gewesen wäre. Jetzt ist Schluss mit Warten! Ich werde sie mir holen! Sie wird auf keinen Fall dieses Arschloch heiraten!«

Tate gab einen leisen Pfiff von sich. »Die Sinclairs sind eine ziemlich mächtige Familie. Bist du sicher, dass du mit einer von ihnen anbändeln willst?«

Jason warf Tate einen ärgerlichen Blick zu. »Ich will mehr als nur eine Tändelei.«

Travis konnte nicht anders, Jason tat ihm leid. Er hatte in genau der gleichen Situation gesteckt, als Ally mit einem anderen Mann verlobt gewesen war. »Ich bin mir sicher, dass deine Freunde sie lieber mit dir sehen als mit irgendeinem Kerl, der ihr Bankkonto plündern will.«

»Ehrlicherweise muss ich sagen, dass es keine Rolle mehr spielt, was sie denken. Hope ist die einzig Wichtige«, gestand Jason zornig.

»Glaubst du, sie liebt diesen Kerl wirklich?«, erkundigte sich Travis vorsichtig, indem er Allys damalige Situation mit der von Hope verglich, und das brachte ihn auf die Palme. Offensichtlich hatte sich irgendein Versager an Hope Sinclair herangemacht, um an ihr Geld zu kommen, und benutzte sie, wie Allys Ex damals Ally benutzt hatte.

»Nein. Aber Hope hat ein großes Herz. Sie könnte leicht auf jemanden hereinfallen, wenn derjenige ihr irgendeine traurige Geschichte präsentiert.«

Travis bemerkte ein leises Lächeln auf Tates Gesicht, ein Lächeln, das er schon zuvor gesehen hatte, und es jagte ihm Angst ein. Tate arbeitete an einem Plan und das bedeutete eine Menge Ärger.

»Ich habe eine Idee«, sagte Tate auch prompt. »Aber die ist unbestreitbar illegal und verdammt hinterhältig. Wie weit würdest du gehen, um diese Frau zu bekommen?«

Jason zuckte mit den Schultern. »So weit wie nötig. Alles andere ist mir egal.«

»Es könnte damit enden, dass sie dich hasst«, warnte Tate ihn.

»Besser, als wenn ich ihr gleichgültig bin und sie einen anderen Kerl heiratet. Lass hören!«

Aufmerksam hörte Travis Tate zu, der nun einen so haarsträubenden Plan vor ihnen ausbreitete, dass sogar er überrascht war. Das Verrückte daran war... er könnte funktionieren. Tate hatte einst dem militärischen Sondereinsatzkommando angehört und manchmal war er bereit, eine Menge Risiken einzugehen, und entwickelte höchst explosive Ideen. Aber er war auch ein ausgezeichneter strategischer Planer.

»Bist du bereit, diese Art von Risiko einzugehen?«, fragte Tate Jason jetzt offen.

»Ja. Es würde mir genau das bringen, was ich will«, antwortete Jason in gefährlichem Tonfall.

Das entschied die Angelegenheit für Travis. Jason liebte diese Frau wirklich. Entweder das oder er war genauso verrückt wie Tate. »Ich werde dir nach Kräften helfen.« Wenn der Junge die Frau so liebte, würde er alles tun, was er konnte, um Jason zu unterstützen. Gott wusste, wie sehr er sich mit dessen momentaner Situation identifizieren konnte.

»Ich möchte dich um einen Gefallen bitten«, antwortete Jason zögernd.

»Was für einen?«

»Ich muss morgen früh abreisen, bin aber bereits für die Auktion eingeteilt. Ich kann die anderen jetzt nicht so einfach hängen lassen. Kannst du meinen Platz einnehmen?«

Travis sträubte sich schon, diesen Gedanken überhaupt zu erwägen. »Das kann ich nicht. Ich bin mit Ally hier.« Die Erniedrigung, versteigert zu werden, würde er noch in Kauf nehmen, um Sutherland zu helfen, doch das konnte er Ally nicht zumuten und er selbst wollte auch keinen ganzen Abend mit einer anderen Frau verbringen.

»Ich würde mich glücklich schätzen, dich zu vertreten und Ally zu unterhalten«, bot sich Tate mit einem teuflischen Grinsen an.

»Du hast deine eigene Verabredung. Und falls du sie auch nur einmal berührst, werde ich dich umbringen!«, knurrte Travis, den allein der Gedanke nervös machte, Ally für einen Abend freizugeben.

»Lass sie einfach auf dich bieten und gewinnen«, schlug Jason vor. »Ich werde die Kosten übernehmen.«

Das konnte funktionieren. Travis würde vielleicht einige erniedrigende Momente durchstehen müssen, aber Ally würde das wieder aufwiegen. »Ich trage die Kosten selbst. Ein Abend mit Ally ist mir jede Summe wert.«

»Danke! Ich stehe in deiner Schuld, Travis«, sagte Jason dankbar.

»Nein, du schuldest mir nichts. Sieh nur zu, dass du die Frau bekommst, und damit ist alles beglichen. Keine Frau verdient es, einen Mann zu heiraten, der sie lediglich ausnutzen will«, grollte er und dachte an Ally. Er wünschte, Sutherland wäre erfolgreich – für beide, für ihn und auch für Hope Sinclair.

Travis erhob sich; es drängte ihn, zum Gästehaus zurückzukehren. »Ich muss jetzt gehen und nach Ally sehen.«

»Ich sagte euch doch, ihr solltet euch wegen der Höhe ein bisschen schonen. Tust du etwas, das ihr das Atmen erschwert?«, fragte Tate in einem pseudo-unschuldigen Tonfall.

Travis musste an ihr weltbewegendes Liebeserlebnis in den heißen Quellen denken. Er sah Tate in die Augen und gab ihm die passende Antwort: »Das will ich doch schwer hoffen!« Dann wandte er sich an Sutherland: »Viel Glück! Ich hoffe, es funktioniert.« Er schüttelte Jason die Hand und strebte eilig auf die Tür zu, während er im Stillen hoffte, dass die Frau, um die sich Jason so sehr bemühte, wirklich so klug war und ein so großes Herz besaß, wie Jason behauptete. Sie würde es definitiv brauchen.

Kapitel 16

Ally konnte sich nicht daran erinnern, jemals zuvor so nervös gewesen zu sein. Sie glättete den seidigen Stoff des schwarzen Cocktailkleids und fragte sich, ob sie nicht doch besser etwas anderes anziehen sollte. Das Kleid war sexy und stand ihr gut, aber der Saum endete auf halber Höhe der Oberschenkel und entblößte mehr von ihren Beinen, als sie normalerweise zeigte. Die schwarzen Stöckelschuhe hatten extrem hohe Absätze und der Halsausschnitt zog sich bis ins Tal zwischen ihren Brüsten hinab und machte es ihr unmöglich, einen BH zu tragen. Glücklicherweise bestand der obere Teil des Kleids, der ihre Brüste bedeckte, aus dickerem Material und besaß Falten, die alles abdeckten. Dennoch fühlte sie sich ohne einen BH nackt.

Sie warf einen letzten Blick auf ihr Spiegelbild und murmelte: »Du schaffst das! Das sind auch nur Menschen.«

Diese Menschen würden sie jedoch genauestens mustern, denn sie würde auf Travis bieten. Heute Morgen hatte er ihr Jasons Problem erläutert und ihr erklärt, was sie für ihn tun sollte. Es war ihr nicht gerade angenehm, auf Travis mit dessen Geld bieten zu müssen, doch er hatte so verwundbar ausgesehen, dass sie alles für ihn getan hätte, um ihn aus einer Situation zu befreien, die er offensichtlich verabscheute. Außerdem rührte es sie, dass er es für Jason tat.

Sie hatten sich einen ruhigen Tag gemacht und Travis hatte über sie gewacht und sie mit Flüssigkeit und Kohlenhydraten vollgestopft – genau das, was ihre Hüften eigentlich nicht gebrauchen konnten – um ihr zu helfen, über die Höhenprobleme hinwegzukommen. Seit dem Morgen hatte sie sich eigentlich wieder ganz gut gefühlt und die Symptome waren auch nicht sehr ausgeprägt gewesen, daher war Travis Reaktion etwas übertrieben. Seltsamerweise störte es sie aber nicht; sie fand es eher süß als lästig.

»Gütiger Gott! Bitte sag mir nicht, dass du das heute Abend anziehen willst!«, erklang Travis grollende Stimme aus Richtung der Schlafzimmertür.

Ally sah das Missfallen auf Travis Gesicht und das Herz sank ihr in die Kniekehle. »Ich sehe nicht gut darin aus. Ich weiß, ich hätte etwas anderes wählen sollen«, erklärte sie entmutigt.

»Nein, Liebes, du siehst nicht *gut* aus. Du siehst aus wie die leibhaftige Fantasie eines jeden Mannes, wie eine sinnliche Göttin. Ich bin mir nicht sicher, ob mein Herz das aushält.« Er ging zu ihr hinüber und nahm ihre Hand, um sie zu sich herumzudrehen. Er liebkoste ihre Handfläche mit seinem Daumen, während er sie von Kopf bis Fuß musterte und schließlich an ihrem Gesicht hängenblieb. »Es wird nicht einen einzigen Mann auf der Veranstaltung geben, der nicht scharf auf dich sein wird. Ich wollte dich oder deine Selbstsicherheit mit meiner Bemerkung nicht verletzen, Ally. Es ist mein Selbstvertrauen, das in Gefahr schwebt. Wie soll ich eine Horde scharfer Männer von dir fernhalten?«

Ally verdrehte die Augen. »So gewagt ist es nun auch wieder nicht und der einzige Mann, der scharf auf mich wird, wenn er mich anschaut, bist du«, beschwichtigte sie ihn, war aber im Geheimen entzückt darüber, dass er fand, sie sähe heiß aus. »Sie sehen selbst unglaublich gut aus, Mr. Harrison.« Er sah wirklich umwerfend aus. Sie sah Travis jeden Tag im Anzug, doch in einem Smoking war er einfach hinreißend. Zweifellos würden ihm die Frauen hinterherhecheln. Und sie würde definitiv eine davon sein. »Wie werde ich denn die Frauen von dir fernhalten?«

»Wenn sie sehen, dass ich nur Augen für dich habe, werden sie die Botschaft laut und deutlich verstehen«, erwiderte er und küsste zärtlich ihre Handfläche.

Ally schmolz dahin wie Eis in der Sonne. Mein Gott! Dieser Mann brachte sie dazu, sich wie die begehrteste Frau auf diesem Planeten zu fühlen. Sie wusste zwar, dass sein Urteil nicht ernst zu nehmen war, doch sie hätte vor Glück heulen mögen.

»Trotz alledem gefallen mir deine Ohrringe nicht«, bemerkte Travis nachdenklich.

Ally betastete die kleinen Stecker in ihren Ohren. Es waren die besten, die sie besaß, und als sie sie angelegt hatte, hatte sie sich gewünscht, schönere zu haben. »Es tut mir leid. Ich habe nicht daran gedacht –«

»Ich denke, diese hier werden besser aussehen.« Er griff in seine Tasche und zog eine kleine, samtene Schachtel heraus.

»Travis… du hast doch wohl nicht…?« Mit zitternden Händen nahm sie die Schatulle entgegen, öffnete sie und musste nach Luft schnappen. Eingebettet in Samt lagen dort das auserlesenste Armband und die schönsten Ohrringe, die sie je zu Gesicht bekommen hatte. Der Schmuck war einzigartig und wunderschön und sie wusste augenblicklich, wer ihn angefertigt hatte. »Mia?«

»Ja. Sie stellt nur Einzelstücke her und ich wollte, dass sie sich von allem unterscheiden, was die anderen Frauen heute Abend tragen werden. Leg sie an!«

Ally war hin- und hergerissen. Sie wollte keines von Travis Geschenken ablehnen, doch wenn sie die glitzernden Steine betrachtete – schwarze Opale und Diamanten – war ihr bewusst, dass sie sehr selten und wertvoll sein mussten. Sie sah Travis an, in dessen Augen sie frohe Erwartung und Angst lesen konnte, und nahm die Schmuckstücke aus der Schatulle. Dachte er wirklich, sie könnten ihr nicht gefallen? Sie nahm ihre Ohrstecker heraus und legte stattdessen die Ohrringe an, an denen jeweils zwei Stränge baumelten, die abwechselnd mit den schwarzen Opalen und den Diamanten geschmückt waren. Still reichte sie Travis das Armband und ließ es sich von ihm an ihrem Handgelenk befestigen.

»Eigentlich wollte ich auch die passende Halskette kaufen –«

»Nein«, erklärte sie bestimmt und schloss ihre Finger um das diamantene Einhorn an ihrem Hals. »Ich habe es nicht abgelegt, seitdem du es mir gegeben hast, und ich werde es immer um meinen Hals tragen.«

»Ich kann mich erinnern, dass du das gesagt hast«, entgegnete Travis mit einem jungenhaften Grinsen.

Ally betrachtete sich im Spiegel; die raffinierten Schmuckstücke passten perfekt zu ihrem Kleid. »Ich weiß nicht, was ich sagen soll, Travis.« Ihr fehlten die Worte. Sie war nicht in der Lage, ihre Gefühle auszudrücken. Außerdem saß ihr ein dicker Kloß in der Kehle. Niemand hatte ihr je etwas so Schönes oder Wohlüberlegtes geschenkt... außer Travis. »Die Stücke sind so wunderschön und ich habe Angst, sie zu verlieren.«

Travis zuckte mit den Schultern. »Sag mir lediglich, dass sie dir gefallen. Und falls du sie verlierst, kaufe ich dir neue. Es ist nur Schmuck, Ally.«

»Alles, was du mir schenkst, ist etwas Besonderes.« Sie drehte sich herum und streichelte ihm die Wange. »Ich möchte dir auch so gern etwas schenken. Doch was schenkt man einem Milliardär?«

Zärtlich nahm er ihre Hand und legte sie auf seine angeschwollene Männlichkeit. »Du schenkst mir das hier. Und das ist etwas wahrhaft Besonderes«, erklärte er mit einem spitzbübischen Grinsen.

Sie konnte nicht anders; angesichts dieser unerwarteten Geste brach sie in lautes Gelächter aus. »Perversling!«, lachte sie.

»Du hast mir deine Geschichten geschenkt und dein Vertrauen. Du schenkst dich selbst, mein Liebes. Verglichen damit bedeutet Schmuck nicht viel. Also nimm die Geschenke an, mit denen ich dir so gern eine Freude bereiten will«, sagte er mit rauer Stimme. »Ich will dich doch nur glücklich machen.«

Sie stellte sich auf die Zehenspitzen und küsste ihn zärtlich. »Das tust du doch bereits.«

»Ich kann deine Brüste sehen.« Er schob den Stoff ihres Oberteils ein Stück zur Seite. »Heilige Scheiße! Muss ich jetzt den ganzen Abend daran denken, dass du unter deinem Kleid fast nackt bist?« Neugierig streckte er die Hand nach dem Saum ihres Kleides aus und hob ihn an. Er schnappte nach Luft, als er die schwarzen Strümpfe und das winzige, schwarze Höschen erblickte. Er stöhnte und ließ den Saum wieder fallen. »Ich werde diesen Abend nicht überstehen.«

»Gewiss wirst du das«, antwortete sie. Doch auch ihr Körper begann vor Erregung zu glühen.

»Achte darauf, wie du dich hinsetzt! Und lass niemanden in deinen Ausschnitt blicken!«, ordnete Travis mit scheppernder Stimme an.

»Schließt dich das auch ein?«, erkundigte sich Ally betont unschuldig.

»Zur Hölle, nein!«, explodierte er. »Ich werde dir bei jeder Gelegenheit wie ein geiler Bock lüsterne Blicke zuwerfen.«

Ally kicherte leise vor sich hin und griff nach ihrer schwarzen Unterarmtasche.

»Du weißt, was du zu tun hast?«, fragte Travis ungefähr zum hundertsten Mal an diesem Tag.

»Ja. Das ist sehr lieb von dir, was du für Jason tust«, bemerkte sie, nachdem Travis sie aus dem Schlafzimmer geführt hatte und sie Hand in Hand die Treppe hinuntergingen.

»Ich wünschte, ich hätte meine Klappe gehalten«, sagte er mürrisch.

Ally lächelte; sie glaubte ihm kein Wort. Travis betrachtete sich selbst als Arschloch und wahrscheinlich hatten viele Menschen Angst vor seinem manchmal eisigen Äußeren. Doch sie kannte ihn besser. Travis Harrison hatte ein großes Herz. Nur leider konnten ihn die meisten Menschen nicht so sehen wie sie.

»Biete hoch und überbiete alle«, erinnerte er sie, als sie die Haustür verschlossen. »Und um Gottes Willen, komm niemandem zu nahe oder beug dich nach vorn! Ich würde einen Herzanfall bekommen.«

Ally erzitterte, als sie den besitzergreifenden Ton in seiner Stimme wahrnahm. Seine Sorge galt wieder nur ihr und ob jemand einen Blick auf ihre Unterwäsche werfen konnte, statt der unbehaglichen Erfahrung, die ihm bevorstand.

»Möchtest du, dass ich mir einen Mantel suche, den ich mir überwerfen kann?«, erkundigte sie sich scherzend.

Sein Gesicht erhellte sich: »Würdest du das tun?« Mittlerweile waren sie am Auto angelangt und Travis hielt ihr die Tür auf.

»Das sollte ein Scherz sein, Travis«, erklärte sie und lachte hell auf.

»Verdammt!«, rief er enttäuscht aus. »Ich habe es ernst genommen.«

Ally kicherte vor sich hin, während Travis ihr den Sicherheitsgurt umlegte und die Tür schloss. Dann ging er zur Fahrerseite hinüber und stieg ein.

»Ich danke dir für das wunderschöne Geschenk, Travis.« Sie betastete das Armband, das in dem gedämpften Licht glitzerte. Sie war noch immer überwältigt von Travis Aufmerksamkeiten, die er scheinbar als vollkommen normal empfand. »Sag mir, was ich für dich tun kann, um mich zu revanchieren!«

»Ich will nichts«, erklärte er schlicht und startete den Motor. »Ich will nur dich. Aber wenn du mir später erlaubst, dir dieses Kleid vom Leib zu reißen und deine heiße Unterwäsche genauer zu untersuchen, würde ich mich glücklich schätzen.«

»Abgemacht!«, stimmte sie zu und ihr Körper erglühte allein bei dem Gedanken an das, was Travis später mit ihr anstellen würde.

»Das beste Geschenk der Welt«, antwortete er mit so viel Aufregung und Begeisterung, dass er sich anhörte wie ein Kind bei der Weihnachtsbescherung.

Als sie sich auf der Straße zum Resort befanden, griff Travis nach ihrer Hand und legte sie auf seinen Oberschenkel, als ob er ständig ihre Berührung bräuchte. Ally seufzte glücklich und lehnte sich entspannt in dem bequemen Ledersitz zurück. Vielleicht würde ihre Einführung in Travis Welt sich doch nicht so schwierig gestalten.

Als die Gebote sich dem sechsstelligen Bereich näherten, bekam Ally Herzklopfen. Ja… sie bot mit Travis Geld, doch er hatte dieser Wohltätigkeitsorganisation schon so viel gegeben und verwaltete sie großzügig zusammen mit Jason Sutherland und Kade.

Der Ballsaal des Resorts war riesig, doch alle drängten sich um die kleine Bühne in der Ecke. Die Frauen schubsten sich tatsächlich gegenseitig, um näher an die Plattform zu gelangen. Dort stand Travis. Er wirkte ruhig, wie er so lässig dastand, mit den Händen in den Taschen, doch seine Augen hielten ständigen Blickkontakt mit ihr. Er nickte weiterhin subtil mit dem Kopf, um sie zu ermutigen, weiter zu bieten.

Hatte er gewusst, dass die Summe derartige Höhen erreichen würde? Am Ende war er der Erste gewesen, der auf das Podest hatte steigen müssen, daher hatte Ally keine Ahnung, um was für Summen es sich bei dieser Versteigerung handeln oder welche Summe eine einzelne »Verabredung« einbringen würde.

Biete hoch und überbiete alle.

Genau das hatte Travis zu ihr gesagt. Aber was bedeutete »hoch«?

Die Frauen boten wie die Wilden, eine nach der anderen. Ally hob jedes Mal ihr Schild in die Höhe, wenn eine kurze Pause auftrat und der Auktionator auf ein höheres Gebot wartete. Tapfer betrachtete sie die Frauen, von denen jede einzelne mit Edelsteinen behängt war und die aussahen, als ob sie sich genau am richtigen Ort aufhielten.

Travis warf ihr einen unbehaglichen, nervösen Blick zu, der ausdrücken sollte, dass er so schnell wie möglich von dieser Bühne steigen wollte.

Komm schon, Ally! Es ist ja nicht so, als ob Travis sich das nicht leisten könnte. Denk nicht darüber nach! Rette ihn einfach!

»Zweihunderttausend«, rief sie vertrauensvoll aus. Sie glaubte, damit alles übertroffen zu haben, was die meisten Frauen bieten würden.

Alle Augen waren auf sie gerichtet. Die meisten Frauen warfen ihr ärgerliche Blicke zu. Travis grinste nur leicht und in seinen Augen konnte sie seine Zustimmung sehen.

Die meisten Frauen verstummten und senkten ihre Schilder. Sie musterten Ally, als wäre sie eine Kriminelle. Nun verlangsamte sich die Versteigerung beträchtlich, nur Ally und zwei andere Frauen waren noch im Rennen. Sie hielt ihr Schild in die Höhe und erhöhte ihr Gebot jedes Mal um eine geringe Summe.

Travis warf ihr einen gequälten Blick zu, also bot sie erneut: »Dreihunderttausend!« Sie bemühte sich verzweifelt, nicht zu hyperventilieren.

Die anderen beiden Frauen senkten ihre Schilder und warfen ihr schneidende Blicke zu. Ally ignorierte sie, denn Travis sah glücklich aus, als der Auktionator zum letzten Gebot aufrief.

»Eine Million Dollar!« Die weibliche Stimme ertönte in Allys Rücken. Sie schnellte herum und sah eine wunderschöne Brünette, die ihr einen blasierten Blick zuwarf.

Verwirrt sah Ally wieder zu Travis, doch der schaute sie nicht an. Er lächelte der schönen Brünetten hinter ihr zu. Und die Frau blickte Travis mit einem breiten Lächeln in die Augen.

Ally wartete. Im Raum herrschte absolute Stille, während die hübsche Frau und Travis sich anlächelten. Als Travis Augen sich ihr schließlich wieder zuwandten, schüttelte er den Kopf und Ally erwiderte geschockt seinen Blick. Offensichtlich wollte er, dass diese Frau die Versteigerung gewann.

Der Schmerz schnitt tief in Allys Brust. Sie versuchte, tief ein- und auszuatmen, doch sie brachte nur schnelle, krampfhafte Atemzüge zustande. Ihr ganzer Brustkorb wurde von einem unerträglichen Schmerz erfasst, als der Auktionator der hinreißenden Brünetten Travis als Preis zusprach.

Die Frau drängte sich an Ally vorbei und strebte eifrig der Bühne zu, ohne sich darum zu kümmern, dass sie verschiedene Leute anrempelte. Als Travis von dem Podest heruntergestiegen war, warf die Frau sich in seine Arme und Ally trat geschockt zurück, als sie sah, dass Travis die Frau nicht abwehrte. Er lehnte sich hinunter, um ihr etwas ins Ohr zu flüstern, und die Frau lachte laut auf und küsste ihn auf die Wange, immer noch an seinen Arm geklammert.

Er will sie. Er wehrt sie nicht ab. Er wollte, dass sie die Auktion gewinnt. Er wird den ganzen Abend mit ihr verbringen.

Ally machte auf dem Absatz kehrt und warf ihr Schild auf den Boden. Sie konnte sich Travis und diese Frau nicht länger ansehen. In diesem Augenblick wollte sie nur noch flüchten.

Sie drängte sich durch die Menge und suchte verzweifelt nach einer Fluchtmöglichkeit. Ihr Gesicht brannte von der Demütigung und ihr Herz zog sich vor Schmerz zusammen.

Kann ich mich so in Travis getäuscht haben?

Sie flüchtete durch die Ausgangstür des Resorts und rannte blindlings los. Schließlich landete sie an dem großen Schwimmbecken der heißen Quellen, das nun geschlossen war. Außer ihr befand sich keine Menschenseele hier, also setzte sie sich in einen der hölzernen Stühle neben dem Becken. Der Geruch des mineralischen Wassers ließ die Bilder wieder in ihr auferstehen, wie Travis und sie sich in dem Becken des Gästehauses geliebt hatten. Sie hatte sich eingebildet, so tief mit ihm verbunden zu sein, als ob für sie beide niemand anderes auf der ganzen Welt mehr existieren würde.

Sie bemühte sich herauszufinden, was gerade geschehen war, wie sich Travis so leicht hatte von ihr abwenden können. Doch es war ihr unmöglich. Und wer zum Teufel war die Frau? Jemand aus seiner Vergangenheit? Ally hatte sie nie zuvor gesehen und was könnte eine Frau aus seiner Vergangenheit nach Colorado verschlagen?

Er war oft hier. Vielleicht kennt er sie von einer seiner früheren Aufenthalte.

Wie immer auch die Antwort ausfallen mochte, Ally wusste, für sie und Travis würde es niemals mehr so sein wie bisher. Sie war am Boden zerstört. Er hatte ihr eine andere Frau vorgezogen und der Schmerz war so intensiv, dass sie sich am liebsten aus purer Qual wie ein Baby im Mutterleib zusammengerollt hätte. Die Tränen flossen ihr in Strömen die Wangen herunter und sie schluchzte würgend. Plötzlich hörte sie den unverwechselbaren Klingelton ihres Handys.

Beinahe hätte sie das Telefon ignoriert, doch schließlich zog sie es aus ihrer Handtasche und sah im Dämmerlicht, dass der Anruf aus der Heimat kam, von der Polizeidienststelle. Beklommen nahm sie das Gespräch entgegen.

Die anschließende Unterhaltung stellte Allys Welt vollkommen auf den Kopf. Als sie das Gespräch beendet hatte, fühlte sie sich hilflos und vollkommen zerstört. Sie zitterte am ganzen Körper und ihr war fürchterlich kalt. Sie war so geschockt, dass sie sich nicht bewegen konnte.

»Ally?« Tate Colter setzte sich in einen Stuhl neben ihren, doch Ally nahm ihn kaum wahr. »Alles okay?«

Sie öffnete den Mund, um zu sprechen, doch alles, was sie hervorbrachte, war: »Nein. Ich glaube nicht.«

Tate beugte sich nach vorn und stützte seine Ellbogen auf die Knie. Er wartete geduldig. »Wollen Sie es mir erzählen?«

Sie brauchte jemandem, mit dem sie reden konnte, doch sie konnte die ganze Geschichte bis jetzt nicht einmal selbst verstehen. »Mein Haus ist weg. Offensichtlich gab es unter meinem Haus eine Blase von einem früheren Erdrutsch, die sich nun geöffnet hat. Sie sagen, sie wäre nicht sehr groß gewesen, doch groß genug, um das Fundament zu zerbrechen und einige Risse in den Leitungen zu erzeugen. Gas ist ausgeströmt und das Haus ist explodiert. Es ist vollkommen... weg.« Das Geschehen in Worte zu fassen, ließ es ihr schon wirklicher erscheinen. »Ich glaube, Travis –«

»Hat Ihr Leben gerettet?«, beendete Tate betont beiläufig ihren Satz. »Ich bin mir sicher, dass er es geahnt hat. Schon seit einer geraumen Weile hat er sich eingehend darum bemüht, Sie hierherzubringen.«

»Sie wissen von seiner Fähigkeit?«, fragte Ally und blickte Tate überrascht an.

»Ich weiß es seit geraumer Zeit. Er hat auch mein Leben gerettet. Als ich noch aktiv meinen Dienst absolviert habe, hat Travis mich davor gewarnt, mich für irgendeine der Missionen freiwillig zu melden, für die ich nicht vorgesehen war. Ich dachte, er würde spinnen. Er wusste nur wenig über meine Arbeit. Niemand war genau darüber informiert, bis heute nicht. Ich darf darüber eigentlich nicht reden. Ich kann nur sagen, dass ich aufgrund seiner Warnung gezögert habe, als ein anderer Pilot krank wurde und jemand seinen Platz übernehmen musste. Ich zögerte aufgrund dessen, was Travis mir erzählt hatte, weil ich für diesen Auftrag ursprünglich nicht vorgesehen war. Und weil ich für den Bruchteil einer Sekunde an Travis Warnung denken musste, war ein anderer schneller und hat den Platz des erkrankten Piloten übernommen.« Er zögerte einen Moment, bevor er ehrfürchtig fortfuhr: »Jeder, der an dieser Mission teilgenommen hat, ist umgekommen, Ally. Als er mir dann später von seinem Traum über Asha erzählt hat, habe ich ihn ernst genommen und mich gern bereiterklärt, in ihrer Nähe zu bleiben. Ich habe keinerlei Zweifel daran gehegt, dass sie in Gefahr schwebte, weil ich an Travis Vorahnung geglaubt habe.« Tate nahm ihre zitternde Hand in seine. »Es tut mir leid um Ihr Haus, Ally. Aber ich bin froh, dass Sie hier sind.« Er streichelte leicht über ihre Finger. »Travis sucht nach Ihnen. Er macht sich Sorgen.«

»Er hat ein anderes Rendezvous«, erklärte Ally gequält, die immer noch unter Schock stand.

»Die Frau, die ihn ersteigert hat, ist meine Schwester Chloe, die sich demnächst verloben wird. Sie wollte ohnehin etwas spenden, daher hat sie versucht, früh genug hier zu sein, um auf Travis bieten zu können, da sie mit ihm nicht den ganzen Abend verbringen muss. Sie wollte nicht lange bleiben, denn sie hasst diese Art von Veranstaltungen. Sie hat ihn eine Weile nicht gesehen und er liebt sie wie eine Schwester. Von Ihnen wusste sie nichts, Ally. Ich habe Sie ihr gegenüber nicht erwähnt. Ich habe ihr nur erzählt, dass Travis einen Freund vertreten würde und nicht gerade angetan davon wäre, dessen Platz zu übernehmen. Sie versprach, dass sie auf Travis bieten würde, falls sie rechtzeitig hier wäre. Ich hatte keine Möglichkeit, sie darüber zu informieren, dass Sie ebenfalls auf ihn bieten würden. Es ist nicht Travis Schuld. So etwas würde er Ihnen nie antun. Ich kenne Travis seit unserer Collegezeit und er hat sich noch niemals auf die Art um eine Frau bemüht, wie er es bei Ihnen tut. Er ist gerade völlig außer sich, weil er Sie nicht finden kann.«

Tränen der Erleichterung rollten über Allys Wangen und jetzt schluchzte sie ungehemmt. Tate wendete sich ihr zu, zog sie in seine Arme und tröstete sie, während sie sich die Tränen abwischte.

»Sie werden ein anderes Haus bekommen, Ally. Alles wird gut werden!«, redete er beruhigend auf sie ein. »Ich weiß, das ist alles zu viel für Sie und Sie haben alles verloren. Doch alles ist ersetzbar. Sie sind am Leben und nur darauf kommt es an.«

»Es ist nur ein Haus und ich habe nicht alles verloren, was mir wichtig ist. Ich habe immer noch Travis«, schniefte sie an seiner Schulter. Das Haus zu verlieren hatte sie geschockt, ebenso wie die Tatsache, dass sie jetzt sehr gut tot sein könnte. Wie groß waren die Chancen, einen Erdrutsch zu überleben? Wahrscheinlich wäre sie zu Hause gewesen, vielleicht sogar schon im Bett. Das war ein äußerst unheimlicher Gedanke. Doch das Wissen, dass Travis sie nicht betrogen hatte, wog alles andere auf. Ihre Tränen waren jetzt eher Tränen der Erleichterung als des Kummers.

»Ich glaube nicht, dass Sie Travis jemals loswerden, auch nicht, wenn Sie es versuchen würden«, bemerkte Tate kichernd. »Auf der Suche nach Ihnen nimmt er gerade den Ballsaal auseinander.«

Ally zog ihre Hand zurück und schenkte Tate ein schwaches Lächeln. »Bitte gehen Sie und sagen ihm, dass Sie mich gefunden haben! Ich werde gleich wieder hineingehen. Ich brauche nur ein paar Minuten für mich. Ich sehe bestimmt vollkommen verwüstet aus.«

Tate erhob sich und grinste sie teuflisch an. »Ich werde ihm sagen, wir hätten gerade ein Stelldichein im Dunkeln gehabt.«

»Davon würde ich Ihnen abraten«, warnte Ally.

»Doch. Das werde ich tun. Ich habe Travis noch nie zuvor in diesem Zustand gesehen. Es ist höchst unterhaltsam«, widersprach Tate spitzbübisch und machte sich leise vor sich hin pfeifend auf den Weg.

Ally schüttelte den Kopf und fragte sich, ob Tate Selbstmordgedanken hegte. Im selben Augenblick klingelte ihr Telefon ein zweites Mal.

Kapitel 17

Travis war außer sich und bereit, den Ballsaal auf den Kopf zu stellen, als Tate auf ihn zukam und mit dem Daumen auf die Tür zeigte, die nach draußen führte. »Sie ist draußen bei den heißen Quellen. Sie sagte, sie bräuchte noch ein paar Minuten.«

Verdammt! Warum war sie da draußen? Travis sah Tate finster an, sagte jedoch kein Wort, sondern strebte eilig auf die Tür zu. Doch er kam nicht sehr weit, denn Tate packte ihn mit eisernem Griff bei seinem Bizeps.

»Du musst dich beruhigen, Trav! Sie hat schlechte Nachrichten erhalten. Ihr Haus wurde zerstört und ist bis auf das Fundament abgebrannt. Es geht ihr nicht gut«, erklärte Tate bedächtig.

Tates Worte trafen Travis wie eine Tonne Ziegelsteine. »Es ist wirklich geschehen. Verdammt!« Sein großer Körper erbebte, als ihm bewusst wurde, dass sein Traum wirklich eine Vorahnung gewesen war und Ally wahrscheinlich jetzt tot wäre, wenn er sie nicht nach Colorado mitgenommen hätte. Nicht, dass er das nicht ohnehin vorgehabt hätte, doch es war ein unheimliches und erschreckendes Gefühl, das ihm einen kalten Schauer den Rücken hinunterjagte. Er wand seinen Arm aus Tates Griff und sprintete mit hämmerndem Herzen zur Tür.

Es geht ihr gut. Es geht ihr gut.

Sein Verstand sagte ihm, dass sie am Leben war. Tate hatte gerade erst mit ihr gesprochen. Trotzdem musste er ihr schönes Gesicht mit eigenen Augen sehen. Und sie brauchte ihn. Das konnte er spüren.

Er sah sie neben den heißen Quellen stehen. Sie hielt ihr Handy in der Hand und starrte aufs Wasser. Mein Gott! Sie wirkte so verloren und einsam und so verdammt verletzlich. Sie hatte die Arme um ihren Körper geschlungen und ihr Gesicht war mit dunklen Linien überzogen. Sie hatte offensichtlich geweint und Mascara und Lippenstift zeichneten die Spuren ihrer Tränen nach. Doch niemals hatte er sie schöner gefunden als jetzt, denn sie stand lebendig und atmend vor ihm.

Sie gehört mir. Das ist ihre Bestimmung.

In seinem ganzen Leben war sich Travis keiner Sache gewisser gewesen. Er war zwar nicht der Typ Mann, der an Vorsehung glaubte, sondern hatte immer die Überzeugung vertreten, jeder könnte sein Schicksal selbst formen. Nun glaubte er nicht mehr daran. Nicht, wenn es um Ally ging. Es hatte wirklich immer nur sie für ihn gegeben und um ein Haar hätte er sie verloren.

»Ally«, sprach er sie leise an, während er langsam auf sie zuging. Als sie sich beim Klang seiner Stimme zu ihm herumdrehte, öffnete er weit die Arme. Sie flog ihm mit ihrem ganzen Körper entgegen und er schloss tief berührt die Augen, als sie sich eng in seine Umarmung kuschelte. »Alles wird gut, mein Herz. Ich werde alles in Ordnung bringen.« Zärtlich strich er über ihre Haare, während er ihren Kopf fest gegen seine Schulter drückte. »Das einzig Wichtige ist, dass es dir gutgeht. Alles andere, einschließlich des Hauses, ist ersetzbar.«

»Also hat Tate es dir schon erzählt?«, erkundigte sie sich leise.

»Ja.«

»Du hast gewusst, was geschehen würde, nicht wahr? Deshalb wolltest du mich unbedingt mitnehmen? Es hatte gar nichts mit der Auktion zu tun. Du hast versucht, mich zu retten.«

»Ich hatte mehrmals den gleichen Traum, doch er war so verschwommen. Ich sah mich im Ballsaal des Resorts, als ich den

Anruf bekam, du wärst –«, Travis musste sich zwingen, das Wort hervorzubringen, und fuhr mit krächzender Stimme fort, »tot. Ich wusste aber nicht wie und warum. Das Einzige, das deutlich aus meinem Traum hervorging, war die Tatsache, dass es geschehen würde, während ich mich in Colorado aufhalten sollte.«

»Warum hast du mir nichts davon erzählt?«, fragte sie verwirrt.

»Mein Gott, Ally! Ich war mir doch noch nicht einmal sicher, dass etwas geschehen würde. Und ich konnte es nicht über mich bringen, auch nur daran zu denken, geschweige denn, es laut auszusprechen. Außerdem wollte ich dich nicht ängstigen. Aber ich wollte sicherstellen, dass du mit mir nach Colorado fährst, selbst, wenn ich dich hätte entführen müssen.«

»Das hättest du nicht tun können«, rief sie aus und lehnte sich zurück, um ihm ins Gesicht sehen zu können. »Und eigentlich hätte ich verheiratet sein sollen.«

Travis ballte hinter ihrem Rücken die Hände zu Fäusten. Es war höchste Zeit, damit aufzuhören, sich selbst und allen anderen etwas vorzumachen. »Du hättest ihn auf keinen Fall geheiratet. Ich hätte alles Notwendige getan, um diese Hochzeit zu verhindern.« Endlich hatte er es ausgesprochen und es sich selbst eingestanden. Es spielte keine Rolle, wie sehr er sich wünschte zu glauben, er hätte sie mit einem anderen Mann glücklich werden lassen. Es wäre schlicht und einfach nicht dazu gekommen. Er begehrte sie zu sehr, brauchte sie zu sehr. Wenn nötig hätte er sie sich während der Hochzeitszeremonie über die Schulter geworfen und sie entführt. »Viel länger hätte ich nicht mehr warten können. Ich hätte alles in meiner Macht Stehende getan, um dich zu bekommen.« Seine Überzeugung, dass sie zu ihm gehörte, war zu stark, zu mächtig gewesen, um sie zu ignorieren. Je näher der Hochzeitstermin herangerückt war, desto verzweifelter hatte er sich gefühlt. Auf keinen Fall hätte er zugelassen, dass sie zu einem anderen Mann »Ich will« gesagt hätte, ohne vorher mit allen Mitteln darum gekämpft zu haben, sie zu erobern. Er hegte keinerlei Zweifel daran, wie die Angelegenheit ausgegangen wäre, denn keinesfalls hätte sie in der Hochzeit mit einem anderen Mann ihren Abschluss gefunden. Er hätte sich auch nicht gescheut, mit unsauberen Mitteln um sie zu kämpfen, wenn es denn hätte sein müssen, und er war durchaus fähig dazu. »Verdammt! Und ich habe gedacht, Sutherland muss verrückt sein, auf Tates Plan einzugehen. Ich hätte genauso verrückte Dinge getan, wenn nicht noch schlimmere.«

»Du hast mir nicht verraten, dass sie einen Plan geschmiedet haben. Du hast lediglich davon gesprochen, dass Jason um die Frau kämpfen wird, die er liebt«, murmelte Ally.

»Glaub mir, das willst du gar nicht wissen«, erklärte Travis bestimmt und wechselte hastig das Thema. »Erzähl mir, was genau mit deinem Haus geschehen ist!«

Ally beschrieb ihm die Katastrophe und erzählte ihm, dass sie zweimal mit der Polizei gesprochen hatte, die sie über die vollkommene Zerstörung ihres Hauses informiert hatte. »Ich glaube, ich werde das erst realisieren können, wenn ich es mit eigenen Augen sehe«, endete sie traurig. »Und dann muss ich einen Ort zum Leben finden. Ich kann es nicht fassen, dass ich tatsächlich kein Dach über dem Kopf habe.«

»Du wirst bei mir leben«, knurrte Travis, dessen Beschützerinstinkte scharf und beinahe schmerzhaft hervorbrachen.

»Ich weiß es zu schätzen, dass du mir für eine Weile Unterkunft gewährst. Ich werde mir so schnell wie möglich etwas Neues suchen«, versicherte sie ihm dankbar.

Verdammt! Die Frau trieb ihn noch in den Wahnsinn. »Dauerhaft, Ally! Du musst dir nichts anderes suchen.«

Travis beobachtete, wie sie sich auf die Unterlippe biss. Die verwischte Wimperntusche malte immer noch dunkle Schatten unter ihre Augen. Sie nahm sich eine Weile Zeit, die längste verdammte Minute, die Travis je durchgestanden hatte, bevor sie zurückhaltend antwortete: »Ich bin mir nicht sicher, ob ich das tun kann, Travis.«

Er explodierte. »Was soll das heißen, du kannst es nicht? Warum nicht?«

»Weil ich dich liebe«, gestand sie atemlos ein. »Ich wollte es nicht, aber ich liebe dich. Als ich vor einigen Minuten erkannt habe, dass ich tot gewesen wäre, wenn du die Warnung nicht erhalten hättest, habe ich es bereut, es dir nicht gesagt zu haben. Ich wäre gestorben und du hättest es nicht gewusst. Also musste ich es dir sagen. Doch ich weiß auch, wie ich mich gefühlt habe, als die schöne Brünette die Auktion gewonnen hat, und ich weiß, du wolltest sie auch, als du sie umarmt hast. Dich mit einer anderen Frau in einer solchen Situation zu sehen, zerstört mich bereits. Ich weiß jetzt, wer sie ist, weil Tate es mir erklärt hat, aber ich habe erkannt, dass ich mich in Bezug auf dich nur mit allem oder nichts zufriedengeben kann. Ich liebe dich so sehr, dass es wehtut«, gab sie schluchzend zu.

Travis umfasste ihr Gesicht mit beiden Händen und bedeckte ihren Mund mit seinem. Dann küsste er sie grob und nahm ihre Zunge in Besitz. So verschmolzen sie miteinander, während Travis von ihrem Geständnis der Kopf schwirrte. *Sie liebte ihn, verdammt noch mal!* Sein Verstand konnte es noch nicht verarbeiten und er bemühte sich auch nicht darum. Im Augenblick wollte er sie nur als die Seine brandmarken, wollte sie wissen lassen, dass ihre Liebe niemals enden würde. Schließlich löste er seinen Mund von ihrem und krächzte: »Glaubst du nicht, dass ich auf die gleiche Weise empfinde wie du, Ally? Ich kann nicht glauben, dass du auch nur für eine Sekunde denken konntest, ich könnte oder würde dich betrügen. Du kannst doch spüren, was ich fühle. Ich weiß, dass du das kannst. Denkst du wirklich, ich könnte dich gehen lassen? Du wirst mich heiraten und dann werde ich dir jeden Tag zeigen, wie glücklich es mich macht, deine Liebe zu besitzen.« Besitzergreifend legte er ihr die Hände auf die Pobacken. Es verlangte ihn verzweifelt danach, seinen schmerzenden Schwanz in ihr zu vergraben. »Ich bin mir nicht sicher, ob das Wort ›Liebe‹ ausreicht, um meine Gefühle zu erklären. Verdammt… ich liebe dich, aber es ist mehr als das. Als du vor vier Jahren in mein Büro marschiert gekommen bist und mich mit diesen hinreißenden Augen angesehen hast, war es bereits um mich geschehen und die darauffolgende Zeit war eine einzige Tortur. Also erlöse mich aus meinem Elend! Sag mir, dass du mich heiraten wirst!«, knurrte er, während eine seiner Hände bereits in ihr Höschen schlüpfte und sofort nass war.

Ally stöhnte leise. »Wir haben eine Hochzeit doch bisher noch nicht einmal erwähnt«, protestierte sie schwach.

»Sag es!«, forderte Travis mit rauer Stimme. Er musste sie endlich sagen hören, dass sie für immer bei ihm bleiben würde. Falls sie es nicht tat, wäre er verloren. Er reizte ihre Klitoris und verstärkte seinen Druck auf das kleine Nervenknötchen. »Sag es jetzt!«

»Travis.« Sein Name kam mit einem Seufzer über ihre Lippen. »Ich liebe dich!«

Okay… das hörte er gern und wollte es auch weiterhin hören, aber jetzt wollte er mehr. »Sag, dass du mich heiraten wirst!« Seine Geduld war am Ende. Er griff nach ihrem Höschen und zerrte es ihr vom Körper. Schnell ließ er es in seiner Hosentasche verschwinden und drückte sie mit dem Rücken gegen die Wand des Gebäudes. Sie befanden sich in einer dunklen, versteckten Ecke, wo niemand sie sehen konnte.

»Travis, wir können das hier nicht machen«, protestierte Ally schwach. »Und ja, ich werde dich heiraten. Ich liebe dich.«

Ah… nun hatte er beides in einem Atemzug gehört. Eine Welle von Adrenalin pumpte durch ihn hindurch, sein Körper und sein Geist befanden sich in solch schwindelnden Höhen, dass er am liebsten für immer dort oben geblieben wäre. Es gab kein Zurück mehr. Er musste unbedingt seinen Schwanz in ihr haben. Er reizte ihre Klitoris noch ein bisschen kräftiger und strich über das glitschige Fleisch zwischen ihren Schenkeln, um sie noch mehr zu erregen, während er seinen Schwanz aus der Hose befreite. »Genau jetzt, Ally! Ich will meinen Schwanz so tief in dir vergraben, dass du an nichts anderes mehr denken kannst als daran, dass ich dich ficke und dich zum Kommen bringe.«

»Mein Gott, ja«, stöhnte sie. »Fick mich, Travis!«

Er liebte es, diese Worte aus ihrem Mund zu hören, wenn sie mit seinem Namen verbunden waren. Er umfasste ihren Hintern, hob sie hoch und drückte sie mit dem Rücken gegen die Wand. »Schling deine Beine um meine Taille!«

Sie gehorchte sofort und verkrallte ihre Hände in seinen Haaren, während sie mit wollüstig und heißblütiger Stimme sagte: »Du gehörst mir, Travis.«

Travis spießte sie mit einem einzigen kräftigen Stoß auf seinen Schwanz und stöhnte laut auf. Er liebte die Art, wie sie ihn für sich beanspruchte. Ihre besitzergreifende Art heizte sein Blut auf und trieb seine eigenen Besitzinstinkte in wahnsinnige Höhen. Es gab nichts, was er sich mehr wünschte, als dass sie sich sicher genug, wild genug fühlte, ihren Anspruch auf ihn zu erheben. »Sag mir, dass du mich liebst!«, forderte er und konnte die Worte nicht oft genug hören, jetzt, da sie sie endlich ausgesprochen hatte.

»Ich liebe dich. Jetzt fick mich!«, befahl sie und schlang seine Arme haltsuchend um seine Schultern.

Travis war verloren. Er konnte sich nicht zurückhalten und stieß tief und fest in sie hinein, immer und immer wieder. Das dunkle Tier in ihm hatte die Kontrolle übernommen.

Sie muss mir gehören. Sie muss mir gehören.

»Sag mir, dass du für immer bei mir bleiben wirst!«, forderte er, während er seinen Schwanz immer tiefer, fester, schneller in sie hineintrieb.

»Ja. Für immer«, antwortete sie wild, als ihr Körper zu zucken begann und ihr Tunnel sich fest um Travis Schwanz herum zusammenzog.

Travis konnte spüren, wie ihr Orgasmus durch ihren Körper raste und ihr Kanal um seinen Schwanz herum pulsierte. Er umfasste ihre Pobacken noch fester und hob ihre Hüften an, damit sie seine Stöße noch tiefer in sich einsaugen konnte.

Und dann biss sie ihn, ihre Zähne gruben sich in das nackte Fleisch seiner Schultern. Er wusste zwar, dass sie so ihre Schreie unterdrücken wollte, doch der erotische Reiz war so intensiv, dass er explodierte. Er bewegte den Kopf, bis er ihren Mund mit seinem eingefangen hatte. Beide stöhnten in ihren Kuss, als sie gleichzeitig erschauderten und sich die erstickten Geräusche der Befriedigung miteinander vermischten, als ihre Körper gesättigt waren.

Travis gab ihren Mund frei, damit sie Atem holen konnte, und vergrub sein Gesicht in ihren Haaren und sie legte ihren Kopf auf seine Schulter, während sie beide nach Luft schnappten. Dann stellte er sie auf dem Boden ab, zog ihr kurzes Kleid wieder über ihre Hüften nach unten und schloss seine Hose, bevor er wieder die Arme nach ihr ausstreckte und sie fest an sich zog.

»Mein Wunsch ist in Erfüllung gegangen«, bemerkte er heiser.

»Was für ein Wunsch?«, fragte Ally neugierig, immer noch leicht atemlos.

»Den, den ich gestern Abend in den heißen Quellen an die Sternschnuppe gerichtet habe.«

»Du hast dir gewünscht, mich blind zu ficken, gegen eine Wand?«, erkundigte sie sich neckend. »Und mein Wunsch ist auch erfüllt worden.«

Vielleicht… wenn er daran gedacht hätte, hätte er es sich vielleicht sogar gewünscht. Doch was er sich tatsächlich gewünscht hatte, war weitaus wichtiger. »Nein. Ich wünschte mir, dass du mich liebst und für immer bei mir bleibst.«

Sie schaute zu ihm auf, ihre leuchtenden Augen voller Tränen. »Das war auch mein Wunsch. Ich wollte, dass du mich genauso liebst.«

Allys Worte hallten in Travis Herz wider und als er auf sie hinabblickte, gelobte er, ihr all die Liebe zu schenken, die sie in ihrem bisherigen Leben vermisst hatte. Sie wollte so wenig von ihm und er wollte ihr so viel geben. »Das tue ich. Und ich wollte auch, dass du mich liebst, Baby.« Er wischte ihr die Tränen von der Wange, die ihr Make-up noch mehr verwüstet hatten.

Er griff in seine Tasche und musste grinsen, als zuerst das zerrissene Höschen zu Tage kam, doch dann grub er tiefer und brachte die kleine Schatulle zum Vorschein, von der er gehofft hatte, sie ihr heute Abend überreichen zu können. Als er den Deckel aufschnappen ließ, fingen die glitzernden Diamanten jeden Funken des dämmrigen Lichtes ein. »Ich werde dich nicht mehr fragen, ob du mich heiraten willst, da du mir bereits dein Jawort gegeben hast und du es ohnehin nicht mehr zurücknehmen kannst«, brummte er, da er ihr nicht die kleinste Möglichkeit einer Ablehnung einräumen wollte. Er nahm den Ring aus der Schachtel, steckte diese wieder in seine Tasche und griff nach Allys Hand. Dann schob er ihr den Ring auf den Finger.

Mein.

Mein Gott! Sein Ring stand ihr gut, eine sichtbare Erklärung, dass sie endlich ihm gehörte.

»Travis, ich weiß nicht, was ich sagen soll«, murmelte sie. Ihr Blick wanderte von dem Ring zu Travis Gesicht. »Verdammt! Ich habe heute Abend nichts weiter getan, außer zu weinen. Dabei weine ich normalerweise kaum.« Doch in ihren Augen glänzten schon wieder Tränen.

»Du musst nichts sagen«, erwiderte Travis hastig. »Sag gar nichts! Du hast bereits Ja gesagt.« Es gab kein Zurück mehr. Sie hatte schon zugestimmt, ihn zu heiraten. Es gab nichts mehr hinzuzufügen. »Küss mich einfach!«, schlug er erwartungsvoll vor und hoffte, sie würde nicht noch einmal in Tränen ausbrechen. »Ich will dich nicht mehr traurig sehen«, sagte er in gerührtem Tonfall.

Ally streichelte ihm über die Wange und dann legte sie eine Hand in seinen Nacken und gab ihm den süßesten Kuss, den er je bekommen hatte. Er genoss es, genoss eine Umarmung voller Zärtlichkeit und Liebe, eine Verbindung, die so viel mehr war als pure Leidenschaft. Langsam zog sie sich zurück und flüsterte heiser: »Ich bin nicht traurig. Ich bin nur überwältigt.«

»Ich weiß. Dein Haus –«

»Es geht nicht um das Haus«, unterbrach sie ihn und schenkte ihm ein zartes Lächeln. »Ich bin überwältigt von dir, von uns. Ich bin noch niemals zuvor so glücklich gewesen und das macht mir etwas Angst.«

»Dann solltest du dich daran gewöhnen, Angst zu haben, denn ich habe vor, dich jeden verdammten Tag glücklich zu machen«, antwortete er mit einem neckischen Grinsen. Er wusste genau, was sie empfand. Für einen Mann, der so lange in Einsamkeit und Finsternis gelebt hatte, war es verdammt furchteinflößend, plötzlich so glücklich zu sein, doch er hatte es riskiert. »Nach und nach wirst du dich daran gewöhnen.«

Ally schenkte ihm ein nasses Lächeln, während sie sich mit der Hand über die Wangen wischte. »Ich weiß, ich sehe katastrophal aus, dabei bin ich so neugierig darauf zu sehen, mit wem Tate schließlich den Abend verbringen wird.«

Travis war keineswegs neugierig, trotzdem grinste er zynisch, denn er hegte die Hoffnung, dass Tate von der lästigsten Frau des Abends ersteigert worden war. Das würde dem Hurensohn recht geschehen und würde ein bisschen wettmachen, dass Tate ihn mit Ally gequält hatte.

Er legte einen Arm um sie und führte sie zur Damentoilette. Nachdem er sich auf der Herrentoilette frisch gemacht hatte, wartete er auf sie und beobachtete die Menge, eine Schulter an die Wand gelehnt. Der Ball war in vollem Gange, die Auktion offensichtlich vorüber. Seine Augen suchten den Tanzboden nach Tate ab, doch er konnte ihn nirgendwo entdecken.

»Ich denke, wenn ich noch mehr Make-up auflege, werde ich auch nicht besser aussehen«, hörte er Allys leise, ängstliche Stimme hinter sich.

Travis drehte sich herum und musterte sie. »Du siehst atemberaubend aus.« In der Tat war sie die schönste Frau, die er je gesehen hatte.

Ally verdrehte die Augen. »Ich sehe aus, wie eine Frau, die den ganzen Abend geweint hat. Meine Augen sind geschwollen, mein Make-up ist futsch und meine Nase ist rot. Ich bin wirklich kein attraktiver Anblick.«

Travis konnte ihr nicht zustimmen. Er schaute auf den Ring an ihrem Finger hinunter und dann wieder in ihr Gesicht. Sie sah unglaublich aus. »Du siehst aus, als ob du mir gehörst«, erklärte er schlicht und fand, *das* machte sie mehr als attraktiv. Für ihn sah sie wie ein Wunder aus. »Tanz mit mir!«, forderte er sie auf und streckte die Hand nach ihr aus.

Lächelnd ließ sie ihre Hand in seine gleiten und kam ganz nahe an ihn heran, um ihm zuzuflüstern: »Vergiss nicht, dass mein Hintern nackt ist. Irgendein Barbar hat mir mein Höschen zerrissen und ich glaube nicht, dass ich es noch benutzen kann.«

Sie konnte es in der Tat nicht mehr tragen. Travis hatte ganze Arbeit geleistet. Umsichtig schaute er nach, ob ihr Kleid sie auch bedeckte. »Um Gottes Willen, beug dich keinesfalls vornüber«, krächzte er rau und schob sie in eine dunklere Ecke des Tanzbodens, hin- und hergerissen zwischen dem Bedürfnis, sie in seinen Armen zu halten, und seiner Eifersucht, jemand könnte ihre Blöße sehen. Als er sie dann doch in seine Arme zog, löste er das Problem, indem er eine Hand anstatt auf ihren Rücken auf ihren Hintern legte und so das Kleid auf seinem Platz halten konnte.

»Die Leute starren uns an«, bemerkte Ally amüsiert und passte sich perfekt seiner Führung an.

»Das kümmert mich wenig«, erwiderte er und war selbst überrascht darüber, dass es ihm wirklich egal war. Dies war eine formelle Veranstaltung und es war vielleicht nicht angemessen, Ally auf diese Art zu halten, doch es fühlte sich gut an. »Wenn es ihnen nicht gefällt, müssen sie nicht hinschauen.«

»Travis Harrison, sind Sie tatsächlich gewillt, etwas ein wenig Skandalöses zu tun?«, neckte ihn Ally.

Er blickte in die Tiefen ihrer grünen Augen; seine Miene wirkte bewegt. »Es gibt nichts, das ich nicht tun würde, wenn es dich betrifft«, erklärte er ihr mit einem heiseren Krächzen und er meinte jedes Wort ernst. »Sag mir noch einmal, dass du mich liebst!«, verlangte er drängend. Er wusste, es klang übertrieben, doch auch das kümmerte ihn nicht.

»Ich liebe dich«, antwortete sie ohne zu zögern.

Travis spürte, wie sein Schwanz allein von dem zärtlichen, wollüstigen Klang ihrer Stimme anschwoll. Unfähig, sich zu stoppen, hielt er mitten im Tanz inne und küsste sie. Er hielt nichts zurück, denn er versuchte ihr ohne Worte mitzuteilen, wie sehr er diese Liebe schätzte. Ally liebte ihn genauso, wie er war – Arschloch und so weiter. Sie machte sich weder etwas aus seinem Reichtum noch aus seinen komischen voraussehenden Träumen oder seinem manchmal wenig taktvollen Verhalten. Sie machte sich nur etwas aus… ihm.

Eine Kamera blitzte auf und Travis wusste, morgen würde er ein Bild von sich in den Klatschspalten finden, wie er gerade mit seiner frisch Verlobten auf dem Tanzboden eines Wohltätigkeitsballes herumknutschte. Und er genoss es. Er hatte jahrelang auf Ally gewartet und jetzt wollte er, dass jeder Mann auf der ganzen Welt erfuhr, dass sie nun zu ihm gehörte. Tatsächlich würde er ungeduldig auf das Foto warten, weil er vorhatte, es einzurahmen.

Kapitel 18

Eine Woche später beobachtete Ally Travis Gesicht, während dieser seiner Familie unter Qualen die Wahrheit über seine vorausahnenden Träume erläuterte. Sie wusste, wie schwer ihm das fallen musste. Sie saß mit schmerzendem Herzen auf der Armlehne von Travis Stuhl, während alle Familienmitglieder aufmerksam zuhörten, als ob sie spüren könnten, wie schwierig diese Situation für Travis war.

Max und Mia saßen auf dem kleinen Sofa, Kade und Asha auf der Couch. Im Raum herrschte für eine Weile Totenstille, nachdem Travis zu sprechen aufgehört hatte.

»Ich wusste es«, sagte Kade schließlich mit leiser und untypisch trauriger Stimme. »Ich wusste zwar nicht, dass du Träume hast, und ich konnte mir nicht wirklich auf alles einen Reim machen, aber ich wusste, dass alles, was geschah, nicht nur Zufall sein konnte. Fast jedes Mal, wenn wir dich gebraucht haben, warst du da. Warum zum Teufel hast du mir nicht die ganze Wahrheit erzählt? Die Bürde ist zu groß, um sie allein zu tragen, Trav.«

»Ich konnte es dir nicht sagen«, erwiderte Travis gequält und rieb sich mit den Händen über sein Gesicht. »Ich hatte doch nur dich und Mia. Und unser Vater war geistesgestört. Ich wollte nicht, dass irgendjemand auf den Gedanken käme, ich wäre genauso verrückt wie unser Vater. Ich wollte nur, dass wir wieder eine ganz normale Familie waren.« Er schwieg eine Weile, bevor er hinzufügte: »Vor deinem Unfall hatte ich keinen Traum, Kade. Es tut mir leid.«

Kade erhob sich mit grimmiger Miene von seinem Stuhl und ging auf Travis zu. »Steh auf!«

Ally erschrak und hoffte, nicht bereuen zu müssen, dass sie Travis dazu überredet hatte, seiner Familie reinen Wein einzuschenken. Dies war vollkommen auf ihrem Mist gewachsen, war allein ihre Idee gewesen. Sie liebte Travis so sehr und wollte ihm helfen, die Distanz zu seinen Geschwistern zu überbrücken. Ally wusste, dass sie ihn genauso liebten wie er sie, obwohl er seine Zuneigung nie richtig ausdrücken konnte, weil er so einsam war. Und jetzt brauchte Travis Unterstützung. Sie wollte nur, dass er glücklich war und erkannte, dass er etwas ganz Besonderes darstellte. Sie zählte auf seine Geschwister, dass sie ihm den Rücken stärkten.

Sie beobachtete, wie Travis sich langsam erhob und unsicher in das düstere Gesicht seines Zwillingsbruders starrte. Es kostete Kade nicht mehr als eine Sekunde, um seinen älteren Bruder in die wildeste bärenartige Umarmung zu ziehen, die Ally je gesehen hatte.

»Ich liebe dich, du Arschloch«, rief Kade überschwänglich aus und hielt Travis fest mit seinen kräftigen Armen umschlungen. »Und du könntest niemals so sein wie unser Vater. Du bist der Kitt, der unsere Familie zusammenhält, jedes Mal, wenn wir dich brauchen. Ich wäre jetzt nicht mit der Frau zusammen, die ich mehr als mein Leben liebe, wenn nicht alles genau so geschehen wäre. Manchmal ist der Schmerz, den wir durchmachen, zu etwas gut.«

Ally beobachtete die Szene und die Tränen liefen ihr über die Wangen, als Travis langsam reagierte. Sie sah seinen großen Körper erbeben, als er nun seinerseits Kade umarmte und beide in einer brüderlichen Umarmung miteinander verschmolzen. Man musste ihr nicht erst groß erklären, dass sich Kade zum ersten Mal frei fühlte, ehrlich auszudrücken, wie sehr er Travis liebte, da Travis in der Vergangenheit jeden auf Distanz gehalten hatte.

»Ich liebe dich auch, kleiner Bruder«, antwortete Travis ruhig und schlug Kade kameradschaftlich auf den Rücken, als sie sich voneinander lösten.

Allys Herz zog sich vor Freude zusammen, als sie sah, wie sich Travis Gesicht zu einem glücklichen Lachen verzog, als Mia hinter ihm auftauchte und sich in seine Arme warf, das Gesicht nass von Tränen. »Es tut mir so leid, Travis. So leid wegen allem. Wenn ich mich nicht in Schwierigkeiten gebracht hätte, hättest du dich nicht so sehr von Kade ferngehalten, während ich mich in Montana versteckt hatte. Max und Kade hatten einander. Du hattest niemanden.« Sie stieß einen Schluchzer aus und klammerte sich an ihren Bruder wie an einen Rettungsring.

»Doch Mia, ich hatte jemanden«, summte Travis, hielt seine Schwester in den Armen und schaukelte sie beruhigend hin und her. »Ich hatte dich. Zumindest wusste ich, dass du in Sicherheit warst. Zumindest wusste ich, dass ihr alle am Leben wart. Und ich muss mir keine Vorwürfe machen, Max und Kade in die Sache hineingezogen zu haben, denn sie glaubten, du wärest tot.«

»Ich wäre es gewesen, wenn du mich nicht versteckt und Schweigen bewahrt hättest«, erwiderte Mia und löste sich schließlich aus Travis Umarmung. Dann küsste sie Travis auf die Wange. »Max, Kade und ich, wir alle wären tot. Du weißt, dass ich dich liebe, aber ich glaube, du wirst nie ermessen können, wie sehr. Ich habe dir die meisten Probleme verursacht, trotzdem liebst du mich immer noch.« Mia wischte sich die Tränen aus dem Gesicht, während sie ein paar Schritte zurücktrat, um ihrem Bruder ins Gesicht zu blicken.

»Ich liebe dich, Mia. Das habe ich immer getan. Und ich bin doch dein großer Bruder. Es gehört zu meinem Job, dich vor Schwierigkeiten zu bewahren«, erklärte ihr Travis beinahe arrogant, doch er lächelte dabei.

Nun war Asha an der Reihe, Küsse und Umarmungen mit Travis auszutauschen. Dann trat Max vor, schüttelte Travis die Hand und gab ihm einen Klaps auf den Rücken, bevor er ihn kurz umarmte. Während er sich von Travis löste, bekannte er reumütig: »Ich muss mich bei dir entschuldigen, Travis. Ich hasse mich dafür, aber ich habe es dir sehr übelgenommen, dass du Mia ohne mein Wissen versteckt hast.«

Max kehrte zu seinem Platz neben Mia zurück und Travis setzte sich wieder hin. Ally streckte die Hand aus und Travis ergriff sie, führte ihre Handfläche an seine Lippen und küsste sie zärtlich. Dann legte er ihre ineinander verschlungenen Hände auf die Armlehne seines Stuhls.

»Das weiß ich, Max. Ich weiß auch, dass du mir bis heute böse warst. Aber ich habe es dir nie übel genommen«, antwortete Travis ehrlich.

»Ich bin dir jetzt nicht mehr böse, Travis. Ich bin dir verdammt dankbar und ich weiß nicht, wie ich dir dafür danken soll, dass du uns alle gerettet hast«, erwiderte Max gedankenverloren.

»Ich kann es nicht fassen, dass ihr alle meine Fähigkeit einfach so akzeptiert, dass ihr mir Glauben schenkt«, bemerkte Travis mit rauer Stimme.

Ally drückte seine Hand. Sie wusste, dass die bedingungslose Akzeptanz seiner Familie ihm ungeheuer wichtig war.

»Wie könnten wir denn stattdessen reagieren?«, fragte Asha erstaunt. »Nachdem Tate mich gerettet hatte, hat er mir erzählt, du hättest ihm eine Nachricht geschickt. Woher wusstest du, dass ich ihn brauchte?«

»In der Nacht zuvor hatte ich einen vagen Traum«, gab Travis zu. »Und ich fühlte mich unwohl mit der ganzen Situation.« Er zuckte mit den Schultern. »Manchmal passiert es auf diese Art.«

»Du besitzt eine unglaubliche Gabe, Travis. Ich glaube, es gibt viele spirituelle Dinge, die wir nicht verstehen, doch das bedeutet nicht, dass sie nicht existieren«, murmelte Asha. »Ich bin dir dankbarer, als du es dir vorstellen kannst, dass du Tate an jenem Tag die Nachricht geschickt hast. Ohne seine Hilfe hätte ich nicht eine Minute länger durchgehalten.«

Ally hätte ihre Freundin am liebsten dafür umarmt, dass sie versuchte, ihn mit sich selbst auszusöhnen. »Er hat auch Tate gerettet.«

Mia beugte sich vor, einen ehrfürchtigen Ausdruck auf dem Gesicht. »Erzähl!«

»Er hat es dir erzählt?«, fragte Travis und sah Ally stirnrunzelnd an.

»Ja. Als ich die Nachricht von der Zerstörung meines Hauses erhalten habe, hat mir Tate die Geschichte erzählt, weil ich die Bemerkung habe fallen lassen, dass du es bestimmt gewusst hättest.«

Schnell erzählte Ally dem Rest der Familie, was Tate zugestoßen war. Travis hatte ihnen bereits über seine wiederholten Träume von Ally berichtet und warum er sie nach Colorado mitgenommen hatte.

»Gütiger Himmel! Das ist erstaunlich«, rief Kade aus und starrte Travis an.

»Es ist seltsam. Ebenso wie ich«, brummte Travis unbeholfen, doch nicht sehr überzeugend.

Ally seufzte. Es würde Zeit brauchen, bis Travis vollkommen akzeptiert haben würde, wer er war. Doch ein wichtiger Schritt war getan. Seine Familie wusste nun von seiner Fähigkeit und schätzte ihn.

»Du bist begnadet«, bemerkte Asha.

»Etwas Besonderes«, fügte Mia nickend hinzu.

»Ich wollte aber niemals begnadet oder besonders sein«, krächzte Travis. »Nach unserer verrückten Kindheit und unserem kranken Vater wollte ich einfach nur normal sein.«

»Du warst noch nie normal«, wandte Kade grinsend ein. »Du bist immer ein Arschloch gewesen. Und was ist mit dem Bruder passiert, der mir erzählt hat, er habe noch nie eine Frau getroffen, die es wert gewesen wäre, seinen Sinn für Anstand über Bord zu werfen? Hast du das Bild von dir in der Zeitung gesehen? Du begrapschst Allys Hintern und küsst sie, als ob du völlig die Kontrolle über dich verloren hättest, mitten auf einem formellen Ball?«

»Ja. Ich habe es eingerahmt und auf meinen Schreibtisch im Büro gestellt«, gab Travis keineswegs beschämt zu. »Ich bin dem Psycho-Männer-Club beigetreten. Vielleicht sollte ich der verdammte Präsident der Organisation werden.«

»Willst du immer noch deinen Schreibtisch loswerden?«, erkundigte sich Kade mit einem breiten Grinsen.

»Verdammt, nein! Nicht mehr. Er ist zu meinem Lieblingsmöbelstück im ganzen Gebäude geworden«, antwortete er bestimmt.

Ally errötete über das ganze Gesicht. Wusste sie doch genau, warum Travis den Schreibtisch gehasst hatte. Doch inzwischen hatten sie noch einige weitere Abenteuer auf dem gewissen Tisch mit der besonders glatten Oberfläche erlebt und nun schwor Travis, das Möbelstück für immer behalten zu wollen, auch wenn es manchmal ablenkte. Sie wusste jedoch, dass er es erneut verfluchen würde, wenn sie nicht in der Nähe war.

Die Männer witzelten noch ein bisschen herum, während die Frauen ihre eigenen Bemerkungen einflochten.

Ally schaute auf Travis herab und seufzte schließlich erleichtert. Heute hatte er eine große Hürde genommen und ihr war bewusst, dass er sich eigentlich nicht hatte damit auseinandersetzen wollen. Sie hatte jedoch genug Vertrauen in seine Familie, um sich sicher zu sein, dass sie Travis bedingungslos akzeptierten. Sie wollte, dass er das wusste und es auch glaubte. Daher hatte sie ihn gedrängt und ermutigt und gehofft, dass nichts schiefgehen würde. Eines Tages würde er sich mit seinen speziellen und einzigartigen Eigenschaften anfreunden können, doch er hatte schon zu lange mit seiner Gabe allein gelebt, sodass das gewiss nicht über Nacht zu erwarten war.

Seitdem sie aus Colorado zurückgekehrt waren, lebte sie bei ihm, und obwohl sein Haus riesig und unglaublich gesichert war, wirkte es nicht pompös. Natürlich, sie hätte sich das denken können, weil das nicht Travis Stil war.

Er war mit ihr zu ihrem zerstörten Haus gefahren, doch es war fast nichts zu retten gewesen. Seltsamerweise war sie nicht wirklich traurig. Es gab da ein paar persönliche Gegenstände, die sie gern gehabt hätte, doch es schien beinahe so, als ob sie erst wirklich zu leben begonnen hätte, seitdem sie sich in Travis verliebt hatte. Und es fühlte sich so an, als ob alles, was ihr in der Vergangenheit wiederfahren war, sie hierher… zu ihm geführt hatte. Sie bezweifelte, ob sie jemals aufhören würden, miteinander zu streiten, doch das war beinahe wie… ein Vorspiel. Außerdem war Travis der Typ

Mann, der eine Frau brauchte, die ihn herausforderte. Und sie liebte seine besitzergreifende Alphamännchen-Persönlichkeit. Die gab ihr Sicherheit und es verging kein Tag, an dem sie sich nicht geliebt gefühlt hätte, auch wenn er sich über sie wegen irgendeiner Sache geärgert hatte.

»Also, wann ist die Hochzeit?«, erkundigte sich Asha wie ein Inquisitor und sah Ally aufgeregt an.

»Bald«, sagte Travis gereizt.

»Nächstes Jahr«, antwortete Ally gleichzeitig.

Sie schauten sich an und runzelten die Stirn.

Travis schlang ihr einen stählernen Arm um die Taille und zog sie auf seinen Schoß. »Ich werde auf keinen Fall bis zum nächsten Jahr warten«, informierte er sie stur und seine Stimme hatte einen warnenden Unterton angenommen.

»Wir haben noch keinen Termin festgelegt«, erklärte sie Asha mit einem Augenzwinkern.

»Aber es wird gewiss nicht nächstes Jahr sein«, beharrte Travis dickköpfig.

Kade blickte Max an. »Sollen wir wetten, wer die Diskussion gewinnen wird?«

»Nein«, erwiderte Max mit einem Grinsen. »Das wird nicht funktionieren. Wir würden beide auf Travis setzen.«

Asha, Kade, Max und Mia brachen lachend auf.

»Ich denke, wir lassen euch beide das allein ausfechten«, sagte Max und schlug Travis im Vorbeigehen auf die Schulter.

Ally strampelte mit den Beinen, um von Travis Schoß herunterzukommen, um sich zu verabschieden, doch Travis hielt sie noch eine Minute fest und flüsterte ihr heiser ins Ohr: »Wir werden nicht so lange warten, sonst muss ich meine unanständige Krawatte herausholen.«

Ally erzitterte bei dem Gedanken, denn sie wusste, wenn Travis etwas wollte, bekam er es. Und wenn Travis wirklich unanständige Spielchen mit ihr spielen wollte, wusste er genau, wie er sie herauszufordern hatte. »Wir werden darüber reden«, erklärte sie ihm entschieden, als sie aufstand.

»Nicht lange«, erwiderte Travis eindringlich. Jetzt hatte er ein fröhliches Grinsen auf dem Gesicht.

Ally erwiderte sein Lächeln. Sie war mehr als bereit zu einer kleinen Zankerei, denn die endeten immer mit köstlichem Wiedergutmachungssex.

Schließlich schloss Travis die Tür hinter seiner Familie und schaute sie mit einem erleichterten Gesichtsausdruck an.

»War es so schwer?«, fragte Ally ihn zärtlich, da sie wusste, dass es ihm schwergefallen war, und sich fragte, ob er vielleicht gern darüber reden würde.

»Du hattest Recht. Ich musste es ihnen sagen«, antwortete er mit einer vor Emotionen heiseren Stimme. Er zog sie an sich, schlang seine Arme fest um sie herum und verbarg sein Gesicht in ihren Haaren. »Danke, dass du mir meine Familie zurückgegeben hast, Ally.« Seine Stimme klang rau und emotionsgeladen.

Ally versuchte, den Kloß herunterzuschlucken, der sich in ihrer Kehle festgesetzt hatte. Travis bebte am ganzen Körper. Sie strich ihm über das Haar und legte ihm einen Arm um den Hals. Sie konnte sich lebhaft vorstellen, wie viel ihm all das bedeutete. Er war so lange allein gewesen, obwohl er eine Familie besessen hat, der er jedoch seit dem Tod seiner Eltern nie mehr so richtig verbunden gewesen war. Ally war froh, dass jeder aus Travis Familie versucht hatte, ihn davon zu überzeugen, dass er keine Schuld am Tod seiner Eltern trug. »Ich liebe dich«, sagte sie zärtlich und fuhr fort, sein Haar zu streicheln, um ihn zu trösten.

»Ich liebe dich so sehr, dass ich manchmal glaube, es bringt mich um«, sagte Travis mit erstickter Stimme. Er hielt sie noch immer fest umschlungen. »Du musst mich bald heiraten«, fügte er in einem fordernden, aber ergreifenden Tonfall hinzu.

»Das werden wir noch besprechen«, erwiderte Ally, wusste aber bereits, dass sie nachgeben würde. Sie empfand das Gleiche wie Travis und wollte auch nicht mehr lange warten.

Travis löste sich von ihr und suchte mit bewegter Miene ihren Blick. »Einen Teufel werden wir tun«, knurrte er.

F. A. Scott

Und dann küsste er sie und Ally war sich sicher, wer diesen Streit gewinnen würde, als sie von der gleichen bewegten Leidenschaft hinweggetragen wurde, die auch Travis verspürte. Und beide verloren sich in dem anderen.

Zwei Monate später

Ally wusste, Travis war auf dem Weg zu seinem Büro, und begann mit ihrem üblichen Countdown.

»Fünf...

Vier...

Drei...

Zwei...

Eins.«

Sie seufzte auf, als sie ihren gutaussehenden Ehemann durch die Tür kommen sah, gekleidet in einen ihrer bevorzugten schwarzen Anzüge, und ihr das unverschämt hinreißende Lächeln schenkte, das ihr Herz immer Purzelbäume schlagen ließ.

»Guten Morgen, meine Schöne«, sagte er schroff, während sein Blick besitzergreifend über ihren Körper wanderte.

»Guten Morgen, Mr. Harrison«, antwortete sie spitzbübisch. »Lassen Sie mich Ihnen Ihren Kaffee bringen.« Ally war stets bereit dazu, ihm seinen Kaffee zu servieren, wenn er sie *so* begrüßte wie heute, und er hatte es, seitdem sie aus Colorado zurückgekehrt waren, nicht mehr versäumt.

Meist fuhren sie zusammen zur Arbeit, doch heute hatte Travis sehr früh am Morgen eine Besprechung gehabt und Ally hatte ihren eigenen, neuen Wagen benutzt. Travis hatte ihr zur Hochzeit einen Ferrari F12 geschenkt, eine Überraschung, von der sie sich bis jetzt noch nicht vollkommen erholt hatte, obwohl sie schon seit einem Monat verheiratet waren. Die Hochzeit hatte in seinem Haus stattgefunden und sie hatten sich mit einer kleinen Zeremonie begnügt. Trotzdem war es das schönste Ereignis in ihrem Leben gewesen, der Tag, an dem sie mit dem Mann verbunden worden war, den sie für immer und über alles liebte. Asha, Mia, Maddie und Kara hatten mitgeholfen, um das Ereignis schneller feiern zu können, und die ganze Familie und alle engen Freunde hatten an der Zeremonie und dem Empfang teilgenommen. Es hatte vollkommen dem entsprochen, was sich Ally für ihre Hochzeit immer gewünscht oder erträumt hatte. Natürlich hatte Travis nur von allem das Beste für die Hochzeit haben wollen und hatte ihr später mit dem neuen F12 einen Schock versetzt.

Ally war sich ziemlich sicher, dass er immer noch Angst hatte, sie einen schnellen Wagen fahren zu lassen. Zweimal hatte er auf sie eingeredet, um sicherzugehen, dass sie unbeschadet zur Arbeit fuhr, und sie erinnert, auf ihre Geschwindigkeit zu achten. Ehrlicherweise musste sie zugeben, dass sie nicht hatte widerstehen können, ein kleines bisschen der gewaltigen Motorkraft des Fahrzeugs zu nutzen, doch war sie äußerst vernünftig gewesen, weil es sie immer noch ein bisschen nervös machte, einen so teuren Wagen zu fahren.

Travis hatte sie mit auf seine Rennbahn genommen, doch Ally hatte immer noch nicht erlebt, dass er seine großartigen Rennfahrerqualitäten zur Schau stellte, wenn sie bei ihm im Wagen saß. Sie hatte ihn gereizt, indem sie ihm vorwarf, wie ein alter Opa zu fahren, als sie in einem seiner schnellsten Fahrzeuge saßen, doch er hatte nur gebrummt, dass er nicht ihr Leben riskieren würde, indem er selbstmörderische Geschwindigkeiten fuhr, wenn sie bei ihm war. Doch sie liebte das beschwingende Gefühl, wenn er auf den Geraden beschleunigte, obwohl sie wusste, dass er sehr viel schneller fuhr, wenn sie nicht dabei war.

Ally schenkte zwei Tassen Kaffee ein und nahm sie mit in Travis Büro zu ihrer morgendlichen Geschäftsbesprechung. Sie schaute ihm ins Gesicht und bemerkte, dass er sehr nachdenklich aussah. »Ist alles in Ordnung?«, erkundigte sie sich besorgt. Vor ein paar Minuten hatte er noch so glücklich ausgesehen.

»Ich habe etwas für dich«, sagte er zögernd und fügte leise und ernst hinzu: »Bitte werde nicht ärgerlich!«

Ally zog fragend eine Braue in die Höhe. Bezog er sich auf eine ihrer Standpauken, die sie ihm stets hielt, wenn er ihr Dinge kaufte, die sie nicht brauchte? Nachdem ihr Haus zerstört worden war, kaufte Travis und kaufte und kaufte für sie, obwohl er wusste, dass sie bald eine Versicherung ausbezahlt bekam, um die Dinge zu ersetzen, die sie wirklich benötigte. Und er hatte immer noch nicht damit aufgehört; viele der Gegenstände, die er kaufte, konnte sie überhaupt nicht gebrauchen.

»Wahrscheinlich kann ich mich beherrschen«, erklärte Ally geduldig, obwohl sie sich immer einen gewissen Spielraum ließ, für den Fall, dass er übertrieb.

»Vielleicht nicht«, warnte sie Travis und reichte ihr einen Umschlag. »Das ist für dich.«

Alarmiert durch seine ernste Miene sprang sie auf und nahm den Brief entgegen. Augenblicklich drehte sie ihn herum, um den Absender zu lesen, und erkannte ihn sofort. »Warum sollte ich von denen einen Brief erhalten?«, wunderte sie sich leise, während sie den Umschlag öffnete, ihre Lesebrille vom Kopf nahm und sie sich aufsetzte.

Sie begann zu lesen. Bereits nach kurzer Zeit gaben ihre Knie nach und sie musste sich setzen, um den Brief zu Ende zu lesen. »Oh mein Gott! Das kann nicht wahr sein. Das ist ein Scherz.« Es handelte sich um die Mitteilung, dass das erste Buch ihrer Fantasyserie für Jugendliche einen der angesehensten Preise gewonnen hatte, die ein unveröffentlichtes Manuskript erringen konnte. »Ich habe mich doch gar nicht bei denen beworben.«

»Ich habe es getan.« Travis Stimme klang leise und ängstlich. »Doch es ist allein dein Verdienst, Ally. Keiner der Preisrichter weiß, wer der Autor des Manuskripts ist, und ich schwöre, dass ich mich nicht eingemischt habe. Ich habe es lediglich eingereicht. Was steht in dem Brief?«

Ally blickte ihn erstaunt an. »Ich habe den ersten Preis gewonnen, Buch des Jahres für ein unveröffentlichtes Manuskript.« Mit zitternden Händen reichte sie ihm den Brief und beobachtete ihn gespannt beim Lesen.

Er grinste sie an. »Ich wusste, dass du gewinnen würdest.«

Wenn Travis versicherte, sich nicht eingemischt zu haben und dass sie den Preis durch ihre eigene Leistung gewonnen hatte, glaubte sie ihm. Travis log sie niemals offen an. Er hatte vielleicht in der Vergangenheit ab und an vermieden, ihr die ganze Wahrheit zu erzählen, doch er hatte sie in solchen Dingen noch niemals belogen. »Du hast es für mich eingereicht?«, erkundigte sich Ally heiser. Ihre Stimme klang tränenerstickt. Allein der Gedanke, dass Travis so etwas für sie getan hatte, war erstaunlich. Sie wusste, dass er an ihr Talent glaubte, doch das hier war sagenhaft.

»Bist du sauer?« Er klang nervös. »Ich weiß, ich hätte dich vorher fragen sollen, doch ich dachte, du würdest dich dann dagegen sträuben. Und ich wusste, dass du gewinnen würdest.«

»Ich hätte mich wahrscheinlich selbst nicht dort beworben«, gab Ally zu. Zwar hatte sie emotional große Fortschritte gemacht, seitdem sie sich von Rick getrennt hatte, trotzdem hätte sie es wahrscheinlich nicht gewagt, ihr Manuskript für einen solch angesehenen Preis vorzuschlagen, und ehrlicherweise musste sie eingestehen, dass es ihr wahrscheinlich noch nicht einmal in den Sinn gekommen wäre.

»Ich wollte, dass du eine offizielle Bestätigung bekommst, dass deine Arbeit fantastisch ist, und zwar von unparteiischer Seite. Von anderen Leuten, unabhängig von mir.«

Ally erhob sich und ging um den Schreibtisch herum. Dann schlang sie ihm die Arme um den Hals und er zog sie sofort an sich und auf seinen Schoß.

»Ich bin nicht ärgerlich«, versicherte sie ihm unter Tränen. Sie war immer noch erstaunt über die Stärke und Umsichtigkeit des Mannes, den sie geheiratet hatte.

»Ich möchte nur, dass du glücklich bist, Ally. Ich weiß, dass du gesagt hast, dass du hierbleiben und weiter mit mir zusammenarbeiten willst, aber ich wünsche mir, dass du alles tust, was dir gefällt, und deine Träume verwirklichst, wie auch immer die aussehen mögen. Du könntest dein Studium beenden oder mehr preisträchtige Erzählungen schreiben, jetzt, wo sich jeder Verlag um deine Bücher reißen wird. Es ist mir egal, was nötig ist, um dich glücklich zu machen. Ich werde es tun«, versicherte ihr Travis eindringlich und verstärkte seinen Griff um ihre Taille. »Solange du immer mir gehörst.«

»Ich bin doch schon unglaublich glücklich, Travis, weil du mich liebst.« Sie strich ihm eine widerspenstige Locke aus der Stirn. »Und ich will nicht mehr zurück aufs College, um meinen Abschluss zu machen. Ich glaube, ich hatte mich auf Betriebswirtschaft verlegt, weil es mir sicher und normal erschien. Ich möchte schreiben und mit dir zusammen sein und dich glücklich machen. Das sind im Moment meine einzigen beiden Träume. Und eines Tages hätte ich gern ein Kind.«

»Liebes, ich bin bereits glücklich. Und ich bin äußerst gewillt, Überstunden zu leisten, um an diesem Babytraum zu arbeiten«, erklärte er überschwänglich.

Ally musste lächeln. Wenn er *daran* noch intensiver arbeiten würde, wäre sie bald erschöpft. Travis war unersättlich. Und ehrlich, sie liebte ihren Job bei Harrison, jetzt, da ihr Ehemann nicht mehr den unausstehlichen Milliardärschef heraushängen ließ. »Ich würde gern bei dir bleiben, außer du würdest einen anderen Assistenten bevorzugen. Ich kann an den Abenden und Wochenenden schreiben, wenn du beschäftigt bist. Und du hast mir versprochen, mich auf deine Reisen mitzunehmen. Schreiben kann ich überall.«

»Gott sei Dank!«, rief Travis aus und lehnte erleichtert seine Stirn gegen ihre Schulter. »Ich bezweifle, dass ich jemanden finden würde, der mit mir zurechtkommt, und ich habe mich schon gefragt, wie ich es einen ganzen Tag ohne dich aushalten soll. Ich brauche dich, Ally.«

Allys Herz zog sich zusammen. Sie wusste, dass er sie nicht nur als Assistentin dringend brauchte. Und sie brauchte ihn ebenso. Vielleicht würden sie anders empfinden, wenn sie sich an ihre intensive Beziehung gewöhnt haben würden, die sie beide noch sehr verletzbar machte. Doch im Moment befand sich Ally genau dort, wo sie sein wollte.

»Ich werde niemals einen anderen Job mit solch großartigen Zusatzleistungen finden«, neckte Ally ihn. »Und es wäre doch traurig, wenn du wieder anfangen würdest, diesen Schreibtisch zu hassen.« Sie streckte die Hand aus und streichelte das polierte Holz.

Travis brummte, stand auf und hob sie vor sich auf den Tisch. »Ich glaube, ich brauche eine kleine Erinnerung daran, wie sehr ich dich liebe.« Mit spitzbübischer Miene begann er, ihre Bluse aufzuknöpfen.

»Mr. Harrison, in Kürze haben Sie eine Geschäftsbesprechung«, erinnerte Ally ihn ernst.

»Die können auf mich warten. Ich bin der Chef«, krächzte er.

Ally streckte die Hand aus und begann, die Knöpfe an seinem Hemd zu öffnen. Sie sehnte sich danach, seine heiße Haut zu spüren. »Ich muss dich berühren«, murmelte sie, das Herz so voller Liebe, dass sie fürchtete, es würde zerspringen.

»Mist! Dann werde ich wahrscheinlich nicht pünktlich zu der Versammlung erscheinen«, bemerkte er barsch. »Du weißt, was passiert, wenn du das tust.«

»Dann küss mich!«, bat sie ihn sanft.

Travis blickte auf sie herab, seine Augen dunkel und voller Emotionen. »Ich liebe dich, Ally.«

Ihr Herz schlug Purzelbäume, als sie die Liebe in seinen Augen sah und sie erwiderte: »Ich liebe dich auch.« Dann schlang sie ihm die Arme um den Hals und sank in Travis leidenschaftliche Umarmung.

Er kam zu spät zu seiner Versammlung, doch als er endlich das Konferenzzimmer betrat, schockte er seine Angestellten mit einem breiten Lächeln. Mitten während der Besprechung erschallte plötzlich laute, beschwingte Musik aus Travis Handy. Alle Gesichter rund um den Konferenztisch wirkten verblüfft, als Travis Harrison, anstatt sich darüber aufzuregen, dass Ally wieder einmal den Klingelton geändert hatte… in lautes Lachen ausbrach.

~*Ende*~

Ich hoffe, die Geschichte von Travis hat Ihnen gefallen. Der sechste Teil der Serie, die Geschichte von Jason, »Ein Milliardär ohne Maske«, wird ab Mitte Dezember 2016 erhältlich sein.

Biografie

J.S. Scott ist eine Bestsellerautorin pikanter Liebesromane. Sie ist eine begeisterte Leserin von Büchern und Literatur jeglicher Art. J.S. Scott schreibt, was sie selbst gern liest, und das sind zeitgenössische sowie paranormale erotische Liebesgeschichten. Sie handeln meistens von einem Alphamännchen und haben ein Happyend, denn so schreibt sie sie einfach am liebsten!

Besuchen Sie mich auf:
http://www.authorjsscott.com
https://www.facebook.com/J.S.ScottGermany/

Oder senden Sie eine E-Mail an:
JSScott_author@hotmail.com

Sie finden mich ebenfalls auf Twitter:
@AuthorJSScott

Bitte tragen Sie sich auf meiner E-Mail-Liste ein, um über Neuigkeiten, neue Veröffentlichungen und exklusive Textauszüge informiert zu werden:
http://eepurl.com/b2DuYn

Bücher von J. A. Scott

Ein Milliardär voller Leidenschaft - Die Serie:

Entfesselte Leidenschaft (Buch 1)

Das Herz des Milliardärs:
Ein Milliardär voller Leidenschaft ~ Sam (Buch 2)

Die Erlösung des Milliardärs:
Ein Milliardär voller Leidenschaft ~ Max (Buch 3)

Der Milliardär und sein Spiel:
Ein Milliardär voller Leidenschaft ~ Kade (Buch 4)

Ein Milliardär außer Kontrolle:
Ein Milliardär voller Leidenschaft ~ Travis (Buch 5)

Ein Milliardär ohne Maske:
Ein Milliardär voller Leidenschaft ~ Jason (Buch 6)
(ab Mitte Dezember 2016 erhältlich)

Und auch die folgenden Bücher von J.S. Scott
werden in Kürze auf Deutsch erhältlich sein:

B. A. Scott

Aus der Reihe »Ein Milliardär voller Leidenschaft«:

Billionaire Untamed ~ Tate (Buch 7)
Billionaire Unbound ~ Chloe (Buch 8)
Billionaire Undaunted ~ Zane (Buch 9)
Billionaire Unknown ~ Blake (Buch 10)

Aus der Reihe »The Walker Brothers«:

Release! (Buch 1)

Obwohl die Serie »The Walker Brothers« zwanglos mit der Reihe »Ein Milliardär voller Leidenschaft« verbunden ist, stellt sie eine eigenständige Serie dar, die auch gelesen werden kann, ohne die Bücher von »Ein Milliardär voller Leidenschaft« zu kennen. Es handelt sich ebenfalls um eine heiße Liebesromanreihe mit Alpha-Milliardären.

www.ingramcontent.com/pod-product-compliance
Lightning Source LLC
Chambersburg PA
CBHW050030180626
46810CB00002B/656